Abdulrazak Gurnah

天堂

PARADISE

阿卜杜勒拉扎克・古納——著

何穎怡——譯

ABDULRAZAK GURNAH

獻給

莎瑪・阿布杜拉・巴薩拉馬

（Salma Abdalla Basalama）

目錄

※此書寫作混合多種語言，非英語均附原文對照，並以代號標註何種語言。斯，斯瓦希里語；阿，阿拉伯語；印，印度語。例：野蠻人（washenzi，斯）。之後再度出現則不附原文，例：野蠻人（斯）。

各界推薦

《天堂》是一部令人震撼的作品。和老舍的《駱駝祥子》或鄭清文的〈三腳馬〉一樣，講述的是一個純真的心靈如何墮落的故事。雖然非洲距離台灣遙遠，但《天堂》讓我們看到，無論在何時、何地，有權力者對無權力者的壓迫都是一樣的。讓人失去自由的，不是虐待，也不是利益，而是剝奪一個人的尊嚴。對殖民主義有興趣的人應該看這本書，對如何反抗殖民主義（包括自己身上的殖民主義痕跡）有興趣的人，更應該看這本書。

——林蔚昀（作家）

既是成長小說，也是冒險奇遇，一位當代的狄更斯，讓幾乎被消音的非洲說出生動嘹亮的故事，一展卷就欲罷不能。

——鴻鴻（詩人、導演）

對處於變革邊緣的非洲，充滿了迷人的描述。同時也充滿對自由的本質及失去的純真，深刻的思考——無論是對於一個敏感的男孩和整個大陸來說，皆是如此。

——《紐約時報》

古納巧妙地將主人翁的故事與改變這片大陸的巨大歷史力量交織在一起，這所有的一切同時以一種豐富誘人的語言呈現，讓人陶醉在故事的力量中。

——《洛杉磯時報》

充滿活力，極為震撼。書中描繪了歐洲列強接管邊緣大陸伊甸園般的自然美景，也以迷人文筆道出了在非洲的穆斯林、印度商人、歐洲農民和土著部落之間的故事。

——《出版人週刊》

這是一個引人入勝的成長式小說，是對歐洲在非洲殖民統治的控訴，同時也探討了非洲關於社會和宗教的巨大變革。熱烈推薦。

——圖書館雜誌（星級評論）

牆內的花園

1

男孩先登場。他叫優素福，十二歲時突然離家。他記得那是乾季，日子都一樣，今日像昨日。花朵出其不意綻放而後枯萎。奇怪的昆蟲從石頭下竄出，在烈陽下扭動死去。陽光讓遠處樹木看來像在空氣裡抖動，房子震顫鼓動呼吸。腳踏下去，大團塵土噗地飛起，白日裡，死寂銳利如刀。正是乾季尾聲的景象。

那也是他第一次看到歐洲人，兩個，在火車站月台。一開始他並不害怕。他經常去火車站，看火車轟隆優雅進站，然後等著看皺眉的印度信號員揮舞旗幟吹哨指揮，火車又使力出站。優素福經常耗上數小時等火車來。那兩個歐洲人也在等，站在帆布棚下，行李與看似重要的物品整齊堆在幾呎外。男子魁梧，必須低頭才不會碰到遮陽的帆布棚。女的站得比較裡面，兩頂帽子遮住她部分汗濕的臉。荷葉邊白襯衫的領口與袖口緊扣，長裙掃過鞋面。她也很高大，但是和那男人不同。她柔軟波動，似乎有辦法變成另一種形狀，而他則是一根木頭雕成。他們凝視不同方向，好像並不相識。優素福盯著，瞧見那女人拿手帕輕輕抹掉嘴上的乾皮屑。男的臉點點斑紅，眼睛緩慢掃描，把車站的擁擠景觀、上鎖的木頭倉庫，以及黑鳥怒視的大面黃色旗幟[1]盡收眼底。優素福因而可以好整以暇看他，男人突然轉身，注意到優素福的凝視，他的眼神先是飄過，接著回頭注視許久。優素福愣住。男子突然齜牙裂嘴，不自主咆哮，手指蜷曲，狀難描述。優素福察覺警告拔腿奔逃，嘴裡喃喃，那是人們教他的，如果突然需要真主幫助時該說的話。

他離家那年也是蛀蟲肆虐後陽台廊柱的一年。他的父親每次經過就憤怒拍擊廊柱，讓蛀蟲知道他知道牠們在搞什麼鬼。蛀蟲在木柱留下爬行痕跡，好像動物在乾河床挖掘地道時翻土。優素福每次拍打，柱子聽起來都柔軟空洞，噴散腐爛的小粒孢子。當他咕噥吵著要吃，母親就叫他吃蛀蟲去。

他朝母親哀叫：「我肚子餓。」那是他經常複誦、無人教導的連禱，伴隨歲月，嗓音逐漸粗嘎。

母親會說：「吃蛀蟲去。」看著他誇張的作嘔憤怒表情哈哈大笑。「去啊，隨時愛吃多少就吃多少。可別讓我攔著你。」

他則憂心忡忡嘆息，這是他的新實驗，以示母親的笑話可悲至極。有時他們吃骨

---

1 德國國徽為金黃色的盾徽，盾面繪有一隻紅爪紅嘴、雙翼展開的黑色老鷹，稱為「聯邦之鷹」。

頭，母親熬成稀稀的湯，上面漂浮晶亮顏色與油脂，底部則是一坨坨汁液飽滿的黑色骨髓。最慘時只有燉秋葵可吃，優素福就算再餓，也吞不下那黏糊糊的東西。

那也是阿齊茲叔叔來訪時。他的停留經常短暫且相隔甚久，通常旅人、腳夫、樂人環伺。他從海邊到山邊、湖畔、森林，橫越乾旱的平原與赤裸的岩石山區，優素福家只是他長途旅程的一站。他的長征隊伍通常有鼓、鈴鼓、號角與西瓦（siwa）[2]，當他的火車進站，動物狂奔撤退，兒童為之瘋狂。阿齊茲叔叔散發獨特奇異氣味，混合動物皮革、香水、橡膠、香料，還有一絲較難定義、讓優素福聯想到危險的氣味。他慣常穿飄逸的細綿薄長袍，小頂編織帽在腦後。他氣派優雅、態度禮貌冷淡，看似向晚時分的散步者，或前去晚禱的禮拜者，而非跋涉灌木荊棘、避過噴汁毒蛇窩聚之處的商人。即便在最紛擾的抵達時刻，包裹雜亂翻倒，疲憊吵鬧的腳夫與虎視眈眈張牙舞爪的商客圍繞，阿齊茲叔叔也能表現得鎮定從容。這次，他獨自來訪。

優素福喜歡阿齊茲叔叔來訪。父親說這麼富有顯貴的商人（tajiri mkubwa，斯）光臨，太有面子了。有面子當然是好事，卻不僅如此。阿齊茲叔叔每次來暫住，都會給他十安那（anna）[3]。優素福不需做什麼，只要在恰當時間出現在他眼前。阿齊茲叔叔張望找他，露出笑容，給他錢幣。每逢這種時刻，優素福也想笑，但攔著自己，因為他猜想這舉動不妥。優素福著迷阿齊茲叔叔的發亮皮膚與神祕笑容。離去後，他的氣味仍縈繞數日。

到了第三天，顯然阿齊茲叔叔要走了。廚房忙碌，飄散無可置疑的盛宴混合香氣：炒香料的甜味、噗噗冒泡的椰醬、酵母小麵包、麵餅、烤比司吉麵包、煮肉。優素福不敢一整天離家太遠，以防母親需要他幫忙準備菜餚，或者給意見。他知道母親在這類事情上看重他的想法。她也可能忘記攪動醬汁，或者錯過油沸了該放蔬菜進去。說起來這事很難拿捏，他既想幫忙盯著廚房，又不想在母親視線裡閒晃，被她瞧見鐵定不斷打發他去跑腿，跑腿本身就不爽，還可能讓他錯過跟阿齊茲叔叔道別。每次都是在道別時，十安那銅板換手。阿齊茲叔叔會伸手讓優素福親吻，彎腰摸摸優素福的腦後勺，熟練地把十安那放到他手中。

父親通常中午過後就休工，優素福猜想他會帶著阿齊茲叔叔回來，因此他還有大把時間可消遣。優素福父親的工作是經營旅館。這是他企圖賺大錢、享盛名的最新營生。心情好時，他會在家裡講述曾搞過的發財大計，讓它們聽起來像荒謬笑劇。要不

2 一種長號角，傳統屬貴族樂器，側吹。
3 英屬印度時代的貨幣，等於十六分之一盧比。

然就是抱怨自己的人生大錯特錯，做什麼都失敗。那旅館其實是個食鋪，樓上一個房間擺了四張乾淨床鋪而已，位在卡瓦（Kawa）[4]的一個小鎮，他們在那兒住了四年。在這之前，他們住南部的農牧區小鎮，父親經營小店。優素福還記得綠色丘陵以及遠處山影，還有一個老人坐在店門口人行道的板凳上給帽子繡銀線。他們搬來卡瓦，因為德國人建鐵路通往內陸高原，拿這兒當補給站，算是新興城鎮。但是繁榮轉眼即逝，火車現在只停留此處載運木材跟補給水。阿齊茲叔叔上次長征時，曾搭這條線到卡瓦，然後步行到西部。他說下次長征，他會搭這條線到終站，接著往西北走或者東北走。他說，這些地方都還有很多生意可做。有時優素福聽見父親說這整個城鎮都要下地獄了。

往海岸的火車傍晚出發，優素福認為阿齊茲叔叔會搭這班。他是從阿齊茲叔叔的態度猜出他要返鄉。但是人善變難測，他也可能搭北上的火車到山區，那麼就是下午出發。優素福對兩種可能都有準備。父親要他每天結束晌禮（midday prayer）就到旅館，說是要他學習這門生意並學會獨立，其實是讓兩個年輕幫手可以休息，他們負責廚房打雜打掃和上菜。旅館廚師愛喝酒、愛幹譙、霸凌所有人，優素福除外。看到優素福，他馬上中止長篇咒罵換上笑臉，但是優素福還是怕他，見到他就發抖。這天他沒去旅館，也沒做晌禮，熱氣蒸騰，應該也不會有人來逮他，所以他躲到陰涼角落跟後院雞舍後方，直到伴隨初午沙塵升起的窒人氣味將他熏出來。之後他躲到隔壁的木料場，那兒陰影紫黑、茅草屋頂高聳，他聆聽躡手躡腳的蜥蜴小心奔過，牢牢張望十安那的來臨。

他並不覺得木料場的陰暗與靜寂令人不安，因為他習慣一個人玩耍。父親不喜歡他跑到遠處玩，說：「我們周遭都是野人，這些不信仰真主的野蠻人（washenzi，斯）崇拜住在樹木與岩石裡的神魔。他們最喜歡綁架小孩兒，愛怎麼用就怎麼用。要不，你也可能跟啥也不在乎的人廝混，就是浪人跟他們的孩子，他們不會管你，野狗會吃了你。就待在附近，安全，有人可就近看著你。」優素福的父親喜歡他跟附近印度店家的小孩玩，只是他一靠近，印度小孩就朝他扔沙子、吐口水，嘲笑他叫著非洲人非洲人（golo golo）[5]。有時他會坐到大孩子群間，他們總在樹蔭下或房子背風面晃蕩。他喜歡這些大孩子老是嘻嘻哈哈講笑話。他們的父母是零工（vibarau，斯），替舖鐵

4 Kawa 作為正式地名，可以是蘇丹城市，也可以是作者家鄉坦尚尼亞的一條河流。此處比較近似想像中的城鎮。

5 此處詢問作者，作者回信表示，golo 是尚吉巴地區印度裔用來詆毀非洲人的詞彙，不確定確切意思為何，可能源自 Kutchi 語（印度與巴基斯坦 Sindhi 語支系）。經譯者查所有可能的 Kutchi 網路字典，只有一個字典指出 golo 代表「非洲男性」，並無貶抑之意。https://www.freelang.net/online/kutchi.php

路的那夥德國人做事，在鐵路終點打散工，或者給旅人、商客做腳夫。論工計酬，有時根本沒工。男孩們說德國人會吊死不好好工作的人。如果年紀太輕，不該吊死，就會切掉他們的蛋蛋。德國人什麼也不怕，為所欲為，誰也拿他們沒法。一個男孩說他的父親曾見過一個德國人把手伸到火中央，根本沒燒傷，跟鬼一樣。

這些男孩的打零工父母來自各處，有的來自卡瓦北方的烏桑巴拉（Usambara）高地、高原再往西的美麗湖邊，或者被戰爭摧毀的南邊草原，許多來自海岸地區[6]。這些男孩嘲笑自己的父母，戲謔模仿他們的工作歌，競相講述父母返工時的酸臭噁心氣味。他們給父母的家鄉起別名，淨是些滑稽又不悅的名字，拿來彼此取笑戲謔。有時他們會打架，摔角踢打，傷害對手。如果可能，年紀較大的男孩能找到僕人或者跑腿工作，多數時候，他們只是四處晃蕩、撿破爛，等著長得夠壯就可以做男人的工作。只要他們允許，優素福就坐到一旁聽他們聊天，或者替他們跑腿。

他們閒嗑牙或者玩牌打發時間。因為他們，優素福首次聽說嬰孩住在男人的雞雞裡。當男人想要小孩，就把它放到女人的肚子，才有長大的空間。優素福不是唯一覺得這故事不可思議的人，因此大家掏出雞雞比量，激烈爭辯。不一會兒，大家便忘了嬰兒的事，專心在雞雞上。大男孩驕傲展示，強迫小的暴露他們的「小男孩」（abdalla）[7]，嘲笑一番。

有時他們會玩打木片（kipande）[8]。優素福年紀太小，沒機會揮棒，因為打擊依年紀與體力排序。但是只要他們准許，優素福就會跟著其他野手在沙塵滾滾的空地追逐打出去的木片。有次父親瞧見他跟著一大群歇斯底里的孩子在街上追逐木片，就狠狠瞪他，甩他一巴掌，叫他回家。

優素福給自己做了木片，把它改成一個人玩的遊戲。他扮演所有遊戲者，好處是愛打擊多久就多久。他在門前的馬路上下奔跑，興奮喊叫，追逐被他打得老高、讓他有足夠時間去接住的木片。

---

6 海岸地區即為斯瓦希里地區（Swahili），是斯瓦希里人居住的東南非洲印度洋沿海地區。主要由索馬利亞南部、肯亞、坦尚尼亞與莫桑比克北部海岸，以及尚吉巴、葛摩群島等組成。斯瓦希里人及其文化是非洲人與阿拉伯血統的融合，使用斯瓦希里語。此區是本書作者出生地，斯瓦希里語也是書內常用的語言之一。

7 Abdalla 是阿拉伯語男孩名，意指阿拉的僕人。此處是陽具戲稱。

8 Kipande 是斯瓦希里語，一片、一截的意思。

2

因此阿齊茲叔叔離開那天，優素福一邊盯著十安那出現，一邊閒晃蕩數小時，一點也不擔心。中午一點，父親跟阿齊茲叔叔一塊兒回來。他們緩緩踏著石頭小徑走向屋前，優素福能瞧見他們的身體在流動的陽光下閃閃發亮。他們走路時沒講話，頭兒低垂肩頭拱起躲避熱氣。午餐已經排在客房最好的地毯上。優素福在最後階段幫了點忙，挪動幾樣菜的位置，求得最好效果，贏來疲憊母親的大大感激笑容。優素福趁機觀察盛宴菜色。兩種咖哩：雞跟碎羊肉。上等白沙瓦米混了晶亮的印度酥油，撒了小葡萄乾和杏仁。蓋布籃子裡塞滿肥胖小麵包、原味炸麵包（maandazi，斯）跟椰奶炸麵包（mahamri，斯），香氣四溢。菠菜佐椰醬。一盤水蓮。長條魚乾是拿做菜剩下的微炭火燒烤的。優素福看著眼前的豐盛，幾乎想吃到落淚，跟素日的貧瘠菜餚天差地啊。母親為他的戲劇化皺眉，看到他的表情最後轉為悲悽，忍不住笑了。

男人落座後，優素福拎著銅壺與盆子進來，一條乾淨的白麻布搭在左手上。他先給阿齊茲叔叔接著給父親緩緩倒水，讓他們洗手。優素福窩在客房門外，以備他們差遣，心想他喜歡阿齊茲叔叔這樣的客人，超喜歡，要是他能待在房內，便再快樂不過了，但是父親惱怒瞪他，趕他出去。每次阿齊茲叔叔來，總有事發生。儘管他睡在旅館，卻在他們家吃飯。這代表飯後總有吸引人的少量殘羹剩下，要是母親搶先一步，這些剩菜就會去了鄰居家或者進入襤褸乞丐的肚裡，後者有時上門乞食，喃喃哀頌真主。母親說把食物送給鄰居或者有需要的人，比囫圇吞下肚要慈悲。優素福看不出其中的道理，但是母親說美德本身就是報償。從母親的尖銳語調，他知道再多嘴就會引來長篇道理，這個他在古蘭經學校可是聽多了。

乞丐中有一個叫穆罕默德的，優素福不在意跟他分享屬於他的殘羹。他枯瘦萎縮，聲音尖細，身上散發餿肉味。一天下午優素福發現他坐在房子側邊，挖掏破牆內的紅土吞下。他的襯衫油膩髒汙，短褲則是優素福見過最破爛的。帽沿因汗漬與泥土變棕黑。優素福看了他好幾分鐘，想確定自己是否見過更髒的人，然後進屋拿了一碗吃剩的木薯給他。穆罕默德邊吃邊哽咽道謝，大吞了幾口，就說他的人生悲劇來自大麻。他曾經過得不錯，有水田也有一些牲畜，母親愛他。白天他在寶貝田裡賣力刻苦工作，晚上就坐在母親身旁聽她唱禱詞，講述大世界的妙事。

然後魔鬼降臨，力道之大，讓他拋棄母親與土地，四處尋找大麻，現在他遊蕩世間，挨揍吃土。遊蕩過程裡，他從未吃過像優素福母親的料理這麼完美的食物，現在才有機會嚐到，就是這碗木薯。當優素福和他靠著房子的側牆而坐，他會講些浪遊的故事，高亢的聲音變得生動，枯萎的年輕臉蛋綻放笑容，露出爛牙。「從我的壞榜樣學習教訓啊，小朋友，離大麻遠遠的。我拜託你！」每次他來都待不久，優素福總是開心看到他，聆聽他最新的冒險。優素福最愛穆罕默德講烏圖（Witu）南方的水田，以及他的快樂歲月。其次是說他第一次被送進蒙巴薩（Mombasa）[9]瘋人院的事。「天可為證（wallahi，阿），年輕人，我沒說謊，他們當我是瘋子！相信嗎？」他們用鹽塞滿穆罕默德的嘴，膽敢吐出來就賞他巴掌。只有他乖乖坐在那裡，讓嘴裡的鹽塊融化，腐蝕內臟，才放他清靜。穆罕默德談及這些虐待只是聳肩，不失興味。有些故事，優素福不喜歡，譬如瞎眼的狗被人用石頭活活砸死，或者飽受苦虐的棄兒。他提到在烏圖認識一個年輕女人，母親要他娶她，然後就呵呵傻笑。

一開始，優素福企圖隱藏他，擔心母親會趕走他。但是每次母親現身，穆罕默德就畏縮哽咽不斷道謝，結果變成她最喜歡的乞丐。他會以優素福母親聽得見的聲音說：「尊敬你的母親啊，求你啊，要學會我的教訓。」後來母親和優素福說，有些先知、智者或者蘇丹會假扮成乞丐，混跡平凡人與不幸者間。因此最好總是以禮相待。而每次優素福的父親出現，穆罕默德就發出退縮敬畏聲起身走掉。

有一次優素福從父親的外套裡偷了一枚銅板。他不知道自己幹嘛這麼做。那時父親結束工作返家洗澡，發臭的外套掛在他跟優素福母親的臥房釘子上，優素福伸手進去撈了一枚銅板。這並不是預先計畫的事。晚些當他細瞧銅板，才發現那是一盧比的銀幣，他不敢花。他很訝異沒人發現，也想著要把它放回去。好幾次，他想過把銀幣給穆罕默德，卻又怕這乞丐會洩漏或者指控他。這可是優素福碰到過最大面額的錢。因此他把銀幣塞到牆角的裂縫裡，偶爾拿個子撬起邊角把它挖出來。

3

阿齊茲叔叔下午待在客房睡午覺。對優素福來說，真是痛苦的拖延。他的父親也回房睡覺，每天吃完中飯都如此。優素福不明白人們為什麼要睡午覺，好像那是什麼必須遵守的法律似的。他們說那是休息，有時母親也會消失於房內，拉下簾子。優素福試過一、二次，覺得無聊，擔心自己會永遠爬不起來。第二次午睡時，他想這就是死亡吧，清醒躺在床上卻無法動，像懲罰。

9 上一句的烏圖與此處的蒙巴薩，都在肯亞。

當阿齊茲叔叔午睡，優素福必須去清理廚房跟院子。如果殘羹剩菜他想要有份，就必須這麼做。奇怪的，母親沒留下來監督他，反而去跟他父親說話。通常她會嚴密監視，把剩菜和還可以吃一頓的菜分開。優素福盡力破壞食物的模樣，收拾桌面，保留可吃的剩菜，刷洗碗盆，清掃院子，然後坐到後門陰涼處戒備，嘆息自己肩頭擔子這麼重。

母親問他在幹嘛？他回說休息。努力讓語氣不顯浮誇，聽起來卻是，母親笑了。她突然抱住他將他舉高，他奮力踢腿想要掙開。優素福討厭被當成小娃對待，母親知道的。他的腳努力尋求立足泥地的尊嚴，帶著壓抑的怒火用力掙扎。這一切都是因為以他的年紀，他的個頭顯小，母親老愛一把抱起他，捏他的臉頰，擁抱，濕吻，然後笑他，彷彿他還是個小小孩。他已經十二歲了。讓他詫異的是這次母親沒放開他。通常只要他的扭動變得憤怒，母親就放開他，在他一溜煙跑開前拍他的屁股。現在她抱著他，擁進潮溼柔軟的身體，不說話，也不笑。她的束衣後面全是汗，身體散發柴火與疲憊的氣味。一會兒後他停止掙扎，讓母親擁著他。

這是他的第一個預感。他看見母親垂淚，他的心臟恐懼猛跳。他從未見過母親如此。鄰居有人悼亡悲慟，她也會哀號，好像世界失控了，也聽過她祈求全能的真主悲憫世人，滿臉是淚哀求，他從未見過她無聲淚下。是不是父親幹了什麼，對她說話不客氣。或許給阿齊茲叔叔準備的食物不夠好？

他懇求說：「媽啊。」母親噓聲叫他安靜。

或許父親說了他的另一個家庭多好之類的。有時父親氣起來就會這麼說。有次優素福聽到父親說母親的爸爸不過是來自太塔（Taita）山地部落，住在冒煙的茅屋，穿臭羊皮衣裳。那裡的人認為五頭羊、兩袋豆子就足以買個好女人。他說：「要是妳發生什麼事，他們就會從畜欄裡再賣一個像妳一樣的女人給我。」別以為她後來成長於海岸地區，與有教養的人為伍，就可以端架子。每次他們吵架，優素福就嚇到不行，感覺那些尖銳的話語刺進他的皮膚，想起他從別的男孩那兒聽到的有關暴力與遺棄的故事。

優素福是在母親那兒聽到父親第一任老婆的事，母親的口吻像在說故事，臉上帶笑，說她是來自基爾瓦（Kilwa）古老家族的阿拉伯女孩，雖稱不上公主，也算是尊貴人家。優素福的父親想娶她，違背了這對驕傲父母的期許，因為他配不上。雖然他的家族名[10]不錯，但凡有眼珠的都看得出他的母親是野蠻人，而他的模樣也不算發達。雖說

10 斯瓦希里地區混合阿拉伯人與非洲人。主角名為優素福，這是阿拉伯名。由此判斷父系是阿拉伯人。阿拉伯人的名字由本名＋父名＋祖父名＋族名組成。族名是姓。藉由一個人的族名（姓）可判斷他的祖籍、職業，標示其社會地位。

一個人的家族名不會因母親的血統而蒙羞，但這是有現實需求的世界。他們對女兒有更高的期望，不希望她的孩子窮苦又長了野蠻臉孔。他們告訴優素福的父親：「先生，您的垂愛，我們感謝上天，但是小女未達婚嫁年齡，城裡多的是比她更好的女孩。」

但是優素福的父親瞧見了那個年輕女人，無法忘懷。愛上了！愛情讓他魯莽蠻幹，想方設法接近她。他在基爾瓦是陌生人，只不過受雇運一批陶製水甕到這裡，但是他跟一個獨桅帆船的主人交上朋友，船長（nahodha，斯）滿心歡喜地鼓勵優素福父親追求這年輕女人，幫他擬定贏得芳心的策略。船長（斯）說，別的不說，這鐵定會給那對自我陶醉的父母一點苦頭。優素福的父親跟那個年輕女人偷偷約會，最後拐跑她。從遙遠北邊的法薩（Faza）到南邊的姆特瓦拉（Mtwara），船長（斯）對海岸地區瞭若指掌，偷偷帶他們從巴加莫約（Bagamoyo）進了內陸。優素福的父親在印度貿易商的象牙倉庫找到工作，先是擔任警衛，後來成為職員，偶爾也幫忙賣。那女人嫁給他八年後，打算回去基爾瓦，先是寫信給父母請求原諒，兩個小兒子隨同，以免遭父母責罵。他們搭乘的獨桅帆船叫「眼睛號（Jicho，斯）」。離開巴加莫約後，從此人間蒸發。優素福聽過父親提及先前的家庭，通常是盛怒或者極度失望時。他知道這些回憶讓父親痛苦，勾起怒火。

有一次他的父母大吵，渾然忘記他就坐在敞開的門外，他聽到父親說：「我對她的愛不被祝福。妳知道其中的痛苦。」

他母親說：「誰不痛苦？誰不知道其中的痛苦？難道你以為我不知道由愛生恨的痛苦。以為我什麼感覺都沒有？」

他的父親大聲吼，幾近聲音破裂：「不，不，別指控我，妳別。妳是我的臉面之光，別指控我。別翻舊帳。」

他的母親放低嗓門，嘶聲說：「我不會。」

他猜想他們是否又吵架了。他等著母親開口，希望她告知發生什麼事，惱恨自己無力從母親嘴裡逼出話來，究竟何事讓她落淚。

最後她說：「你爸會告訴你。」她放下優素福，轉身回屋。轉眼，陰暗的走道便吞沒了她。

4

父親出來找他。他午覺剛醒，睡眼仍紅，左臉頰紅通通，大概是側左邊睡。他撈起汗衫一角，撓抓肚皮，另一隻手摩挲下巴的黑鬍渣。他的鬍子長得快，通常午睡起來就刮鬍。他先是對優素福微笑，接著綻放大笑臉。優素福仍維持母親走開時的模樣，坐在後門旁，父親走過來蹲到他身旁。優素福猜測父親試圖表現得輕描淡寫，卻讓他很緊張。

父親問他：「小章魚，你想來趟小小的旅行嗎？」他摟著優素福貼近自己的男性汗水，優素福的肩膀感覺父親的手臂重量，忍著不把臉蛋埋進父親的軀體。他太大了，不適合這麼做。他的眼睛掃向父親的臉蛋，解讀他話語的意義。父親咯笑，緊摟了他一會兒說：「你可別太開心啊。」

優素福輕輕掙開，問：「何時？」

父親說：「今天。」聲音快樂拔高，打個小哈欠，露出笑容，企圖顯得毫不煩惱，說：「現在。」

優素福踮腳站起身，抖動膝蓋。頓時興起奔往廁所的欲望，他焦慮看著父親，等著他繼續說。優素福說：「我要去哪裡？阿齊茲叔叔呢？」想到十安那，他突如其來的沉重恐懼被安撫了，沒拿到十安那，他哪兒也不去。

父親說：「你會跟阿齊茲叔叔一起走。」他對優素福露出小小的苦笑。通常優素福說了什麼傻話，父親就會露出這樣的笑容。優素福等著，但是父親沒繼續說。過一會兒，父親笑了，撲向他。優素福連忙跑開，也笑了。父親說：「你會搭火車，一路到海岸。你喜歡火車，對不？這一路到海邊，你會很享受的。」優素福等著父親繼續說，不知道自己為何不喜歡這趟旅行。最後父親拍打他的大腿，叫他去找母親整理東西。

離別時刻感覺很不真實，他在前門跟母親道別，隨著父親、阿齊茲叔叔前往車站。母親沒抱他沒吻他，也沒流淚。他本來很擔心她會哭。事後優素福想不起母親做了什麼、說了什麼，只記得她看似病了或者暈眩，疲憊靠著門柱。當他想到離別時刻，腦海的畫面就是他們走在閃亮的道路上，兩個男人在前他在後，更前面是扛著阿齊茲叔叔行李蹣跚舉步的腳夫。優素福可以揹自己的包袱：兩條短褲、一件上次開齋節做的還算新的長袍、一件襯衫、一本古蘭經，還有母親的舊念珠。母親將這些東西收到包巾裡（念珠除外），打個結實的結，微笑地將一根棍子穿過包袱，這樣優素福就可以自己扛行李，同腳夫一樣。棕石念珠則是母親最後私下塞給他的。

他連一秒鐘都沒想過，此去，將很長一段時間或者永遠看不到父母。沒想過要問何時回家？沒想過為何是他陪伴阿齊茲叔叔旅行，或者為何安排如此匆促。到了火車站，優素福看到除了黑色怒鳥的黃色旗幟，還掛了一面銀邊黑色十字架的旗子[11]。有重

11 納粹的鐵十字旗。

要的德國軍官在火車上就會升起這面旗。父親彎身跟他握手。講了長篇話，最後眼眶泛起淚水。事後，優素福想不起父親說了什麼，只記得提到真主。

火車前進好一會兒後，新鮮感逐漸消失，離家的感覺變得難忍，優素福想起母親的輕鬆笑聲，開始哭了。阿齊茲叔叔和他共坐長椅，優素福好像犯錯似地偷瞧他，發現他卡在座椅跟行李間盹著了。過一會兒，優素福感覺眼淚不再流，卻仍不捨這股悲傷感。他抹抹眼睛，開始研究叔叔。這是他認識阿齊茲叔叔以來首次仔細端詳他整張臉，以後將有許多機會。一上火車，阿齊茲叔叔便拿下帽子，優素福大驚他原來面相粗糙。少了帽子，他的臉顯得又方又大。當他朝後躺無聲打盹，眾人激賞的優雅消失了。氣味依然很好。優素福一向喜歡他這點。他的氣味加上飄然的薄長袍、繡了絲線的小帽。當他進入一個房間，他整體散發的氣味好像脫離了自身，宣告著富裕、超凡與膽氣。現在他背靠著行李，優素福以前沒注意過的小小圓肚在胸膛下方微突，緩緩隨著呼吸起伏，一度，還瞧見肚子橫向波動。

和往常一樣，他的皮革錢袋綁在鼠蹊，繞過髖骨，在大腿上方穿過皮扣環，看起來像盔甲。優素福從未見過他解下錢袋，即便午睡也不。他想起藏在牆角縫隙的銀盧比，想到它被發現、罪行曝光，忍不住發抖了。

火車非常吵。濃煙與灰塵從敞開的窗戶飄入，伴隨著柴火與焦肉的氣味。右手邊，他們穿越的是寬廣的平原，攏聚的暮色拉出長條黑影。零星的農場與田園擁抱地表，抓住震動的大地。另一邊是臃腫的高山翦影，夕陽光圈讓山頭閃亮成冠。火車毫不遲疑，一路轟隆奔馳奮力前往海岸。有時它速度變緩好像停頓，幾乎感覺不到前進，忽地，車輪又發出尖銳抗議聲全速奔馳。優素福不記得火車停靠什麼車站，但鐵定有過。他分享母親準備給阿齊茲叔叔的食物：炸麵包、煮肉跟豆子。叔叔細心熟練打開食物，誦真主之名（bismillah，阿）[12]，微笑，然後手掌半開表示歡迎優素福一起用食。當優素福吃飯，叔叔親切看著他，瞧見優素福注視他良久便笑了。

優素福沒法睡。長椅的木條吃進他的身體，趕走他的睡意。他最多只能打個盹或者半睡半醒，尿意侵擾。當他半夜睜開眼睛，乘客半滿的昏暗車廂讓他差點驚叫，外頭的黑是難以測量的空無，他擔心火車載他過於深入黑暗，無法安全回去。他試圖專注於輪子的噪音，但是它們的節奏不符常軌，只讓他分心更加清醒。他夢見母親變成他曾瞧過的那頭死於火車輪下的獨眼狗。後來又夢見自己的怯懦在月光下閃亮，覆蓋了一層它的胎盤黏液。他知道這代表他的怯懦，因為暗影處有人如此告訴他，他也親眼看到恐懼

12 bismillah，誦真主之名，或譯為太斯米，穆斯林做任何動作之前的頌詞，內容為「奉至仁至慈真主之名」。

怯懦在呼吸。

第二天上午他們抵達目的地，阿齊茲叔叔護著優素福堅定平靜地穿越車站內外的吵鬧商販。穿越街頭時，阿齊茲叔叔沒說話。馬路上四處散落近日慶典的垃圾。有的門柱上還綁著做成拱門形的棕櫚葉。人行道上有碎裂的金盞花與茉莉花環，發黑的水果皮棄置路面。一個腳夫扛著行李走在他們前面，在半晌午的燠熱裡揮汗喘氣。優素福被迫放棄扛自己的包袱，阿齊茲叔叔指著歪斜身體站在其他行李旁微笑的男人說：「讓腳夫扛。」腳夫一邊臀部不好，邊走邊跳，減輕那邊臀部的壓力。馬路很燙，優素福的腳毫無保護，也希望自己能用跳的，但是無需他人叮嚀，他也知道阿齊茲叔叔不希望他這樣。從路人跟他招呼的模樣，看得出來阿齊茲叔叔是重要人物。腳夫喊著眾人讓路——「讓主人（seyyid，阿）過去，各位先生（waungwana，斯）。」儘管他衣衫襤褸、相貌不佳，眾人卻無異議。偶爾，他撇嘴苦笑環視周遭，優素福開始懷疑腳夫知道什麼他還一無所知的危險。

阿齊茲叔叔的家是長條型低矮建築，在鎮上邊緣，離馬路數碼遠，門前有一大塊空地，周圍種樹。空地角落有小小的印度苦楝樹、椰子樹、一棵木棉樹（msufi，斯）[13]、一棵巨大的芒果樹，以及優素福不認識的樹木。還只是早上，芒果樹蔭下已經坐了幾個人。房子旁有一溜白色的射口牆，優素福瞧見樹冠與棕櫚冒出牆頭。當他們走近，芒果樹下的男人起身，舉手高聲問候。

平房的正前方有家店鋪，一個叫哈利爾的年輕人從裡面衝出來，嘴裡滔滔歡迎之詞。他尊敬地親吻阿齊茲叔叔的手，要不是阿齊茲叔叔最後抽開手，他會一吻再吻。阿齊茲叔叔慍怒地說了什麼，哈利爾安靜站在他面前，雙手合握，好像努力壓抑自己別碰阿齊茲叔叔的手。他們用阿拉伯語彼此問安與交換訊息，優素福在一旁看著。哈利爾大約十七或十八歲，瘦削緊張，嘴上剛冒鬍鬚。優素福知道他們提到他，因為哈利爾轉頭瞧他，興奮點頭。然後阿齊茲叔叔轉身走向房舍的側邊，長長的粉刷牆壁有個敞開的入口，優素福瞥見裡面的花園一角，好像看見了果樹、花叢與流水。當他開始舉步跟隨，阿齊茲叔叔沒轉身，只僵硬伸著手掌走開。優素福沒看過這手勢，但感覺那是回絕，代表他不該跟隨。他看看哈利爾，發現他綻開大大笑容，狀似讚許。他召喚優素福，走回店鋪。腳夫把阿齊茲叔叔的行李扛進屋內前，把優素福的包袱扔在地上，優素福用棍子挑起，跟上哈利爾。棕石念珠已經遺失火車上。三個老人坐在店鋪前廊的長椅上，眼神平靜尾隨優素福，看著他彎腰從櫃檯折板下鑽進店裡。

---

13 恩蘇菲（msufi）是木棉樹（Rhodognaphalon Schumannianum）的斯瓦希里語。

5

哈利爾跟顧客說：「這是我的小兄弟，來這兒替我們工作。他看起來很瘦小，因為他來自野蠻地區，山的那一頭再過去。他們只有木薯跟野草可吃。所以他看起來像活死人。嗨，活死人（kifa urongo，斯）！瞧這可憐男孩。瞧他瘦弱的臂膀，長條模樣。不過我們很快就會用魚、甜食、蜂蜜養胖他，要不了多久他就會壯得配得上你們的女兒。小男孩，給顧客打招呼。給他們一個大笑容。」

頭幾天，每個人都對他笑，阿齊茲叔叔除外，優素福大概一天只見到他一、二次。當阿齊茲叔叔走過，人們匆匆奔向前，如果他允許，便親吻他的手，如果他表現得不可親近，就維持尊敬的一、二碼距離鞠躬哈腰問候。看到卑躬屈膝的禮讚頌禱，他面無表情，如果他停步聆聽許久，不曾面露粗魯不快，就會將一把銅板賜給最卑微的讚美者，繼續往前走。

優素福成日和哈利爾在一起，他指導優素福如何過新生活，也頻頻詢問他的舊生活。哈利爾照顧店鋪、生活在鋪裡，其他的，似乎毫不在乎。他的所有精力與氣力似乎都傾注於大步奔走任務間，神色焦慮，連珠炮快活說著如果他稍事喘息，店裡鐵定發生大災難。顧客警告他，你這樣猛講猛講會吐啦，年輕人。別這樣死趕活趕，你會提早榨乾。哈利爾只是對他們笑，繼續講。他講話有阿拉伯人的重口音，斯瓦希里語（Kiswahili）[14]算流利，可是句法隨心所欲，似乎是靈感又似古怪脫軌。憤怒焦慮時，他會爆出連串阿拉伯語，迫使顧客靜默，忍耐後退。當優素福第一次看到哈利爾這麼激動用力，忍不住笑了，哈利爾走上前，朝他左臉頰上的肉呼了一巴掌。前廊的老人們咯咯笑，身體亂顫，彼此做出了然於心的表情，好像他們知道這遲早要發生。他們天天來，坐在長椅上聊天，嘲笑哈利爾的古怪行為。沒有顧客時，哈利爾就會把注意力全部轉移到他們身上，讓他們成為他古怪行為的和聲隊，打斷他們交換新聞、戰爭傳言的低聲談話，插入不可避免的問題與無甚助益的「洞見」。

優素福的新老師一點時間也不浪費，馬上糾正他許多事。譬如破曉就上工，收工時間，他說了算。噩夢與夜裡哭泣是蠢事，不准再做。有人會認為他中蠱了，送他去「按摩師」那兒拿紅鐵烙背。靠著裝糖的袋子打盹是全世界最糟的背叛，萬一他尿床弄

---

14 屬於班圖語族，是非洲語言使用人數最多的語言之一（五千五百萬多人），與阿拉伯語及豪薩語並列非洲三大語言。

濕了糖呢。當顧客說笑話，你得笑，如有必要，笑到放屁也行，不准露出乏味的表情，要笑。「至於阿齊茲叔叔，首先，他不是你的叔叔。這點很重要。聽我說，喂，活死人（斯）。他不是你叔叔。」這是哈利爾那些日子呼喚他的綽號——活死人（斯）。他們晚上就睡在店鋪前的泥地前廊，白日是店員，晚上是守衛。印花粗被單蓋身，腦袋靠近但身體離得遠遠，這樣能輕聲說話又不用太親近。每當優素福翻身靠得太近，哈利爾就兇猛踢開他。蚊子在他們身旁翻飛，高音尖鳴血血血。床單如果滑落，蚊子馬上蜂擁而上邪惡大啖。優素福夢見牠們的鋸齒刀切進他的皮膚。

哈利爾告訴他：「你在這裡是因為你爸（Ba，斯）欠主人錢。我在這兒也是因為我爸（斯）欠他錢，只是我爸（斯）已經死了，真主赦免他的靈魂。」

優素福說：「真主赦免他的靈魂。」

「你爸（斯）想必是糟糕的生意人。」

優素福大聲說：「他才不是。」他對此一無所知，卻不打算忍受哈利爾任意詆毀。

哈利爾不顧優素福的抗議，繼續說：「但是他絕不可能像我已故（marehemu，斯）老爸那麼差，上帝赦免他的靈魂。沒人能那麼差。」

優素福問：「你父親欠他多少？」

哈利爾好脾氣地說：「問這個不禮貌，」用力拍一下優素福腦袋，叫他少蠢了，說：「還有不能叫他，要叫主人。」優素福不明白所有細節，但是看不出為阿齊茲叔叔工作替父親還債有何不對。都還清了，他就可以回家。雖說他們大可在他離家前先警告他的。他不記得有誰提到欠債，而且與鄰居相比，他們似乎也過得頗小康。他跟哈利爾這麼說，後者沉默許久。

最後他終於開口，輕輕地說：「我得跟你說一件事，你是個傻小孩，啥事也不懂。你晚上會哭，在夢裡驚叫。你有啥時候是張開眼睛與耳朵注意他們怎麼安排你的？你的父親欠他很多錢，否則你不會在這裡。如果不多，你爸（斯）就會還錢，你可以待在家裡每天早上吃馬來（malai）跟模法（mofa）麵包[15]，是唄（heh，斯）？給你媽跑跑腿什麼的。主人根本不需要你在這兒。沒那麼多工作……。」

過一會兒，他持續以很低的聲音說話，因此優素福知道他不希望讓人聽到或者明白。他說：「你沒姊妹，否則，他就要了。」

15 馬來（malai）是一種印度起司，全脂牛奶煮成濃度百分之五十五的奶油，用來煮菜。模法（mofa）是源自索馬利亞的一種麵包，又叫 Mkate wa Mofa。

優素福保持沉默，以示他對哈利爾剛剛的話沒有下流興趣，雖然他有。母親經常告誡他不要包打聽，不要問鄰居的事。不知道母親此刻在做啥？他問：「你得幫阿齊茲叔叔工作多久？」

哈利爾尖銳地說：「他不是你叔叔。」優素福眼睛一閉，期待又挨一巴掌。過一會兒，哈利爾輕聲笑，從被單下伸出手猛拍優素福的耳朵說：「你最好快快學會，抵押品（zuma，阿）。這非常重要。他不喜歡你這種小乞丐叫他**叔叔，叔叔，叔叔**。他喜歡你親他的手叫他 seyyid。假如你不知道 seyyid 是什麼，就是主人。你聽見沒，你這個笨蛋（kipumbu we，斯）[16]，小睪丸。叫他主人，主人！」

優素福馬上說：「知道。」他的耳朵仍因剛剛的一擊鳴響，說：「但是你得替他工作多久才能走？我得待多久？」

哈利爾開心地說：「直到你爸（斯）還清債務或者翹辮子了，或許吧。有啥關係？你不喜歡這裡？主人，他是好人，不打你什麼的。如果你尊敬他，他就會照顧你，看著你不走上歪路。照顧你一輩子。不過如果你晚上哭或者做恐怖噩夢……你得學阿拉伯語，他會更喜歡你。」

6

有些晚上，他們備受暗街野狗侵擾。這些狗成群結隊，在陰影與密叢裡潛行，慢跑，警戒。優素福聽到狗爪在街上噗噗急跑，瞧見牠們奔現的無情身影。有一晚，他從熟睡中睜眼，看到四隻狗站在對街，一動也不動。優素福驚恐坐起身。他最害怕牠們的眼睛，恐懼不成眠。在半月的蒼白光線下，牠們的眼睛毫無生氣，只表達出一種感覺。仔細看，裡面是冷硬算計的耐性，目標是清空他的生命。優素福突然坐起身的動作讓狗兒汪汪跑開，但是第二天牠們又來，安靜站了一會兒，然後一齊轉身離開，好像應計畫而行。牠們夜復一夜回來，飢渴之情隨著月亮漲圓而越顯清楚，每晚都比前晚更靠近一點，圍繞空地行走，或者藉著灌木叢的遮掩嚎叫。牠們讓優素福噩夢連連，恐懼中混合著羞愧，因為他看到哈利爾毫不在意那些狗，看到牠們潛近，就丟石

16 Kipumbu 是斯瓦希里語，原意指「睪丸」，俵衍伸為笨蛋。Kipumbu we 若直譯是「你這個睪丸」，所以後面哈利爾才會說「小睪丸」。

頭嚇跑牠們。如果靠得夠近，就朝牠們眼裡扔沙子。看來牠們晚上潛近，目標是優素福。夢裡，牠們雙腳橫跨他胸前，長長的嘴巴半張，流口水，無情眼睛掃過他柔軟彎曲的身體。

一晚，牠們一如優素福預期跳進空地，各站一邊，迫使他必須左右張望。月亮皎潔如白日。最大的一隻站得最近，就在店門前的空地，緊繃的身體發出長長低吼，其他狗回應以躡手躡腳的逼近，在院子形成一個半圓。優素福能聽見牠們喘氣，看到牠們張大嘴無聲咆哮。毫無預兆與警示，他失禁了。驚呼出聲，領頭狗突然嚇了一跳。他的驚叫吵醒哈利爾，他驚慌坐起，瞧見狗兒靠得好近，瞧見牠們憤怒咆哮，進入準備攻擊的瘋狂狀態。哈利爾連忙衝到院子，朝抓狂的狗兒怒吼，揮舞雙臂，扔石頭、扔沙子，以及任何手邊東西。狗群轉身跑掉，低聲嗚嗚，像受驚動物互相吠叫。哈利爾在月光下站了許久，朝飛奔的狗狂飆阿拉伯語，揮舞拳頭，然後跑回來，優素福看到他的手在發抖。他站到優素福面前，憤怒握拳，連珠炮阿拉伯語輔以各種激動手勢，以助說明。然後他轉身指著狗的方向咒罵。

「你要牠們咬你嗎？你以為牠們是來跟你玩的？你簡直比活死人（斯）還糟。你是個軟弱小孩，沒鬥志。你在等什麼？說話啊，你這個該死的（maluun，斯）。」

哈利爾終於住嘴，吸鼻子，協助優素福摸黑走向屋側「禁忌花園」外牆的水龍頭。屋外有個棚屋廁所，但是優素福拒絕晚上去，擔心失足跌入邪惡的無底茅坑。哈利爾指頭放在唇間叫他噓聲，溫柔拍拍他的腦袋，當優素福仍止不住哭泣，他揉揉優素福的頭髮，抹去他臉上的淚水，幫他脫下衣裳。優素福站在水龍頭旁設法清潔自己，哈利爾就在一旁守著。

之後連續數晚狗群都回來，與院子有點距離，在暗處長號吠叫。儘管夜間他們瞧不見，仍可感覺狗兒潛伏屋外，聽到牠們在灌木叢裡的動靜。哈利爾說些狼和胡狼的故事，牠們偷走人類小孩當野獸養育，餵狗奶跟反芻過的肉。傳授牠們的語言以及狩獵技巧。當人類小孩長大，就跟這些狼交配，生育狼人。狼人們住在林子深處，只吃腐肉。餓鬼也吃腐肉，偏愛人肉，但是只吃那些死後未蒙祈禱祝福的死者。不管怎麼說，餓鬼是鎮尼（jinni，阿）[17]，由火生成，不能跟狼人扯為一談，狼人跟其他動物一樣，都是由土生成。要是你想知道的話，天使是由光生成，因此我們看不見他們。總之，狼人有時混在人群裡。

優素福問：「你見過嗎？」

---

17 鎮尼是伊斯蘭教對於超自然存在的統稱，印度也沿用此稱呼，由阿拉用無煙之火造成。

哈利爾貌似深思，然後說：「我不確定。我想應該有。他們會偽裝，你知道的。一晚，我看見一個非常高的男人靠著木棉樹（斯），跟房子一樣高，全身白，發亮……但是比較像火，不是光。」

優素福說：「或許他是天使。」盼望如此。

「願真主原諒你。天使是看不見的。那人在笑，靠著樹，貪婪飢餓地笑。」

優素福說：「飢餓？」

「我閉上眼祈禱。你絕對不能看到狼人的眼睛，看見就是掰掰囉，咔滋，咔滋。我再張眼時，他不見了。還有一次，一只空籃子沿路跟了我一小時。我停它就停，我轉彎它也轉彎。我繼續走，聽到狗兒哭號，張望，卻只瞧見空籃子跟著我。」

優素福問：「你幹嘛不跑？」話聲低低，充滿驚訝。

「沒用啊。狼人跑得比斑馬快，比思想還快。唯一比狼人快的是禱告。如果你跑，牠們就把你變成動物或者奴隸。末日審判（kiyama，斯）後，世界滅亡，真主把眾人叫到**祂**面前。審判日（斯）後，狼人會被打入地獄第一層，那裡有成千上萬的狼人，吞食不服從阿拉的罪人。」

「餓鬼也住那兒？」

哈利爾深思之後說：「或許。」

「還有誰？」

哈利爾說：「我不知道。無論如何得避開那地方。話又說回來，地獄其他層更糟，或者該整個避開。現在睡覺吧，否則該工作時你就打瞌睡。」

哈利爾教導優素福店裡的一切。如何扛起沉重的麻袋不受傷，如何把穀粒倒進缸裡不灑出。如何快速算錢，如何找零，如何辨別銅板，哪個大，哪個小。優素福學會從顧客手裡收錢，如何捏著紙幣不從指頭間掉落。哈利爾握著他的手教他用長柄杓量椰子油而不潑灑，用鐵絲切長肥皂。優素福表現好，他便露出讚許微笑，優素福學不會，便賞他痛苦重擊，有時甚至當著顧客的面。

顧客嘲笑哈利爾的一舉一動，但是他顯然不為所動。他們一天到晚嘲笑他的口音，模仿他，哄然大笑。他對顧客說他的小兄弟在教他，等他說得夠好，就會找個胖嘟嘟的斯瓦希里（Mswahili，斯）[18]老婆，過著人人敬畏的生活。前廊那些老男人喜歡談論年輕胖老婆，哈利爾樂意配合。他們教他一些會惹麻煩的詞彙，要他一再反覆，哈利爾毫不在乎照辦，加入眾人的哄笑，眼裡閃耀歡樂。

18 Mswahili 是斯瓦希里人的單數，m 為單數前綴詞。

這些顧客是住在附近的人，或者打算出城的鄉下人，嘮叨著自己的貧苦以及可怕的物價，對自己的謊言與暴行隻字不提，就跟其他人一樣。如果老人坐在長凳上，顧客會停下來跟他們聊天，或者呼喚賣咖啡的給他們的老父來上一杯。女顧客喜歡優素福，每有機會就拿他當自己小孩溺愛，或者開心笑著他的彬彬有禮與美貌。其中一個女人膚色黝黑，臉蛋上的細小表情波動不停，超級著迷優素福。她叫瑪・阿祖莎，塊頭魁梧，模樣健壯，聲音響徹人群。優素福覺得她很老，沉重，蹣跚，沒人注意時會面露痛苦神色。當她看見優素福，身體不由自主抖動又伸直，喉間冒出小聲吶喊。如果優素福沒看見她，她便躡手躡腳靠近，一把將優素福扯進懷裡。優素福掙扎踢腿，她便發出勝利與快樂的高音歡叫。沒法偷襲時，她會興奮逼近，喊著我的丈夫，我的主人，讚美他、許他承諾，還說如果優素福願意跟她回家，她會提供他甜食與難以想像的歡愉。她喊著，我的丈夫，你可憐可憐我吧。其他男人若在附近，會願意以身替代，因為無法忍受她如此受苦，卻只換得她的鄙夷嘲笑打發。優素福瞧見她拔腿便跑，躲到店裡最黑暗的角落，聽著她哀叫他現身。哈利爾不遺餘力幫助那女人，有時故意不鎖櫃檯的折板，讓她可以進到鋪裡，在麻布袋跟錫罐間追逐優素福。或者哈利爾會差遣他到店鋪旁的庫房辦事，那女人潛伏等待，逮到優素福就喊叫猛撲，身體暴烈抖動還打噴嚏。她嚼菸草，身上都是菸草味，她的擁抱吶喊令人難堪。大家似乎都覺得此事有趣，優素福卻看不出哪裡好笑。他們總是告訴瑪．阿祖莎優素福躲在哪裡。

他向哈利爾抱怨：「她好老。」

哈利爾說：「老！愛情跟年紀有什麼關係？那女人愛你，你卻讓她痛苦。難道你看不出她心碎了嗎？你沒眼睛嗎？沒血沒淚嗎？你這個笨蛋活死人（斯），你這個軟弱懦夫。你說老，什麼意思？瞧瞧那身體，瞧瞧那屁股……好消息多著呢。配你百分百。」

「她有白頭髮。」

哈利爾說：「一把指甲花染料就……白頭髮沒了。你幹嘛在乎頭髮？美深埋在身體裡，靈魂裡。不只是表面。」

「她的牙齒被菸草染紅了，跟那些老男人一樣。她幹嘛不要那些老男人？」

哈利爾建議：「給她買把牙刷。」

優素福想擺脫嘲笑，直白說：「她肚皮好大。」

哈利爾嘲笑說：「哎喲，哎喲。或許有一天一個苗條的波斯公主會來到店裡，邀請你去她的宮殿。我的小兄弟，那個漂亮的胖女人愛你呢。」

優素福問：「她有錢嗎？」

哈利爾笑了，突然開心擁抱他說：「沒富到足以讓你脫離火坑。」

他們每天至少見到阿齊茲叔叔一次，他晚上會到店裡收錢。他看看哈利爾給他的帆布錢袋，又看看哈利爾每日記數的帳本，然後拿回去細查。有時他們一天內會見到阿齊茲叔叔好幾次，但他都只是經過。他總是忙，上午進城前經過店面，表情凝重思索，回來時也一臉思慮，多數時候彷彿心頭沉甸甸。前廊的男人平靜望著焦躁思索的阿齊茲叔叔。優素福現在已經知道他們的名字：巴・坦布、塔米老爹（Mzee，斯）[19]、阿里・瑪夫塔，但他依然把他們當成集體現象。想著自己如果閉上眼睛，便聽不出說話的是哪一個。

他沒法叫阿齊茲叔叔**主人**，即便哈利爾每次聽到他叫叔叔就扁他。「他不是你的叔叔，你這個笨蛋斯瓦希里男孩。遲早你得學會親吻他的屁股。主人，主人，**不是叔叔，叔叔**。來，你跟著我說，主人。」但是優素福沒說。如果被迫提到阿齊茲叔叔，他會說**他**，或者停頓一下，讓哈利爾氣呼呼幫他補上。

優素福來了數個月，終於學會不去數日子，他的倔強堅持讓他明白如果不想好好過日子，一天可以長似數星期。也是此時，大家開始忙著往內陸的旅行。阿齊茲叔叔晚間會跟哈利爾講許久話，坐在老人白天佔據的長椅。兩人間的油燈光燦，讓他們的臉扁平如坦白的面具。優素福覺得自己聽懂幾個阿拉伯文，但是不在乎。他們翻閱哈利爾記載日間生意的本子，前翻後翻，數字相加。優素福就蹲在附近，聽到他們話聲焦慮，彷彿擔心自身的安全。談話過程，哈利爾極為不安，眼珠發亮，未能察覺自己話聲緊繃。有時阿齊茲叔叔突然笑了，哈利爾就嚇得跳起來。其餘時候，阿齊茲叔叔都是維持一貫態度聆聽，面無表情，若有所思。如果開口，也是話語平靜，是有需要隨時可以轉硬的那種。

準備工作加緊，混亂隨之出現。大批包裹貨物在奇怪時間送抵，放到屋子側面的庫房。麻布袋與編織袋堆在店裡。形形色色物品散發不同氣味放在前廊角落，用麻布跟帆布蓋著，以免招灰塵。伴隨貨物抵達的是不愛說話的隨從，他們坐著看，取代長凳上的老人，趕走對蓋布下物品禁不住好奇的小孩與顧客。這些隨從是索馬利亞人與尼亞姆維奇（Wanyamwezi，斯）人，配備細棍與鞭子。他們不是真的不說話，而是講只有他們了解的語言。優素福覺得他們凌厲惡毒，隨時能上場打仗的那種。他不敢

19 Mzee 在斯瓦希里語中指老人。

公開看他們，他們的眼裡也似乎沒有他。哈利爾說，商隊總管（mnyapara wa safari，斯）也就是頭把手，會在內陸等這批遠征隊伍。主人太有錢，沒必要自己管理組織遠征隊。通常總管（斯）會在旅程一開始就參與，雇用腳夫、安排補給，但是這次他有事要收尾。哈利爾翻翻白眼說，那件事鐵定不簡單，否則他會在這兒。應該是不體面的事。擺平事情、搞些違禁物或者算舊帳，總之不是這個就是那個爛事。只要有他就有齷齪事。總管（斯）名叫穆罕默德．阿布杜拉，提到他的名字，哈利爾誇張發抖，說：「魔鬼！靈魂扭曲的硬心腸傢伙，沒智慧也沒慈悲心。儘管惡行一堆，主人對他還是評價很高。」

優素福說：「他們要去哪兒？」

哈利爾說：「去跟野蠻人做生意。主人就是做這個的，這是他的營生。他去到野蠻人那兒，把貨品賣給他們，再跟他們買東西回來。他什麼都買……除了奴隸。政府還沒禁止前，他就不幹這個。販奴不體面又風險高。」

「他們會去多久？」

哈利爾帶著驕傲又羨慕的笑容說：「幾個月，有時數年。這就是做生意。他們不會說旅程有多長，只是到四面八方、攀山越嶺，不做成生意不回來。主人是這行的冠軍，他總是完成好交易，很快就回來。我想這次不會太久，只是賺點零花錢。」

白日，男人會上門討工作，跟阿齊茲叔叔討價還價談條件。有的帶著先前雇主的書信，也有些老頭苦苦哀求，受拒後帶著憤怒沮喪的眼神離開。

然後某天早上，當周遭的混亂幾乎到達無法忍受的頂點，他們出發了。一面鼓、一支號、一個鈴鼓，全以難以抗拒的熱情歡樂演奏，帶領男人們出發。樂手之後是一排腳夫扛布袋麻袋，朝彼此以及前來送行的旁觀者快樂飆髒話。索馬利亞人與尼亞姆維奇（斯）人踱步腳夫旁，揮舞棍子與皮鞭，作勢阻止好奇者接近。阿齊茲叔叔帶著有趣的苦笑看隊伍前進，直到他們幾乎消失於眼界，才轉身面對哈利爾跟優素福。有那麼一下子，他好像回首看花園深處的門，似乎聽見呼喚，說是動作更像是姿態。然後他對優素福微笑，伸手讓他親吻，當優素福彎腰親吻，整個人沒入猛烈的香水與熏香氣味。阿齊茲叔叔另一隻手也伸過來，撫摸他的脖子。優素福想起十安那，以及雞寮與木料場的氣味如何淹沒了自己。最後，阿齊茲叔叔終於注意到哈利爾的熱烈告別，彷彿不在意，也伸出手給他親吻，轉身離去。

他們目送主人離開直到瞧不見。哈利爾轉頭四望，笑著對優素福說：「或許他這次也會帶個小男孩回來。或者小女孩。」

阿齊茲叔叔不在，哈利爾的狂熱似乎消退不少。老人們重回前廊，喃喃智慧小洞見，嘲笑哈利爾又要做工人囉。哈利爾負責屋內的事，儘管優素福表現出興趣，他也隻字不提他每早進主屋的事。他每天付錢給賣蔬菜的老頭，然後進入花園的門，肩頭因沉甸甸的籃子而下垂。有時哈利爾上午拿錢給附近的一個男孩，指示他到市場買東西。那男孩叫奇辛瑪瑪永古，鎮日閒蕩，替人跑腿，從鼻孔哼歌。他的硬派作風是種醜惡反諷，惹人發笑，因為他極乾瘦又病歪歪，一身襤褸，街上男孩老揍他。他沒家，沒人知道他睡哪兒。哈利爾也叫他活死人（斯），他說：「另一個，原版的。」

每天上午，園丁哈姆達尼會來照顧那些祕密樹木與灌木叢，清潔池塘與水道。他從不跟人說話，做事時毫無笑容，只哼詩歌和誇薩達（qasida）[20]。中午，他就在園子裡小淨（ablution）[21]與禮拜，晚些，他便靜靜離開。店裡顧客說他是聖人，擁有草藥與治病的祕密知識。

吃飯時，哈利爾便進入主屋，拿兩盤食物出來，之後又把空盤子拿回去。晚上，他拿裝錢的帆布袋跟帳本進屋。有時很晚，優素福聽到尖銳的嗓門在說話。他知道屋裡藏了女人。總是如此。他從未越過花園牆邊那個水龍頭，但是站在那兒，他可以看到晾衣繩上的衣物，色彩鮮豔的罩衫與床單，揣想著屋內那些聲音的主人是何時出來晾的。有時會有女性訪客，黑色布依布依（buibui）[22]從頭罩到腳，經過時以阿拉伯語跟哈利爾打招呼，也會問有關優素福的問題。哈利爾回答時永遠不直視她們。有時，塗了指甲花彩繪的手從黑袍伸出，摸摸優素福的臉頰。那些女人飄散濃香，讓優素福聯想到母親的衣箱。母親說那是沉香（udi，斯），由蘆薈、琥珀與麝香做成，那些名詞讓優素福的心意外翻騰。

最後優素福問哈利爾：「誰住在裡面？」阿齊茲叔叔在的時候，他不願意提問。他們的生活方式有許多需要應付的地方，常是意外又充滿難以預期的變化，他無力想望其他。阿齊茲叔叔是他們的生活中心與意義，世事繞著他運轉。阿齊茲叔叔籠罩他，除此，優素福想不出其他形容，直到他遠行，才覺得能隔著距離看他。

他問：「誰住在裡面？」晚上店已關門，他們還在店裡給糖秤重，裝到錐型紙袋裡。優素福用長柄杓把糖勺到磅秤上，哈利爾把紙捲成錐型裝糖。有那麼一下子，他似乎對優素福的連續發問充耳不聞，然後停下動作，以微帶猜忌的眼神看著優素福。優素福身體緊繃，準備迎接拳頭，因為他還是經常犯錯。但是哈利爾笑了，避開優素福憂慮的眼神，說：「女主人。」然後轉頭警戒看看他們背後的牆壁，手指放在唇間示意優素福不要再問。之後，他們沉默繼續工作。

---

20 以古典阿拉伯詩為詞的歌唱曲式，內容包括了愛、死亡等。

21 穆斯林禮拜前必須清洗顯露在外的身體。

22 東非穆斯林女性穿的包頭黑色長袍。

稍晚，他們坐在空地另一頭的木棉樹（斯）下，油燈照出大山洞般的光圈。昆蟲衝撞玻璃，因無法撲向火焰而抓狂。哈利爾突然說：「太太瘋了。」聽到優素福小聲驚呼，他笑著說：「你嬸嬸啦。你幹嘛不叫她嬸嬸？她非常有錢，卻是病得厲害的老太太。如果你禮貌致意，或許她會把錢都留給你。許多年前，當主人娶了她，就突然變成有錢人，但是她很醜，有病。這些年來，醫生不斷上門，長長白鬍鬚的哈基姆（hakim）[23]來唸禱文，巫醫（mganga，斯）翻山越嶺帶藥給她，沒用。就連牛醫師、駱駝醫師都來過。她的病是心頭病。而不是人手製造的傷害。你明白嗎。不知沾上什麼？她躲著人們。」

哈利爾住嘴，不再繼續說。優素福感覺哈利爾講著講著，原先的嘲諷變成痛苦，他想講點什麼讓哈利爾開心點。他一點也不驚訝屋內有瘋女人。這正是母親講給他聽的那種故事。在那些故事裡，瘋狂來自愛情變調，或者因為遺產爭奪中了巫咒，或者復仇未果。這種瘋無藥可救，除非該搞定的事都搞定，詛咒才會解除。他想跟哈利爾說別那麼擔心，故事結束前，一切都會擺平。他已經下定決心，如果他遇見瘋狂女主人，他會轉開頭，替她祈禱。他不願回想母親，或者她以前常說故事的情景。哈利爾的哀傷令他難過，他想讓哈利爾繼續說話，因此想也沒想便脫口：「你母親會跟你說故事嗎？」

哈利爾吃驚說：「我母親！」

哈利爾沒繼續說，一會兒後，優素福問：「會嗎？」

「別跟我提她！她走了。跟其他人一樣。大家都走了。」哈利爾滔滔阿拉伯語，表情像是想揍優素福，說：「走了。你這個蠢男孩，你這個活死人（斯）。他們全去了阿拉伯半島。留我一個人在這兒。我的兄弟，我的母親……所有人。」

優素福淚水盈眶。他想家，覺得被棄，但是忍著不哭。過一會兒，哈利爾嘆口氣，用力拍打優素福的後腦勺，說：「除了我的小兄弟。」當優素福忍不住自憐哀哭，他笑了。

星期五下午，他們通常會關店一、二個小時休息，阿齊茲叔叔不在，優素福便問哈利爾他們可否整個下午都待在城裡。大熱天時，他曾瞥見海洋，也聽到顧客提及船兒進港的神奇漁獲。哈利爾說，他城裡一個人也不認識，他半夜來到此地下船投入主人的懷抱，是他第一次看到這漁港，之後也只去過一次。

這麼多年，他也沒認識誰可以去走動。他沒進過旁人的家。每一個開齋節，主人會帶他去主麻清真寺（Juma's Mosque）禮拜，他也參加過一次葬禮，但不知道死者是誰。

---

23 阿拉伯語的智者或者草藥醫師。

優素福說：「所以，我們該去逛逛瞧瞧。我們可以去漁港。」

哈利爾緊張地笑說：「我們會迷路。」

優素福堅定地說：「不會。」

哈利爾拍拍優素福的背說：「年輕人（shabab，阿），你真是個勇敢的小兄弟，你會照顧我，對吧。」

他們才離開店鋪沒多久就碰到幾個顧客，彼此問安，隨後加入街上人群，被擁進清真寺做主麻日禮拜（Juma's Prayer）[24]。優素福發現哈利爾不知正確的動作，也不知道該說什麼。之後，他們到海邊看獨桅帆船與漁船。優素福從未那麼靠近海，對大海的遼闊瞠目結舌。他原以為空氣會很清新，接近海邊時則會氣味沖鼻，沒想到卻是糞便加上菸草加上原木的味道。還有一種刺鼻腐爛味，後來發現是海草。海邊停靠一排小艇，再往上走，船主漁夫躲在遮棚下圍著炊火。他們在等潮水轉變，大約是日落前兩小時。他們讓位給哈利爾與優素福，哈利爾毫無拘束，拉著優素福坐下。燻黑的鍋子裡煮的是飯與菠菜，裝在破舊圓盤裡大家分著吃。

離開後，哈利爾說：「我曾住在南邊海岸的漁村。」

他們一整個下午閒逛，碰到他們膽敢嘲笑的事都笑。買了一根棒棒糖和一包堅果，停下來看男孩玩打木片（斯）。優素福問要不要加入，哈利爾驕傲地點頭。他不清楚遊戲的細節，但是看了幾分鐘，知道大概。撈起沙龍（saruni，斯）當腰布纏到腰間，像個瘋子追逐木片。男孩笑了，給他取各式綽號。他精力旺盛，一有機會就要求打擊，然後把棒子交給優素福，後者以大師般的自若自信一次又一次擊中木片。每次得分，哈利爾就大聲喝采，當優素福終於被逮到，他把優素福扛上肩頭，退出遊戲，優素福踢著想下來。

回家路上，他們看見黃昏街頭，狗群開始騷動。日光下，牠們身上潰爛又瘦骨嶙峋，毛皮上滿是疥瘡。月光下牠們的眼睛顯得無情，日光下卻白色眼翳黏結流水。蒼蠅成群飛繞牠們身上的紅色傷口。

打木片（斯）遊戲後，哈利爾向顧客唱頌優素福的英勇表現。每次複述，優素福的事蹟就更形誇大，哈利爾則越發耍寶。一如他往常對待顧客的態度，一切只為求得哄笑，尤其有女孩或年輕女性時。所以當瑪．阿祖莎聽到這故事，那場遊戲已經變成大屠殺，優素福獲得勝利，他的小丑則在一旁跳躍唱讚美歌。神奇的優素福，受真主福佑

---

24 每星期五舉行的禮拜，完成主麻功課，可免當日的晌禮。

的，新一代的左勒．蓋爾奈英（Dhul Qurain），歌革（Gog）與瑪各（Magog）[25]的屠殺者。伴隨著想像的敵人一個個被優素福亮劍斬殺，瑪．阿祖莎適時發出讚嘆。到了故事的結尾，一如優素福預期，瑪．阿祖莎發出歡樂的高叫聲，追逐優素福。前廊的老人與顧客歡呼大笑，激勵瑪．阿祖莎。優素福無路可逃被逮住，瑪．阿祖莎將他一路拖到木棉樹（斯）下，渾身激情顫抖，優素福好不容易才掙脫開來。

後來優素福問：「你跟瑪．阿祖莎講的那些瑪家格[26]是什麼？什麼故事？」

哈利爾先是揮手打發他，因為剛從主屋出來，心事重重。稍後他說：「左勒．蓋爾奈英是一匹小飛馬，如果你能逮住他，用丁香木燒烤，吃掉四腿與翅膀的各一片肉，就可以獲得大能力，能打敗巫師、魔鬼與餓鬼。如果你想，還可以驅使他們幫你弄個苗條漂亮的中國、波斯或印度公主。代價是你必須成為歌革與瑪各的囚犯——終生！」

優素福安靜等著，一個字也不信。

哈利爾笑著說：「好吧。跟你講實話。不要寶。左勒．蓋爾奈英是有兩隻角的人……亞歷山大大帝（Iskandar the Conqueror）啦，他在戰爭中征服了全世界。你沒聽過亞歷山大大帝？他在征服世界的過程中旅行到世界的邊緣，人們告訴他北邊住了歌革跟雅各，沒有語言的野蠻人，一直侵擾鄰人。所以，左勒．蓋爾奈英築了一座牆，歌革跟雅各無法攀越，也無法挖洞。那就是世界邊緣的牆。那座牆外面住的就是野蠻人與惡魔。」

優素福問：「那牆是用什麼建的？歌革跟雅各還住在那兒嗎？」

哈利爾惱怒地說：「我怎麼知道？你可以消停一會兒嗎？一天到晚要我說故事。現在讓我睡點覺。」

阿齊茲叔叔不在，哈利爾對店鋪的興趣稍減，越來越常往主屋跑，要是優素福跑去花園溜達，也沒那麼生氣。花園是個封閉環境，遠離前廊旁通往主屋的寬敞大門。即便從遠處都能感受花園的寧靜與涼爽，優素福剛來時就深深著迷。趁著叔叔不在，他踏進牆內，發現花園分成四角，中央有個水池，渠道從中奔往四個角落。四角花園種了樹木與灌木，有些是花：薰衣草、指甲花、迷迭香、蘆薈，灌木叢中間的空地種了丁香與草，散佈百合與鳶尾花。繞到水池後面可通到花園高處，地形隆起成花壇，分散種了罌

25 左勒・蓋爾奈英、歌革與雅各是出現在聖經的人物。前者的阿拉伯語名字意指「雙角人」，或者「有兩個犄角的」，進一步解釋是「能到達日出的東方與日落的西方」的人，被認為是指亞歷山大大帝。他抵達日落之處，人民跟他訴苦歌革與瑪各的人民侵擾，他便融鐵鑄了一個壁壘。歌革與瑪各是聖經中時間終結時的撒旦前鋒，後指兩個部落，有指是超自然生物、巨人。聖經說他們人數多如海沙。

26 此處，優素福把歌革與瑪各混為一談。

粟花、黃玫瑰、茉莉，試圖模仿自然生長狀態。優素福幻想著晚間香味上升，為之暈眩。迷醉間，他彷彿聽到音樂。

花園部分地方種了橘子與石榴樹，當優素福徜徉樹蔭，感覺像入侵者，嗅聞花香像是犯罪。樹幹上掛了鏡子，太高，優素福無法看見鏡中的自己。當他們躺在店鋪的前廊地上，談及花園與它的美麗，優素福雖沒明說，但是他超想被放逐到沉默樹叢中，許久許久。哈利爾告訴他，石榴是水果之大成。不是橘子、不是桃子、不是杏，而是它們的集合。它就是繁生之樹，它的樹幹、果實結實飽滿，迅即如生命。為了證實他的教條，他們斗膽從園裡偷了一顆石榴，堅硬無汁的籽粒吃起來一點也不像橘子，反正優素福也不喜歡橘子。他從未聽過桃子，又問：「什麼是杏？」

哈利爾看起來有點生氣說：「跟石榴一樣好吃。」

優素福堅定地說：「那這樣，我也不愛杏。」哈利爾沒理他。

但是毫無疑問，哈利爾在主屋的時間很長。優素福逮到機會就溜進花園，他知道自己離開時有人注意到，主屋院內有抱怨的聲音，揚高，衝著牆這邊的他來的。女主人。

哈利爾說：「她瞧見你了。她說你是個漂亮男孩。當你走進花園，她從掛在樹上的鏡子看到的。你沒瞧見鏡子嗎？」

優素福預期哈利爾會嘲笑他，就像他拿瑪．阿祖莎嘲笑他一樣，但是哈利爾心事重重，哀怨難過。

優素福企圖激起哈利爾的說笑精神，問：「太太，她很老嗎？」

「是的。」

「很醜？」

「是的。」

「肥胖？」

「不。」

優素福問：「她瘋嗎？」看著哈利爾的心不在焉，他覺得有趣，問：「她有僕人嗎？誰幫她煮飯？」

哈利爾連打了他好幾下，又狠捶他腦袋。他強迫優素福把頭埋到兩腿間，停了好一會兒，然後突然一把推開他：「你就是她的僕人。我是她的僕人。她的奴隸。你沒腦袋嗎？你這個愚蠢的斯瓦希里人（斯），無能的白痴……她病了。你沒眼睛看嗎？你還不如死了算啦。幹嘛總是惹事上身？滾開！」哈利爾大吼大叫，嘴角冒泡，努力壓抑瘦削的身體憤怒顫抖。

山城

優素福的首次內陸旅行突如其來，意外慢慢已成為他的生活常態。商隊的準備工作進行多時，優素福才得知自己也是隊伍一員。旅行物資堆在店鋪後面與前廊上。大袋芳香的椰棗與一包包的水果乾堆到側邊庫房。草袋溢散的香氣與潮溼甜味吸引了蜜蜂與黃蜂，從窗戶柵欄間隙飛入。有的袋子飄出獸蹄與皮革味，匆匆搬入主屋內。袋子外觀詭異，麻布遮蓋。哈利爾低聲說：*運到邊境的違禁品（magendo，斯）。賺大錢。*顧客聳眉看著麻布遮蓋的貨品抵達，老人交換快樂的陰謀眼神。他們已經被趕離平日的前廊長椅，在樹下平靜注視，不時點頭微笑，好像任何事件，他們都有一份。每當優素福被老人堵住，就得聆聽他們長篇細描痔瘡、排便與便祕問題，端視逮到他的是哪個。如果他能忍受他們嘮叨走下坡的身體遭到的各式折磨，也就能聽到商隊其他次長征的故事，看著老人被這次準備工作搞得興奮忘我。

空氣裡充滿從各地風塵僕僕至此的旅程氣味，命令聲盈耳。出發日期逼近，混亂被迫降溫。阿齊茲叔叔平靜卻略帶困惑的笑容、冷硬無情的臉色，在在堅持眾人的舉止必須節制有尊嚴。最後長征隊伍在肅穆氣氛裡出發，號角手吹出聒噪不斷的旋律，鼓手敲出激勵的節奏帶隊。街上的人安靜注視他們經過，帶著自制的氣息，微笑揮手。誰也不會否認他們就是來看長征內陸的隊伍，也知道該說些什麼話，以表示此趟旅程的必要性。

優素福看過多次出發，逐漸享受準備工作的緊張狂熱。他跟哈利爾受命協助腳夫、護衛，盤點計數，費心盯緊，幫忙取這扛那。阿齊茲叔叔很少參與準備工作，細節落在惡魔——總管（斯）阿布杜拉身上！準備長征內陸，阿齊茲叔叔就會把阿布杜拉從內陸叫來。他總是應命而來。因為阿齊茲叔叔是有辦法的商人，不必跟印度放高利貸的（mukki，印）週轉就能供應長征所需。替這樣的人效命是種榮耀。腳夫與護衛的聘雇由阿布杜拉負責，分紅條件是他去談的，他們也由他管束。這些人多數來自海岸地區，有的遠自基利菲（Kilifi）、林迪（Lindi）與姆瑞瑪（Mrima）。大家都怕總管（斯），他眉頭緊鎖的咆哮模樣、冷酷無情的眼神，在在保證惹毛他，你就會痛苦加身。就算他最簡單平凡的姿態都透露此一訊息，以及他對這種權力的酷愛。他身材高大，體態結實，走路時肩膀後縮挺胸，好像期待挑戰。他顴骨高聳，臉蛋多肉，嘴裡噴吐各種急躁。隨身攜帶一根細竹杖，用來表達重點，惹他不快，手杖就在空中揮舞，怒氣上來，就揮到懶屁股上。盛傳他是無情的雞姦者，大家常看到他漫不經心搔弄胯下。那些阿布杜拉拒絕雇用的人常說他挑長征隊伍的腳夫都挑願意為他趴下的人。

有時他以恐怖笑容看著優素福，微喜搖頭。他會說真主的恩賜（mashaallah，阿）[27]，上蒼的奇蹟呀。眼神因喜悅轉溫柔，嘴唇張開形成眾人不熟悉的笑容，展露他被菸草汙漬過的牙齒。當慾望苦楚臨身，他就大聲嘆氣，微笑呢喃一些描述美的本質的歌詞。就是他告知優素福這次旅行有他，讓這個簡單指令也充滿威脅。

留置於此數年，優素福已經習慣平靜，不歡迎這種打擾。處境雖如此，他在阿齊茲叔叔的店鋪工作並非不快樂。他完全明白自己是質押給阿齊茲叔叔的抵押品（斯），保障父親的欠債。不難猜測這些年來父親借了太多錢，賣掉旅館都不夠還。可能是時運不濟，可能是愚蠢揮霍並不屬於他的錢。哈利爾說這就是阿齊茲叔叔的手法，因此當他需要什麼，就知道可以要求哪些人。如果主人急需用錢，他會犧牲幾個欠債的來籌錢。

或許有一天父親終於發達，會來把他贖回去。只要情況允許，他就為父母垂淚。有時他驚恐他們的模樣在記憶裡逐漸淡去。此時他們的聲音或者某個特質就會回來讓他安心，譬如母親的笑聲，譬如父親勉強的苦笑。倒不是說他渴望父母，伴隨時間累積，這種欲望越來越小，而是遠離雙親是他這生中最值得記憶的事。因此他沉溺其中，因自己的失落而哀傷。他想著自己該問的事，該知道的事。譬如讓他膽顫的父母慘烈口角。譬如那兩個離開巴加莫約就淹死的男孩。樹木的名稱。要是他想過詢問父母這些事情，或許他就不會覺得自己如此無知危險，飄蕩無根，不知世事。他照吩咐辦事，執行哈利爾的指示，日漸倚賴這位「哥哥」。只要可以，他就去花園工作。

他對花園的愛讓哈姆達尼老爹（斯）印象深刻。老人清晨即來下午離去，很少說話，吟唱詩歌頌讚真主，有些是他自己創作的，如果被迫中斷去聽別人說話就會生氣。每天早晨，他不跟人打招呼就開始工作，加滿水桶，沿著花園小徑撈水潑灑，好像除了他的花園與他的工作，世界不存在。太陽如果太大，他就坐在樹蔭下翻閱一本小書，嘴裡喃喃，身體搖晃，沉浸在狂喜崇拜裡。下午禮拜結束，他洗腳，然後離開。哈姆達尼老爹（斯）容許優素福幫忙，不過要看他高興，也不是交代優素福做什麼，只是不趕他走。太陽下山後，優素福就獨擁花園。修剪澆水，漫步於樹木與花叢間。天黑後，牆後那個沒好氣的聲音還是要他走開，不過，他也曾在聚攏的暮色裡聽到片段歌聲與嘆息。那聲音讓他充滿哀思。有一次他聽到一聲長長的渴望嘆息，他想

---

27 此字的原意是「如真主所願」的。用在一件事發生後。此事的發生與發展都是真主所願的，以表示對真主的一種感謝。此處表示優素福的美就是一種恩賜。

到母親，駐足牆邊，恐懼顫抖聆聽。

優素福已經放棄詢問女主人種種。因為每問必惹哈利爾發怒。這不關你的事，你不可以問沒用的問題。你會帶來厄運（kisirani，斯）。你想讓邪惡降臨？他知道哈利爾震怒就是要他閉嘴不問女主人，但他不免注意到顧客出於禮貌詢問主人家時彼此交換的眼神。哈利爾與優素福下午進城遊蕩，會看到巨大的房舍寂靜矗立於白牆後，裡面住著富有的阿曼人[28]。一個顧客說：「他們只准女兒嫁給堂表兄弟。長長的堡壘裡關著病弱的後代，沒人提起。有時你會看到那些可憐東西的臉蛋貼著高處的窗戶柵欄。天知道他們看到悲慘人間有多麼困惑。或許他們明白這是真主在懲罰他們父親的罪惡。」

他們每個星期五到城裡，在主麻清真寺禮拜，玩打木片（斯），街頭足球。路人朝哈利爾大喊他已經可以做爸啦，不該跟小孩一起玩，這樣會遭人議論，名聲受損。一天一個老女人停步看個幾分鐘遊戲，哈利爾走近，她朝地面吐口水，然後走開。黃昏時，他們會到岸邊跟沒出海的漁夫聊天。漁夫請抽菸，哈利爾會抽，但是優素福被告誡不可。漁夫說，他太漂亮了，不該抽菸。抽菸只會損害他的美貌。抽菸是邪惡的事，是罪。但是窮光蛋不抽菸要怎麼活？優素福想起乞丐穆罕默德說的悲慘故事，他如何失去母親的愛以及烏圖南邊的水田，不給他抽菸，他一點也不覺得損失。漁夫講述他們的驚險故事，以及在海上遭逢的天譴與災難。他們冷靜描述晴空突然掀起詭異風暴，那是魔鬼的偽裝，或者巨大閃亮的刺鯰在黑暗海面上升起，也是魔鬼的偽裝。漁夫沉浸於交換奮戰神勇敵人的難忘戰役。

稍後，他們會到小餐館外面看人打牌，或者買食物在戶外吃。有時城裡有露天舞會與音樂會，是應時慶典或者慶祝某人的好運氣，一直進行到凌晨。優素福覺得在城裡如魚得水，希望更常去，但是他感覺哈利爾並不自在。哈利爾待在櫃檯後面最快樂，以濃厚口音跟顧客說笑。他在他們面前的快樂毫不保留。顧客嘲笑他打趣他，他也跟著笑，從中得到的樂趣不亞於他們。他聆聽顧客訴說日子難過，同情他們的無情疼痛與苦楚。瑪．阿祖莎說，要不是她早已情定優素福，可能會考慮哈利爾，雖說他模樣緊張且身形瘦小。

一晚，他們去舊城區中心參觀印度婚禮，不是受邀賓客，而是擠在一堆卑微的旁觀者裡看人炫耀誇富與熱情表現。賓客的飄逸錦緞袍子與金飾讓他們目瞪口呆，男士們

---

28 阿曼帝國（Omani Empire）是海洋帝國，曾在波斯灣與印度洋上與葡萄牙和英國爭奪貿易、控制權。一八五六年當末任蘇丹賽義德．本．蘇爾坦駕崩後，他的兩個兒子便分裂了這個帝國為尚吉巴與阿曼本土。詳見維基百科。

色彩歡豔的纏頭巾讓他們讚嘆。古老香料的濃郁味道飄散空中，喜宴人家門口的銅壺裡焚香濃霧升起，壓下馬路正中央水溝蓋下的臭味。新娘的送親隊伍由兩個男人帶隊，撐著多層洋蔥頂造型的綠色宮燈。新娘由兩排年輕人左右護衛，他們嘴裡頌唱，朝路旁擁擠人群灑玫瑰水。旁觀者察覺某些年輕人略顯尷尬，就大聲嘲笑打趣，讓他們更不自在。新娘看起來非常年輕，小女孩一個，絲面紗從頭罩到腳，伴隨一舉一動，裡面隱約金燦閃耀，沉重的手鐲與腳鐲金光模糊，面紗後的大耳環像時而顯現的明亮影子。當她進入新郎家狹窄的門，燈籠的閃亮燭火勾勒出她的下半張臉輪廓。

之後，大盤食物端到街頭賞賜觀看者：印度咖哩餃（samosa，印）、拉拉球（ladhoo，印）、杏仁哈拉瓦（halwa badam，印）[29]。音樂徹夜演奏，弦樂器、打擊樂器搭配清澈美麗精準的人聲揚起。屋外的旁觀者沒人懂得在唱什麼，仍然留下來聆聽。夜色越晚，樂曲越傷感，最後，屋外的人被哀傷的歌曲逼得沉默解散。

2

阿布杜拉走到優素福身旁，托起他的下巴說：「漂亮男孩（kijana mzuri，斯）。」

那手感覺斑駁粗糙有鱗。優素福甩開頭，下巴抖顫。阿布杜拉說：「主人要你一起去，準備好早上出發。你來跟著我們做生意，認識文明人與野蠻人生活方式的不同。你該長大了，見識一下外面的世界……而不是在骯髒鋪裡鬼混。」說話時，阿布杜拉展露獵食動物的笑容，讓優素福想到鬼祟出沒他噩夢邊界的野狗。

優素福向哈利爾訴苦，他卻拒絕憐憫或哀嘆優素福的命運，反而笑著捶打優素福的手臂，看似笑鬧卻會痛。他說：「難道你要在這兒呆坐或者到花園玩耍，像瘋狂的哈姆達尼老爹（斯）一樣唱誇薩達？外面多的是花園，你可以跟主人借把鋤頭。每次他都會帶幾十把去跟野蠻人做生意。那些野蠻人喜歡鋤頭。天知道為什麼？我聽說他們也喜歡打仗。不過這些你都知道，不需要我告訴你，因為你來自野蠻地區。你怕什麼？你會享受這趟旅程的，只要說你是野蠻人王子返鄉娶親。」那晚哈利爾躲著他，在店裡忙，和腳夫狂軋聊。當他們躺到蓆子上睡覺，他終於無可迴避。無論優素福提什麼問題，他都玩笑應付。「或許你會碰到祖字輩親戚。鐵定很興奮……那麼多陌生景觀跟野生動物。還是你擔心去內陸時有人搶走瑪．阿祖莎？別擔心，我的斯瓦希里（斯）兄弟，

29 拉拉球與哈拉瓦都是印度著名甜點，前者有點像芝麻球，後者以碎杏仁加牛奶酥油與小荳蔻做成。

她一輩子都是你的。我會跟她說你走前為她哭泣，你擔心野蠻人不幫你擼雞雞（zub，阿）。她會等你，等你回來，唱歌迎接。你馬上就要成為有錢商人，穿絲戴銀噴香水，和主人一樣，錢袋在腰間，念珠在腕上。」

優素福氣急敗壞地問：「你是怎麼回事？」因受傷與自憐而聲音抖顫。

哈利爾笑著說：「那你要我怎樣？哭？」

「我明天就要遠行了，跟那個男人還有他那群土匪一起——」

哈利爾摀上優素福的嘴。他們睡在店鋪後面，前廊早被阿布杜拉的人馬佔據，他們同時把靠近空地的灌木叢變成露天廁所。哈利爾指頭擺在唇間，輕噓警告。優素福想繼續說，哈利爾用力捶他肚子，優素福痛苦呻吟。他感覺自己被放逐了，又好像莫名其妙背叛了誰。哈利爾把他拉近身旁，擁抱許久才放開，說：「這對你比較好啦。」

到了上午，麻布蓋著的包裹都已弄上貨車。這輛老舊貨車是他們長征內陸隊伍的一部分，先行出發，大隊人馬隨後跟它會合。卡車司機叫巴其斯，希臘與印度混血，黑色長髮，鬍鬚整齊。他的父親在城裡有間小小的裝瓶與製冰廠，有時把兒子與卡車一併出租給商販。巴其斯坐在駕駛座，車門打開，胖大柔軟的身體舒服癱在椅上，嘴裡滔滔穢言穢語，江河直下難擋，話聲雖柔和，臉上卻無笑。空檔夾雜情歌片段與抽菸葉（biri，斯）。「你們這些肏山羊屄的傢伙，給我行行好一次。我是很愛坐在這裡成日摸你們的屁眼，但是我得去載其他貨，給我動起來，給我賣力點，少在那兒嗅別人的屎。

當我想到真，我就看到你的臉，
其他人的臉都只有謊言
當我想到幸福，我感覺到你的愛撫
我看到其他人眼中燃燒的嫉妒

哇哇，先生（janab，印）！如果一個大君聽到我唱歌，鐵定把他的心頭肉寶貝兒賞給我一晚。這兒有奇怪的味道。我很確信我聞到爛雞巴味，還是他們給你的餿食？嗨，老爺子（baba，斯）！你搞—什麼啊？瞧瞧你背部汗珠油膩膩的。老兄啊，咱們要去的地方最喜歡肥肉，得留意你的屁股擱在哪兒了。拜託，兄弟，別猛搔背，讓別人幫你做。不過也是沒用啦。你這種傷只有一種藥可醫。咱們到牆壁後面，你給我馬殺雞一下。我就給你五安那。」司機的髒嘴惹來腳夫陣陣哄笑。居然在一個商人面前講這種話！當他話語稍有停頓，眾人無情嘲弄侮辱他的父母，甚至殘酷影射他的孩子。他會抓抓自己的胯下說：「給我吸雞雞啦。」繼續滔滔。

其他遠征內陸的貨品得放到一個長推車（rukwama，斯）送到火車站。直到最後時刻，阿齊茲叔叔仍和哈利爾安靜說話，後者站在一旁尊敬點頭，表示明白指示。腳夫排成懶洋洋的隊伍，聊天，爭論，時而爆出陣陣笑聲或掌聲。

阿齊茲叔叔給了出發的指示：「快點（haya，阿），咱們去內陸。」鼓手號角馬上齊奏，急急走在隊伍之前。阿布杜拉落後幾步，昂頭，手杖揮出威武的拋物線。優素福幫忙推板車，眼睛盯著木輪，擔心壓到腳，跟著腳夫一起有節奏地喘氣。看到哈利爾在最後時候還忙著奴顏親吻阿齊茲叔叔的手，彷彿有機會，他可以吞下整個手掌，優素福替他感到害臊。哈利爾總是如此，但是今早看起來特別討厭。優素福聽到哈利爾喊著斯瓦希里人（斯），但是他沒回頭看。

阿齊茲叔叔押隊走在最後，偶爾停步與街頭旁觀群眾中較體面的人聊天告別。

3

腳夫跟護衛搭三等廂，四仰八叉躺在長木條凳上，彷彿擁有整個車廂。優素福與他們同車廂。其他乘客畏懼他們的吵鬧與粗魯，退居角落或者到其他車廂。阿布杜拉從火車另一頭來探視他們，鄙夷冷笑他們的牢騷與無知談話。車廂又擠又暗，聞起來有濕泥味與柴火味。優素福閉上眼睛，第一次搭火車的回憶湧上心頭。接下來，火車行進了兩天一夜，經常靠站，進度緩慢。一開始，大地滿是棕櫚與果樹，菜圃堆過去是小農場與小牧場。只要火車靠站，腳夫與護衛便擁上月台瞧熱鬧。有些人走過幾次這條線，認得站務人員與月台商販，馬上趨前敘舊。他們被託付口信與禮物，沿線面交。一次下午一、二點左右靠站，炙熱寂靜，優素福覺得似乎聽到流水聲。四點左右，火車停靠卡瓦，優素福坐到地板，安靜緊張，擔心被人看到，讓父母丟臉。稍晚，當地勢開始凸起，他們的長征隊伍已經往東了，樹木農場變少。間疏的草地變成濃密小樹叢。

腳夫相互頂嘴咆哮。經常談論食物，爭論著眼前吃不到的佳餚，以及各區美食好壞。當他們吵到肚子餓，火氣上來，就吵其他的：詞句的真正意義，傳奇商人女兒收到的聘禮規模，某個著名船長的勇武，還有歐洲人皮膚怎麼那麼粗糙。針對牛、獅、大猩猩何者睪丸較大，他們可以熱烈爭論半小時無結論，各擁陣營。他們爭論自己的睡覺空間，覺得被人侵犯，詛咒抱怨，互相推擠爭奪地盤。爭吵激烈時，他們的身體散發強烈氣味，混合尿味滲透的汗水與腐爛菸味。沒多久，打架開始了。優素福用手保護腦袋，緊緊卡進車廂邊，有人靠近就猛力踢。深夜時，他聽到喃喃聲以及微小的動靜。一會兒後，他聽出那是鬼祟的愛撫，接著是輕笑聲以及愉悅的低聲細語。

天亮，他眺望窗外，發現鄉村景致的改變。在他們的右手邊，遠處小丘再度隆起，茂密陰黑。山丘頂上的空氣厚重不透明，散發著前途希望的氣息。火車奮力行進的焦乾平原則光線明亮。太陽一旦升起，便看出空氣中有灰塵石礫。烤乾的大地覆蓋一塊塊枯草，大雨落下，就會變成濃密草原，扭曲的刺槐樹叢點綴其間，黑色岩石露頭散佈平原，形成黑影。一陣陣熱氣與蒸汽從灼燙大地升起，充斥優素福嘴鼻，讓他呼吸費力。有一次靠站，他們停留許久，他瞧見一棵藍花楹兀自矗立怒放。紅紫色與紫色花瓣落在地面形成虹彩地毯。藍花楹樹旁有個兩房的鐵路倉庫，門上掛著巨大而生鏽的鎖，粉刷的白牆濺了紅土。

好幾次他想到哈利爾，友誼的回憶加上別離匆促又不開心，他覺得哀傷。但是哈利爾似乎開心看他離開。他想到卡瓦跟仍在卡瓦的父母，心想自己當年離別時的表現是否應該不一樣。

他們在近傍晚下火車，抵達一個小鎮，巨山白雪覆頂。空氣清涼愉悅，陽光有晨曦映在寬闊河水的柔和感。抵達後，阿齊茲叔叔如老友和印度裔站長寒暄。

他說：「莫罕・席瓦，先生您好嗎（hujambo bwana wangu，斯），希望您的身體健康，您的小孩與小孩的母親都好。一切頌讚全歸真主全世界的主（alhamdulillahi rabil-l alamin，阿）。我們還能祈求什麼？」

「歡迎（Karibu，斯），阿齊茲先生（bwana，斯）。歡迎歡迎。希望貴府大小平安。有什麼消息？牛意如何？」身材矮胖的站長拍打阿齊茲叔叔的臂膀，遮不住的興奮與歡欣。

阿齊茲叔叔說：「無論真主賜下何種福氣，我們都衷心感謝。老朋友。但是先別管我，此地一切如何，願您事事興旺。」

兩人消失於類似棚屋的低矮站長辦公室，微笑，閒聊，競相延伸正式的問候禮節，才開始談事情。建築頂巨大黃色旗幟在微風下飄打飛舞，旗幟上的黑鳥顯得歇斯底里憤怒。腳夫們心照不宣微笑，知道主人是去安排恰當的賄賂，減少火車運費。一會兒站長的手下現身，以旁觀者的事不關己態度靠著牆壁看著眼前一切。他也是印度裔，矮小瘦削的年輕人，眼神謹慎不與他人接觸。腳夫對他的表現了然於心，彼此議論，同時間，在阿布杜拉與護衛的注視下卸貨堆到月台。

阿布杜拉說：「給我小心點，你們這些大嘴巴的丟臉傢伙。」大喊大叫，揮舞手杖威脅，樂在其中。他嘲笑周邊每個人，手一面伸入基科伊（kikoi）[30]腰布，漫不經心

---

30 肯亞等東非國家流行甚廣的一種傳統布料，通常有著色彩明亮的條紋圖案，布的邊緣裝飾打結流蘇。

按摩自己，兩腿張得大開。「警告你們，別給我順手牽羊。誰給我逮到，就把他的屁股切成碎片。晚點我會給你們唱搖籃曲，現在都給我警醒點。我們可是身處野蠻國度。他們可不是你們這種泥巴捏成的爛貨。他們什麼都偷，要是你沒有全身包緊緊，連你的男性氣概都偷。快點（阿），快點（阿），他們在等我們。」

一切就緒後，他們扛著指定的貨品列隊出發。帶頭的是他們的隊長，傲慢揮舞手杖，怒視途經的吃驚觀者。這是空蕩蕩的小城，但是俯視的高山賦予它一種神祕朦朧，好像什麼悲劇場景。兩個戴珠鍊的戰士大步走過他們身旁，光滑的身體有赭色紋飾。皮製涼鞋重踩泥地，跟手中搖晃的矛同拍，身體朝前傾，緊繃，急迫。他們不左顧右盼，眼神堅定專注，幾乎是矢志奉獻的模樣。他們的頭髮梳成緊辮，染紅如土，身上的柔軟舒卡（shukas）[31]呈對角線，從肩頭繞過臀部到膝蓋，也是一樣紅。阿布杜拉轉頭嫌棄看著自己的隊伍，手杖指著大步行進的戰士說：「野蠻人，一個抵你們十個。」

一個腳夫說：「想想真主會創造這種東西！他們看起來像罪惡生成。看起來不惡毒嗎？」這個年輕腳夫總是率先說話。

另一個腳夫說：「他們是怎麼弄得這麼紅咚咚？鐵定是他們喝的血。沒錯，對吧？他們喝血。」

「瞧瞧他們的矛尖。」

一個護衛小心注意隊長的憤怒眼神，低聲說：「他們很懂得用矛，看起來可能很粗糙，就是棍子上面綁刀子，卻能造成很大傷害。尤其是他們經過訓練。他們成日就幹這個，攻擊其他人，打獵。要成為戰士，你必須獵到一頭獅子，殺死牠，吃下牠的那根。每吃下一根，就能娶一個老婆，吃得越多，在族人中就份量越重。」

他的聽眾鼓譟嘲弄：「少來（yallah，阿）！」不信這個誇張故事。

護衛抗議說：「真的。我親眼看過的。不信，問問去過那些地區的人。老天為證（阿），我講的是真話。每次他們殺了一個人，就割下他身體的部分，放到一個特別的袋子裡。」

多嘴的年輕腳夫又問：「為什麼？」

阿布杜拉轉身看著那個年輕人厲聲說：「你問野蠻人為什麼？因為他是野蠻人，這就是為什麼。本性如此。你不會問鯊魚或蛇為什麼攻擊。野蠻人也一樣。本性就是這樣。還有你們最好學會扛貨走快點，少講一點。你們不過是一群愛抱怨的娘兒們。」

過一會兒，那護衛說：「跟他們的信仰有關。」

---

31 東非一種方格垂穗布料，通常披在身上。

年輕腳夫說：「他們的生活方式不光彩。」換來阿布杜拉長長的恐怖注視。來自葛摩群島（Comoro）的一個護衛說：「就算野蠻人吃了一千根獅子的陰莖，也一定會被文明人打敗。文明人可以用知識與詭計獲勝。」

沒多久，商隊就抵達目的地。那是一家商鋪，位於一條小路尾，就在小城的出城幹道旁。商鋪前有個圓形空地，麵包樹圍繞。店主是個矮胖男子，穿寬大白襯衫與寬大短褲。他的細細鬍髭就跟他的頭髮一樣點點白。他的外表與談吐顯示他是海岸地區人，威嚴發號司令，無視阿布杜拉企圖打斷他，改由自己轉達命令。

4

山底空氣清涼，陽光有種優素福沒見過的紫彩。大清早山頂覆蓋濃雲，一旦陽光變強，雲兒散去，便凝結成冰雪。山的一邊，平原迤邐開展。來過此處的人告訴他，山後面住著渾身髒髒的戰鬥族裔，牧牛，喝牲畜血。他們崇尚打仗，以暴力史為傲。他們突襲鄰近部落，領袖的偉大標準是以從鄰近擄來的牲畜計算，還有他們從這些人家中擄來的女人。不打仗時，他們細心裝飾打扮自己的身體，像窯子裡的婊子。最常被他們侵襲的就是在山坡務農的，那兒雨水滋潤泥土。這些農人一週進城數次兜售農產品，吃苦耐勞，笨拙，一點也不像從遠處遷移到這兒的人。

一個路德教派的牧師教這些農民怎麼用鐵犁，如何做輪子。他說這是恩賜，來自他的主，他的主也要他到山區拯救人們的靈魂。他說勞動是上帝的神聖敕令，讓大家為自己的惡贖罪。不做禮拜時，他的教堂也是學校，他教信徒讀與寫。因為上帝派來的牧者太務實了，在他的堅持下，全部人改信上帝。牧師禁止他們多妻，說他們與新真主的誓言約束力超越他們與父母的。他教他們唱聖歌，跟他們說綠色山谷的故事，那兒到處是豐盛的果實與奶，森林裡到處是妖魔鬼怪與野獸，山頭覆滿雪，全村人在結凍的湖面滑冰。這下子，世世代代拿他們當獵物的牧牛部落更加瞧不起這些務農的，因為他們不但像動物與女人一樣耙地，還唱征服者的悲哀曲調，充斥山中，汙染褻瀆了空氣。

戰鬥民族就住在白雪覆頭的大山背陽面，陰暗灰撲撲，甚少落雨，那裡住了一個傳奇歐洲人。據傳他富可敵國，會說動物的語言，能與之溝通，驅使牠們為己所用。他的王國涵蓋大片土地，住在懸崖上的鐵鑄宮殿裡。這宮殿同時是個強有力的磁鐵，敵人只要欺近碉堡，武器便從套鞘跟緊握的手中飛出去，解除武裝，馬上受擒。這個歐洲人統御部落酋長與野蠻部族，他也很欽佩後者的殘酷與心狠手辣。對他來說，他們是尊貴的人，健壯優雅，甚至美麗。據說這個歐洲人有個戒指可以召喚大地上所有精靈為他服務。他的王國北部有大群獅子潛伏，極端渴望人肉，卻絕不敢靠近他，除非接到召喚。

商隊聚集在商店外，優素福就是跟其他男人坐在麵包樹下時聽到這些故事的。來自海岸地區的店主叫哈密德・蘇雷門，出身蒙巴薩北邊小城鎮基利菲。優素福知道它離烏圖不遠，因為乞丐穆罕默德說他有一次跨越基利菲的深水圳，差點淹死。他說，要是死了倒好，解脫他對大麻的羞恥依附。說這話時他苦笑，懷著歉意露出裂損的牙齒。

哈密德・蘇雷門很客氣，脾氣好，拿優素福當親戚。阿齊茲叔叔走以前跟他說了一些話。優素福看到了，也看到他說話時朝他的方向看。沒有解釋，只是拍了一下他的頭，叫他留在哈密德處。他帶著複雜的心情看著商隊出發。能夠逃離阿布杜拉的威脅，他雖覺得如釋重負，但是遠征隊要前往湖區與內陸，他也已經開始興奮期待。而且他跟邊緣人腳夫廝混，出奇自在，他們有講不完的故事與粗魯笑話，讓他為之絕倒。

哈密德的妻子瑪繆娜也來自海岸地區，蒙巴薩北邊還要更過去，是拉穆島（Lamu Island）。她說話方式不一樣，堅稱拉穆人說的斯瓦希里語比海岸其他地區更純正，她說，你可以問人啊，就是正宗斯瓦希里語（Kiswahili asli，斯），而且在她眼中拉穆島幾近無缺點。瑪繆娜跟丈夫一樣矮胖豐滿和善，只要有人在旁，她就沒法靜默。她對優素福有無數問題。他出生哪裡？父母又是出生哪裡？其他親戚住在哪？他們知道他的下落嗎？他最後一次拜訪父母是何時？拜訪其他親戚又是何時？沒人告訴他這些事情很重要嗎？他定親了沒？為什麼沒有？打算何時結婚？難道他不知道拖太久，人們會以為他有問題？就她看來，他夠大了，雖說外貌可能欺騙人。他多大？優素福盡可能迴避。碰到這種從未面對的問題，許多時候他只能挫敗聳肩，或者羞愧垂眼。他認為自己處理得宜，對他的迴避，瑪繆娜不可思議地哼哼，露出他遲早要坦白一切的眼神。

他的工作任務和之前在店裡一樣，只是這裡生意比較清淡，要做的較少，除了在店裡幫忙，他還要早午兩次清掃庭院。負責把落到地面的麵包果撿到籃子，市場裡有個男人每天來取。損壞的麵包果則扔到後院。哈密德夫婦從不吃麵包果。

瑪繆娜說：「感謝真主，我們還沒窮成那樣。」

哈密德說，此地以前是商隊進入內陸前的中繼站，那時很繁榮。不過那是他們遷到此處生活工作前的事了。那時麵包果是腳夫與奴隸的食物，他們長途跋涉野地，什麼都吃。倒不是他認為麵包果有什麼不好，以前在老家時，他們也常吃椰子醬煮麵包果搭配炸沙丁魚。天知道他們現在用來取代麵包果的也僅僅是平凡謙卑的食物，優素福可不要會錯意，他們並不鄙視麵包果，只是麵包果在這些方面容易讓人聯想起奴役。

他們讓優素福住進主屋內的一個小房間，跟他們一起吃飯。屋內油燈整晚點著，大門拴上，窗戶有鐵捲，天色一黑立即上鎖，防賊與野獸。哈密德養鴿子，養在屋簷下的小籠裡。有些夜晚拍翅聲打破令人不安的沉寂，第二天上午，庭院留下血跡與羽毛。鴿子全是白色，尾巴羽毛很長。雛鳥若是模樣不同，就會被哈密德摧毀。他歡談鴿子種種以及馴養鴿的習性。他說他的鴿子是天堂之鳥。牠們昂首闊步屋頂與庭院，浮誇魯莽傲慢，彷彿展示美貌比安全還重要。只是偶爾優素福覺得在牠們眼裡看到一絲自嘲。

有時哈密德夫婦會對優素福講的話交換眼神，好像知道什麼優素福自己都不知道的事。他揣想阿齊茲叔叔不知道跟他們說了多少。一開始，他們覺得他的行為舉止有點怪怪的，雖然沒說是什麼。他們總是猜疑他說的話，好像懷疑他的動機。當他描述經過焦乾大地來到此城，他們惱怒了。讓優素福覺得自己失禮或者執拗，揭露了他們生活裡無法避免的某種困頓。

哈密德說：「為什麼你會吃驚？這些地方到處乾旱。或許你期待看到綠色花壇與潺潺小溪。沒那回事。至少這裡非常靠近山，涼快，偶爾下雨，雖然雨量不及坡地處。但現實就是這樣。」

優素福說：「是的。」

哈密德皺眉對優素福繼續說：「我不知道你期待什麼。一年裡除了下雨的幾個星期，還有類似我們這樣的高地，到處都是那樣的。你該看看下雨後那些乾焦的平原變成什麼樣。你該看看！」

優素福說：「是的。」

瑪繆娜生氣地說：「是的什麼？是的，鬣狗？是的，動物？叫他叔叔。」

過一會兒，優素福說：「但是靠海地區很翠綠。我們住的屋子有一個漂亮花園，用牆圍著。裡面有棕櫚樹、橘子樹，甚至石榴，有水道跟池塘，還有氣味芳香的花叢。」

瑪繆娜嗓門拔高說：「哦，哇，我們不能跟商人、那些尊貴大人相比。我們只是可憐的店主。你是幸運兒，不過這是真主為我們選擇的生活。我們依從祂的命令，在這裡活得像野獸。你呢，祂給了你天堂花園，我們呢，祂給了到處窩藏毒蛇與野獸的荊棘灌木。所以你要我們怎麼做？褻瀆神明。抱怨祂對我們不公？」

哈密德微笑打圓場：「或許他只是想家。」未能安撫瑪繆娜，她依然喃喃抱怨，表情憤怒，好像還有話要說。

她說：「好吧，凡事都有代價，我盼望他早早學會教訓。」

優素福無意拿兩邊的花園做比較，只好保持沉默。相較於哈姆達尼老爹（斯）創造的樹蔭、花朵、池塘與果實纍纍的樹叢，這兒只有院子後面拿來做垃圾堆的灌木叢。裡面，祕密生物窸窣作響；外面，腐敗與惡疫氣息飄散。他來的第一天就被警告靠近時要小心，裡面有蛇。優素福覺得這警告聽起來像預言。他們等著他繼續說話，解釋一下，但是他想不出該說什麼，只好閉嘴呆坐他們面前，他們覺得被冒犯了。

終於他說了：「我以前下午會在那花園工作。」

他們笑了，瑪繆娜摸一下他的臉說：「誰能對這麼漂亮的男孩惱怒啊？我打算打發掉胖老公，嫁給你呢。不過在那之前，或許你可以幫我們蓋一個花園。」她跟哈密德火速交換眼神，說：「他在這兒的期間，或許可以讓他幹點真正的活。」

優素福問：「橘子樹在這兒可以活嗎？」他們再度以為他在嘲諷，笑了。

瑪繆娜繼續以逗笑口吻說：「你可以幫我們蓋噴泉跟夏宮。花園裡有各式馴養鳥兒。會唱歌的鳥，不是哈密德最愛的那種只會咕咕咕的鴿子。我也希望你仿效古代花園在樹上掛鏡子，捕捉光線，讓鳥兒看到鏡中漂亮倒影昏倒。幫我們弄一個這樣的花園。」

哈密德給老婆鼓掌，說：「她是個詩人，她家族的女性都是。男人嘛，不是遊手好閒，就是精明生意人。」

瑪繆娜微笑指著哈密德說：「願真主原諒你的胡說八道。你瞧，他才是那個一肚子故事的人。沒錯。你等著看他表演吧，他講完前，你不想吃不想睡。你等著看齋戒月吧，他會講故事讓你整晚不睡覺。他就是插科打諢的，毫無疑問。」

第二天，哈密德拎著大砍刀到灌木叢一角，用力猛砍靠近的枝條，叫優素福過來撿枝條，堆放當柴火。他開心地說：「可是你要蓋花園的哦。我這就清掉灌木叢給你弄花園。孩子，你也賣力點。我們要砍掉全部的灌木，一路砍到赤槐那兒。」一開始，哈密德的大力揮砍搭配嗜血吶喊與吵鬧歌曲。他說這是要嚇跑蛇。沒多久，他的亢奮消退，瑪繆娜的歡叫、打氣與嘲笑讓他屢屢中斷砍伐。他說，如果我們把事情交給女人，會有什麼結果？我猜現在還住在山洞裡。臉上汗珠滾滾落下。一個小時後，他的戰鬥吶喊變成呻吟，砍伐抖動灌木叢的動作變得無力。經常停下來大聲喘氣，趁機交代優素福如何堆放枝條。他喝斥優素福的笨手笨腳，當優素福被尖銳的枝條戳到手畏縮，他的眼神射出怒火。終於伴隨一聲絕望哀叫，他把砍刀扔到地上，快步回屋，經過妻子身旁時說：「我可不要為那片林子賠上老命。妳至少可以給我們送罐水。」

她嘲諷說：「那不是林子，只是幾株灌木，你這個衰弱老頭。」她又是笑又是拍掌，直到他離開視線：「哈密德，蘇雷門，你完了。我不如找個新丈夫。」

哈密德大聲說：「晚點你就知道。」

瑪繆娜高聲嘲笑：「可別嚇壞孩子。」優素福正要彎腰撿砍刀，她大喊：「年輕人（阿），你，別拿那個恐怖的武器，我不想你的血濺到我們的腦門上。你已經製造夠多麻煩，我們不想你的親戚也找上門來。你就習慣灌木叢跟蛇吧，繼續做你的花園天堂美夢，直到你叔叔回來接你。拿杯水去給叔叔。」

5

優素福得服侍他們兩人。凡有需要，他們就高聲呼喚，如果他動作慢，他們就不高興瞪眼。去打井水。去砍木材。去掃庭院。店裡如能抽空，他就得去市場買菜買肉。進城時，他盡量摸魚，站在空曠地方看牧人跟菜農經過。牛兒步履緩慢，哼哼噴氣，行走間落下大坨糞便，有時，尾巴一掃，糞渣便掃到空中。牧人嘴裡不斷喝喝咯咯，偶爾彎身向前拿棍尖戳趕牲畜歸隊。優素福經常看到塗了紅彩的戰士大步走過，吸引路人眼光。有時優素福用長扁擔挑籃，送貨到印度或希臘商家，盡量不去想送菜到阿齊茲叔叔家的那個老頭。歐洲農人開卡車或者坐牛車進城購買日用品，搞祕密生意。他們沒把人放在眼裡，一臉鄙夷昂首闊步。當他回家，又被打發去庫房拿東西，或者帶小孩上廁所。他們有三個孩子，長女快進入青春期，應該照顧弟妹。但是她心神不屬，辦事不牢，只忙著自己心裡的事，在庭院屋內跑進跑出，捶門，暗笑。有時他們會要優素福照顧兩個小的，帶去這裡那裡，這兩個小鬼精力旺盛，吵吵鬧鬧，總是遭到喝斥。優素福和他們在一起，不免想到哈利爾跟他的相處，儘管努力，還是不免經常失控。

他向哈密德提過哈利爾，以及他們做的事——算是實際管店——，盼著除了在店鋪與庫房間跑腿，也能做點其他事。哈密德只是笑笑。他說讓他們忙碌的不是店裡的生意，沒有旅客與內陸生意，撐都撐不下去，還談其他？「你的活兒還不夠嗎？幹嘛要更多？跟我說說那個商人、你的叔叔阿齊茲的事。他是好主人嗎？」他說：「他非常有錢也是個好人，對吧？名如其人，阿齊茲（Aziz）[32]。我可以跟你說他的故事，非常了不起。總有一天，我會去拜訪他的家。應該像宮殿吧？根據你說的還有那個花園，鐵定是像宮殿了。他會辦宴會和慶典嗎？你跟哈利爾一定過得像王子，被寵得什麼似的。」

這宅裡有三個庫房，其中一個他絕不打發優素福去取東西，一直鎖著。優素福

---

32 阿齊茲是阿拉九十九個名字之一，全能的，也代表受愛戴的，給孩子取這個名有期許成功發達之意。

偶爾在這庫房外徘徊，感覺聞到動物皮毛跟蹄子。他想起了：違禁品（斯）。大錢。哈密德曾提到那個臭嘴巴的卡車司機送貨來——那人簡直像茅坑裡爬出來的東西——因而優素福猜想庫房內大概藏了不宜用火車運送的祕密東西。三間庫房都位於主屋尾端、有圍牆的封閉後院裡。後院的另一頭是廁所、廚房與附屬建築。他的房間也在尾端，都在圍牆裡。一晚，他聽見哈密德去了禁忌房間。一開始他以為是小偷或者更可怕的人，然後他聽到哈密德的聲音。優素福很想出去看，便小聲拉開門拴。時值深夜，他站在臥房門口，瞧見庫房門縫下有火燭光。哈密德的低語聲轉為清晰，讓優素福止步。他的聲音忽高忽低，嘟嘟囔囔，哀求焦慮。嗚咽聲音迴盪寂靜屋內，有種不容質疑的悲劇與恐懼。他不該離開蓆子的，真希望沒聽到這些。當哈密德住嘴聆聽，優素福輕輕拉上門栓，回去躺下。第二天早上，哈密德什麼也沒說，但是好幾次，優素福瞄到他在看自己。

很多商販行經這個城鎮，如果他們是海岸地區人、阿拉伯人或者索馬利亞人，就會在哈密德這兒打尖個一、二天，處理事情與休息。他們睡在空地的麵包樹下，吃主人家提供的食物，回以小禮物、小敬意。有時他們出發前會賣掉一些貨品。這些商販帶來新聞以及堅忍大膽旅程裡發生的不可思議故事。一些城裡人會過來聽故事，其中一個是印度裔機械工，哈密德的朋友，他總是纏淡藍色包頭，開噪音很大的麵包車來，有時驚動商販。他很少說話，但是有時優素福看到他在錯誤的地方咯咯笑，惹來其他人惱怒與不解。邁入深夜，這些旅人坐在屋前空地，因冷冽山風微微發抖，身旁火炬圍繞，聊到他們有些晚上在營地被不懷好意的動物與人包圍。如果不是配備了良好武器、如果不是沒失去鎮定、如果不是真主庇佑，他們早曝屍某個荒野（nyika，斯），被禿鷹跟蛆蟲吃個乾淨了。

不管他們去到哪裡，都發現歐洲人已經捷足先登，駐紮了軍隊與官員，向當地人說是來保護他們不受敵人侵擾，敵人只想奴役他們。根據商販的敘述，歐洲人除了這個，似乎什麼營生也不幹。提及歐洲人，商販一副驚嘆口吻，震懾於他們的兇猛殘酷。他們搶走最好的土地，一粒珠子也不付，用各種手段逼迫人們勞役，不管食物多硬多臭，他們什麼都吃。貪婪無度，也不在乎廉恥，像蝗蟲過境。這個徵稅、那個徵稅，不然就大牢、鞭子或者絞刑伺候。他們先蓋監牢，後蓋教堂，接著蓋市集棚子，讓所有生意都在眼皮底下好收稅。這些都早過他們蓋房子給自己住。有誰聽過這種事？他們穿鐵做的衣裳還不會擦破皮，可以行軍幾天不喝不睡。他們的口水有毒。老天為證，我發誓！口水噴到你，皮膚就爛了。只有一種方法可以殺死歐洲人，就是刺進他的左腋下，其他地方都沒用，但這是不可能的，他們那裡保護得嚴嚴密密的。

一個商販發誓說他看過一個歐洲人倒地而亡，另一個趨前，吹氣就讓他活過來。

他看過蛇也會這樣，蛇的口水也有毒。歐洲人死後只要屍體沒有損毀破壞，還沒開始腐爛，另一個歐洲人就可以吹氣讓他活過來。如果他看見死掉的歐洲人，絕不會去碰他或者拿走他的東西，以防他活過來指控他。

哈密德笑著說：「別褻瀆。只有真主能給予生命。」

那商販環視四周的笑臉，堅持說：「我親眼看見的。我說謊，阿拉就讓我瞎眼。真的躺了個死人，另一個歐洲人過來躺到他旁邊對他的嘴巴吹氣，死者就抖一下，醒來。」

哈密德堅持：「如果他能給予生命，那他就是真主。」

商販憤怒發抖說：「真主原諒我。你幹嘛這樣說？我沒有那個意思。」

那人離開，繼續趕路，哈密德說：「他是個無知的人。他的家鄉非常迷信。有時信仰過度就會這樣。他到底想說什麼？歐洲人是蛇的化身？」

有些商販碰到阿齊茲叔叔的遠征隊，可以報告他的近況。最後一次見到他時，隊伍在馬朗古丘（Marungu Hills）[33]過去的湖邊，再往上走就會碰到西邊平行的大河。他是去跟馬尼埃馬（Manyema）[34]人做生意，生意不錯。那是危險的國度，但還可以做生意：橡膠、象牙，如果老天庇佑，甚至一點點黃金。來自阿齊茲叔叔的口信是，先替他付錢給販售必需品與貨品給他的商販，還有一次他委託一個返鄉商人帶上一批橡膠。他常有口信來，情況樂觀，哈密德因此對帶信的商販慷慨無比。

6

齋戒月得嚴格禁食祈禱，因此哈密德決定在齋戒月前的舍爾邦（Shaaban）月走訪山坡村鎮與聚落。這是每年一度的遠行，他極為期待，他說服自己既然顧客不來見他，他就去看顧客，這也是做生意的方式。優素福應邀同行。他們跟鎮上那個錫克教機械工租了麵包車，就是經常晚上跑來聽商販講故事的那人。他叫哈本斯．辛，不過大家都叫他卡拉辛加（Kalasinga）[35]。卡拉辛加負責開車，這樣也好，因為他的麵包車經常故

---

33 位於肯亞。

34 馬尼埃馬（Manyema）是班圖支系，此字原意為「吃人肉的人」，許多人是早年斯瓦希里—阿拉伯人奴隸販賣時代的腳夫後代，族群遍佈非洲大湖區，尤其是東非與剛果盆地東南部。

35 Kalasinga 是斯瓦希里語裡信錫克教的人。典故來自一八九〇年代尾，一個名叫卡拉・辛（Kala Singh）的旁遮普人來到英屬東非開五金行跟做工程生意，是錫克教先鋒。

障，跑了幾哩，輪胎就刺破。這些小災難並未讓卡拉辛加氣餒，只怪路況差山坡陡。他開心修理麵包車，好脾氣地接殺哈密德的嘲諷，自己口袋裡還窩藏了一堆諷刺語。他們熟得很。優素福曾去卡拉辛加的家送貨。他們喜歡口頭上刀來劍往，在爭吵中得到無上樂趣。兩人都矮胖，有點像。只是哈密德講話笑咪咪，卡拉辛加則是最悲慘的狀況下也板著一張臉。

當卡拉辛加辛苦彎腰修理出狀況的引擎，哈密德舒舒服服坐在岩石上說：「如果你不是個小氣鬼，就會買輛新麵包車，省卻顧客的折騰。你從我們這兒挖走的錢都去了哪裡，寄回孟買啦？」

「兄弟，別開這種爛玩笑。你想幫我惹禍上身嗎？什麼錢？而且我不是孟買人，你明知道的。那是山羊臭大便的班揚（banyan）國度[36]。古加拉特（Gujarati）[37]惡棍。他們才是有錢人，他們的弟兄都是吸血的高利貸（Mukki-Yukki）[38]。這些博哈信徒（Bohras）[39]。你知道他們的錢哪來的嗎？靠放貸跟詐欺啦。借錢給有困難的商販，利上滾利。然後用最小的藉口沒收你的家產。這是他們的專長。惡棍！所以我拜託你，尊重我，別拿我跟那些卑鄙的人相提並論。」

哈密德說：「你們不是都一樣？都是印度人、班揚、小偷、騙子。」

卡拉辛加臉色哀傷：「如果你我不是兄弟多年，我鐵定揍扁你！我知道你想鬧我，所以我會控制怒氣。我不會舉止不堪，讓你稱心如意。但是我的朋友，你別把我逼得太過分。辛家族的人很難靜靜接受侮辱的。」

「所以？誰叫你安靜啦。我聽說錫克教徒屁股都長長毛。還聽過一個錫克教徒從屁股扯下一根，捆住那個惹惱他的人。」

卡拉辛加哀傷地說：「我的朋友。我算是有耐性。還是得警告你一旦我怒氣爆發，唯有見血才能滿足。」他瞧著優素福，不斷搖頭，狀似尋求同情。他對優素福說：「你聽過我控制不住脾氣時會怎樣嗎？就是怒吼的野獅。」

哈密德開心大笑：「別嚇著這孩子，你這個多毛黑鬼（kafir，阿）[40]。你們這些班揚啊橫豎只是騙子。怒吼獅子哩！好啦，好啦，放下你的扳鉗。我可不想因為一個玩笑

---

36 班揚是 banyan 的音譯，意指印度商人，通常指非常有錢的商人。此字來自以前的印度商人在榕樹（banyan）下擺攤。卡拉辛加稱此類人是吸血鬼，因為很多富商靠高利貸致富。

37 古加拉特是印度最北邊的一個邦，與巴基斯坦相鄰。

38 Mukki 承前義 Indian Mukki，放高利貸的。Yukki 查無此字，經去信作者，表示只是諧韻。

39 作者原文用博哈（Bohra），全名應為達烏迪・博哈（Dawoodi Bohra），是伊斯蘭信仰的特殊支派，此社群的人使用阿拉伯語及波斯語、烏爾都語、吉加拉特語的混合語，分布在印度、巴基斯坦、葉門、東非、阿拉伯地區，以做生意聞名，博哈（bohra）一字即來自古加拉特語的 vohra（商人）。

40 Kafir 是穆斯林對非穆斯林的蔑稱，黑鬼之意。

話讓我的孩子做了孤兒。但是老實跟我說……我們是老朋友了。彼此沒祕密。你賺的那些錢都去哪兒啦？都給了某個女人，對吧？我的意思是也沒看到你揮霍。你家裡就是一堆故障爛車子。也不需要扶養誰，可是你渾身上下窮酸樣。除了便宜的本地啤酒（pombe，斯）或者自己工作間釀的毒藥，你也不喝別的。又不賭。鐵定是女人。」

「女人！我沒有女人。」

哈密德笑聲如雷。卡拉辛加在女人間的豐功偉業可是口耳相傳，每次都是卡拉辛加主動透露，別人再加油添醋。所有故事都指出卡拉辛加勃起困難，讓女人分心，一旦勃起，又死也不肯下來。

卡拉辛加大叫說：「你這頭驢，如果你非知道不可，我是寄給旁遮普的兄弟啦。用來照顧家族的地。你一天到晚就想談這個。你的錢去哪裡了？什麼錢？這是我的生意！」拇指拍擊引擎蓋以示強調。哈密德開心笑了，正打算又開始，卡拉辛加已經鑽進麵包車發動引擎。

向晚時分，他們停靠山腳上去一點的小聚落。第二天先做生意，再繼續往上開。一條小溪順山而下，卡拉辛加把麵包車停到岸邊的無花果樹下。小溪兩岸是及膝茂盛綠草。優素福脫掉衣服，跳入溪中。冰冷的水讓他尖叫，但是他撐了幾分鐘。沒多久他就覺得全身麻痺。卡拉辛加說溪水來自山頂的融雪。這兒到處是綠樹草叢，他們就在山下暮色中紮營，空氣裡是鳥鳴與潺潺流水聲。優素福沿著溪岸走，踏上散佈水中的大石，對岸是一塊空地，他瞧見再過去是濃密的香蕉矮林。沒多久他來到一道水瀑，便駐足觀看。那地方瀰漫神祕與神奇，洋溢善良且潔淨調和的精神。巨大的羊齒植物與竹子伸入水中。瀑布激濺，優素福瞧見水簾後面的岩石有大塊陰影，看起來是洞穴，可以藏寶，也是不幸王子躲避殘酷叛變者之處。他觸摸衣裳，全身濕了，貼身內衣也濕透，但是他喜歡站在水瀑下，讓水珠包圍自己。他很確定如果小心聆聽，會聽到咆哮水瀑後面有高低起伏的哼唱聲，那是河神在吹氣。他靜靜站在那裡許久。最後，光線迅速消失，蝙蝠與其他夜行鳥類的影子飛過清澈天空，他瞧見哈密德在遠處招呼他。

優素福速速奔回，跳上石頭，濺起水花，去報告水瀑避難所的美麗。等到他回到哈密德面前，已經上氣不接下氣，只能猛喘猛笑。

哈密德說：「你弄溼了。」也跟著笑，拍打優素福的背：「來，吃飯，趁天黑前弄得舒舒服服，晚上這裡很涼的。」

優素福大口喘氣，噴出一句：「瀑布！那瀑布好美。」

哈密德說：「我知道。」

前方黑暗樹叢出現一個男人。穿了一件有皮面肩飾的深藍色紋條線衫、卡其短褲，這是歐洲人雇工的制服。當他們靠近，他從臀部後面撈出一根警棍，表示他有武裝。他們走近到能聞到他身上的味道，優素福看見他臉上有對角線的薄薄傷疤，由眼睛下方劃過臉頰到嘴邊，兩邊都有。近看，他的制服有點破爛，飄散菸草與糞肥味道，眼睛射出恐怖光芒，怒火四射，像鬼。

哈密德舉手致意說色蘭（salaam alaikum，阿）[41]。那人哼一聲舉起警棍回應，問：「你們幹什麼？走開！」

哈密德回說：「我們在那兒紮營。兄弟，我們沒找麻煩。這年輕人剛剛去看了瀑布，現在我們就回營地。」優素福看得出他很害怕。

那人恨意滿滿看著他們，直白地說：「你們來幹什麼？老爺（斯）不喜歡你們在這裡。不許紮營。不能去看瀑布。他不喜歡你們在這裡。」

哈密德問：「老爺（斯）？」

那男人的警棍朝優素福剛剛去的方向指。他們瞧見一棟低矮建築的輪廓，一扇窗戶突然燈火亮了。那人又怒氣沖沖看他們，等著他們離開。優素福覺得在他眼中看到悲劇，好像它們失去光明。

哈密德抗議說：「可是我在很遠的下面紮營。根本不會呼吸到相同空氣。」

那人尖銳回答：「老爺（斯）不喜歡你們在這裡。滾！」

哈密德擺出久經訓練的商販態度說：「我的朋友，你瞧，我們不會給你家老爺（斯）惹麻煩。過來跟我們一起喝杯茶，親眼瞧瞧！」

那人突然冒出長串話，語氣憤怒，優素福不懂那種語言。然後他轉身大步邁入暗處。他們看著他一會兒，哈密德聳聳肩說：「咱們走吧。他的老爺（斯）鐵定以為自己擁有全世界。」等他們回到營地，發現卡拉辛加已經煮了飯跟一壺茶。哈密德打開一包椰棗，分了魚乾，讓大家就著餘火燒烤。他們跟卡拉辛加說那個配戴警棍男人的事。

卡拉辛加毫不害臊地放屁，一邊說：「歐洲人（mzungu，斯）住這裡。從南邊來的一個歐洲人，給政府工作的。我替他修過發電機，噪音很大的笨重東西，很舊。我說可以替他安排買個新的，他聽了不開心，大叫大嚷，滿面通紅，說我想要賄賂，或者賺點佣金什麼的……這有什麼不對？習俗就是這樣。但是他大罵我是骯髒苦力，骯髒苦力，混蛋小偷。然後他的狗加入。汪！汪！許多狗。毛茸茸牙齒巨大的狗。」

哈密德靜靜說：「狗？」優素福知道他的意思[42]。

41 色蘭（salaam alaikum）是阿拉伯語裡的問候語，意思為「和平降臨於你」。

42 伊斯蘭信仰裡，狗被視為不潔的象徵。

卡拉辛加站起身，雙臂展開，齜牙裂嘴說：「是的，大狗！黃色眼睛，銀色皮毛。專門訓練來追捕穆斯林。如果你聽懂牠們的吠聲，那是在說我喜歡吃成日把阿拉掛嘴邊的人（Allah-wallah）[43]，給我穆斯林的肉。」

卡拉辛加對自己的笑話樂不可支，咯笑拍打大腿。哈密德咒罵他，說他是瘋狂叛徒、小偷混蛋、多毛黑鬼（阿），卡拉辛加絲毫不覺受挫。每隔幾分鐘，他就狂吠咆哮大笑，好像沒聽過更好笑的話。

當卡拉辛加不肯住嘴，哈密德憤怒地說：「別吵鬧，你這個骯髒苦力。不要挑釁命運，歐洲人的狗會降臨……兩條腿的人也會。住嘴，多毛的班揚。」

卡拉辛加說：「班揚！我警告你別叫我班揚！」他四處尋找武器或者枝條，一度想拿熱燙的那壺茶。「你們穆斯林這麼怕狗，是我的錯嗎？這樣你就可以侮辱我的血統嗎？每次你說這個字眼就侮辱了我的全家。這是最後一次！」

平靜恢復後，他們準備就寢。卡拉辛加把蓆子鋪在麵包車旁，哈密德躺到他身旁。優素福躺到可以看見天空的地方，離他們幾呎，躲開卡拉辛加的屁氣，卻還能聽到他們的對話。他們疲倦嘆息躺下，發出滿足的呻吟，友善寂靜氣氛中，優素福開始打盹了。

夜裡的空氣充滿潺潺流水聲，哈密德對著夜空柔和地說：「想到天堂可能是這樣，豈不是很愉快？那裡有美到我們無法想像的瀑布。優素福，如果你要想像，那就是比這裡的瀑布還美。你知道世間的水都源自它嗎？天堂的四條河[44]。流向不同方向，東南西北，將真主的花園分為四塊。到處可以看到水，涼亭下有，果園裡有，流過花壇，沿著森林小徑淌流。」

卡拉辛加問：「這花園在哪裡？在印度？我看過許多印度花園有水瀑。就是你的天堂嗎？就是阿迦汗（Aga Khan）[45]住的地方嗎？」

哈密德不理會卡拉辛加，轉過頭，好像只跟優素福說話，聲音逐漸柔和：「真主造了七重天。天堂是第七層天，它又分成七級。最高一級是阿甸園（Jannāt ʿAdn，阿）。那裡沒有全身毛的瀆神者。不准多毛瀆神者進入，就算他們吼起來像一千頭野獅。」

---

43 Wallah 源自印度語裡的後綴（suffix）*vālā*，意指從事某個行業或者致力於某事的人。因此 allah-wallah 就是「成日阿拉阿拉」的人。

44 古蘭經裡的天堂有四條河：水河，水質不腐；乳河，乳味不變；酒河，飲者稱快；蜜河，蜜質純潔。穆斯林的花園也大都按此設計，阿齊茲家中的花園便是四條水渠將花園分為四塊。

45 阿迦汗（Aga Khan），伊斯蘭教什葉派伊斯瑪儀派領袖的頭銜之一。

卡拉辛加說：「我們在印度也有那樣的花園，七層，八層……，蒙兀兒野蠻人蓋的。他們在花壇舉行性狂歡，花園裡還養野獸，想打獵隨時都可以。所以這鐵定就是天堂啦，你的天堂就在印度。印度是一個非常靈性的地方。」

哈密德說：「你以為真主瘋了，把天堂蓋在印度？」

卡拉辛加說：「是的，或許他找不到更好的地方。我聽說最原初的天堂還存在，就在人間。」

哈密德說：「黑鬼（阿）！你什麼童話故事都相信。」

「我是在書裡讀到的。一本講宗教靈性的書。你這個開店的傢伙（duka-wallah，印）、穆斯林狗肉，你識字嗎？」

哈密德笑了：「我聽說真主在努哈（Nabi Nuh）[46]的時代讓洪水淹沒大地，大水沒淹到天堂，得以完整無損。所以原始天堂可能還在，但是被滾滾如雷鳴的大水跟火焰之門隔絕，凡人無法接近。」

卡拉辛加沉默了一會兒後說：「想想要是天堂就在人間。」哈密德嘲笑了一句，但是卡拉辛加不在意。滾滾如雷鳴的大水與火焰之門都是權威性的細節。他成長於虔誠的錫克教家庭，宗教導師（guru）的著作就驕傲放在神龕上。但是他的父親很包容，所以也讓青銅象神（Ganesh）雕像、一小幅救世主基督與迷你抄本的古蘭經一起放在神龕背面。卡拉辛加深知雷鳴大水與火焰之門這類的細節均有大神力。

哈密德堅定地說：「是啊，我聽過天堂就在人間的事，但是我不相信。就算真的，沒人可以進去，更別提班揚。」

7

接下來四天旅程，他們在每個可能做生意的聚落與村莊停下，最後抵達半山腰上的政府分駐點歐莫洛格（Olmolog）。旅程時間超出預期，因為麵包車經常故障。最後階段，卡拉辛加有各式藉口，但是哈密德已經累到懶得打趣。他說：「快點（阿），快點（阿），少在那裡聒聒聒，把我們送到那裡就是。」歐莫洛格是他們的終點。在這兒待一天，他們就要打道回府。這兒曾有過大聚落，住著身上與頭髮塗赭土的牧牛部族。因此農業站才會設在這裡，想以農業站為範例，說服遊牧戰士族群放棄嗜血，成為牧

46 努哈是古蘭經裡的先知，警告世人真主將降禍，世人不聽，他便造了一艘方舟。故事與聖經裡的諾亞同。

農。結果啥也沒發生。可能因為帶著政府命令來此的人沒耐性改變偏遠世界的一角。結果，戰士民族把聚落搬到較遠的地方，只到歐莫洛格交易。

哈密德通常待在胡珊家。胡珊來自尚吉巴島，經營一家僅夠糊口的小店。店裡放了一台手動縫紉機，替顧客縫製舒卡與包布。靠牆的櫃檯擺了一包包糖、一盒盒茶，以及其他小商品。胡珊高而瘦，看似久經風霜，跟他的店鋪一樣光禿。他一個人住在店鋪後面，因此他們抵達後，他便清出儲藏室給他們用，盼著跟他們聊天。晚上他們坐在店門口聽胡珊講尚吉巴。一會兒，他解手後，大家開始聊生意，沉默看著夕陽下山。

隔了許久，胡珊說：「你注意到山頂的光是綠色的？問卡拉辛加沒用，除了有油漬和會發出噪音的東西，他什麼也不注意。我的朋友，你最近有什麼計畫？我記得上次你來提到要買輛巴士，開拓一條山間村落的路線。這聰明的想法後來呢？」卡拉辛加聳聳肩，沒回答，甚至沒轉身。他啜飲錫杯裡的自釀酒，此次旅行，他隨身帶著。偶爾公開喝，但是優素福也瞧見他趁無人注意時，匆匆拿出石製大壺咕嚕一口。

胡珊問：「不過啊，年輕人，優素福，你可曾注意到那光線？總有一天你的美貌將讓年輕女人瘋狂。跟我回溫古賈島（Unguja）[47]，我把女兒嫁給你。你注意到那光嗎？」

優素福回答：「是的。」開車上山時，他便注意到了，很樂意聊這個話題和尚吉巴。當他聆聽胡珊談尚吉巴，他突然決定總有一天要去，親眼看看這個美妙的地方。

哈密德笑著說：「你既然允諾嫁女兒，你問什麼，他都會說是的。可是你太晚啦。他已經跟我的長女訂親了。沒跟你提過嗎，胡珊？」

胡珊說：「你真噁心，你女兒才十歲。」

哈密德說：「十一歲，正好結婚。」

優素福知道他們是打趣，還是覺得不自在，便問：「那光為何是綠色？」

胡珊說：「山的關係。如果你走得更遠，到湖區那兒，就會發現世界被山圍繞，天空因而有了綠色的光。我們知道湖區另一邊的山就是世界的邊緣。那裡的空氣飄的是瘟疫與蟲害，只有真主知道哪些造物活在那裡。我們知道東邊與北邊，東邊最遠是中國的土地，北邊是歌革與瑪各的壁壘，但是西方是黑暗之土，鎮尼與怪獸之地。真主派了另一個優素福——先知優素福去那個鎮尼與野蠻人的國度，或許有一天，祂也會派你去[48]。」

47 尚吉巴群島的主島，坦尚尼亞自治行政區。
48 Yusef 是本書主角的名，與古蘭經裡的先知同名，聖經裡的對照人物是先知約瑟。

優素福問：「你去過湖區嗎？」

胡珊說：「沒。」

哈密德說：「但是其他地方他都去過。這人，就是不愛待在家裡。」

卡拉辛加問：「哪個優素福？」當胡珊描述山光與湖區，他嗤笑那是童話故事時間，但是大家知道他沒法抗拒先知與鎮尼的故事。

胡珊說：「就是拯救埃及免於饑荒的先知優素福啊？你沒聽過。」

優素福問：「西方黑暗之土後面是什麼？」這話讓卡拉辛加惱怒地咯一聲。他想聽埃及饑饉的故事，他當然知道那故事，但是他想再聽一遍。

胡珊說：「我不知道那曠野有多大，據說大約等於步行五百年。生命之泉就在那裡，由餓鬼與大如島嶼的蛇看守。」

卡拉辛加恢復他慣常的挖苦，問：「地獄也在那裡嗎？還有那些真主允諾你們的酷刑房也在那裡？」

哈密德說：「你該知道啊，那是你要去的地方。」

卡拉辛加突然說：「我要把古蘭經翻譯成斯瓦希里語[49]。」其他人不笑了。

哈密德說：「你根本不會說斯瓦希里語，更別提讀阿拉伯文。」

卡拉辛加表情堅毅，說：「我會從英文譯本翻譯。」

胡珊問：「你幹嘛要這樣做？從沒聽過你要幹這麼徒勞無功的事。幹嘛要做？」

卡拉辛加說：「好讓你們這些愚蠢土著聽聽你們崇拜的怒火真主。這將是我的聖戰。你們了解它的阿拉伯語在說什麼嗎？或許一點點。但是你們多數蠢笨的土著兄弟不懂。這讓你們全部變成蠢笨土著。要是你有一點點了解，就會看出你們的阿拉毫不容情。與其崇拜祂，應找更好的事去做。」

哈密德不再覺得有趣，說：「老天為證（阿）。像你這樣的人用這麼不可原諒的方式提到祂，合適嗎？或許誰該給這個多毛狗一個教訓。下次你再跑來我店裡偷聽他們聊天，我會跟這些蠢笨土著說你講了什麼，他們會放火燒了你的毛屁股。」

卡拉辛加堅定地說：「我會翻譯古蘭經。因為我關心我的人類同胞，即便他們無知，即便他們成日把阿拉掛嘴邊（印）。這是成人該信奉的宗教嗎？我雖然不知道真主是什麼，記不住祂的千個名字百萬個應允，我卻知道祂不該是你們崇拜的這個大霸凌者。」

---

49 斯瓦希里語的拼法應為 Kiswahili，此處，卡拉辛加卻講成 Swahili，顯示他跟斯瓦希里語真的不熟。

就在這時，一個女人進到店裡買麵粉和鹽。她的腰間纏了布，戴了一條垂過肩頭的大珠鍊，敞著胸部，乳房裸露。她沒理會卡拉辛加在旁騷動、慾火難忍地吵鬧、飢吞口水與嘆息。胡珊用那女人的語言交談，她開心笑著回答了一大串，比手畫腳解釋，笑聲不斷。胡珊也跟著笑，不斷細語時而哼氣。女人離開後，卡拉辛加繼續自己的慾望頌歌，講他要騎她，一直騎一直騎，直到他那根斷在裡面。「噢，這些沒開化的女人，你們聞到牛糞味嗎？看到那兩個乳房嗎？豐滿到會弄痛我！」

胡珊說：「她在餵奶啦，我們談的就是這個，她的新生兒。你嘲笑我們的真主鐵面無情，批評我們愚蠢才容忍祂，你卻稱呼別人野蠻人。」

卡拉辛加無視反駁。在哈密德的鼓吹之下，他開始講自己的性冒險。重點在「荒謬」。他對一個漂亮女人使盡複雜手段，她終於同意帶他回家，結果這女人居然是個男的。或者他以為某個老女人是老鴇，討價還價半天，結果卻是他要花錢嫖的妓女。還有一次他跟已婚婦女鬼混，戴了綠帽的丈夫突然現身門口，害他差點失去重要器官。他表演所有角色，放柔聲音、放鬆身體、扭動四肢；中間，他扮演自己，鬍鬚翹起，端正纏頭巾，成為一心只想找刺激的先生（印）。哈密德放聲狂笑、抱住肋骨、大聲喘氣，完全被征服。卡拉辛加不斷折磨他，重複那些哈密德無法抗拒的段落。優素福在旁一直笑，卻覺得內咎，因為他知道胡珊並不喜歡這些骯髒笑話，但是看到哈密德被耍寶演出刺激得痛苦扭動，他真的忍不住想笑。

夜深了，談話開始變得柔和迷濛，間綴著越來越頻繁的長哈欠。

胡珊小聲說：「我擔心未來。」惹得哈密德憂心嘆氣。胡珊繼續說：「一團混亂。這些歐洲人是打定主意的。在他們忙著爭奪土地財富的過程，我擔心我們會被壓扁了。如果你認為他們會幹好事，那就是笨蛋。他們才不是想做生意，而是想要土地。以及土地上的一切……我們。」

卡拉辛加說：「在印度，他們已經統治了數個世紀，在這裡，你們只是未開化的人，他們哪能照辦？就算在南非，他們也只想要黃金鑽石，這樣殺人奪取土地才回本。這裡有什麼？他們會吵啊鬧啊，偷這個搶那個，打幾場小戰爭，厭了，就回去。」

胡珊說：「朋友，你做夢啦。看看他們已經分掉山上最好的地，往北走的山區，他們趕走最凶悍的部族，搶奪他們的土地。活埋幾個領袖，把他們當小孩趕走，不費吹灰之力。你難道不知道？允許活下來的統統要做他們的僕人。他們只要拿出武器來幾場小衝突，就搞定了土地屬於誰。我跟你說他們抱定主意要征服全世界。」

卡拉辛加說：「那就要認識他們。除了蛇啊還有男人吞鐵的故事，你又知道他們什麼？你懂他們的語言，他們的故事？那你又怎能學會對抗他們？光是埋怨嘟囔有什麼用？這點你我都一樣。他們是我們的敵人，這也是我們的共同點。在他們眼中，我們就是動物畜生，未來很長一段時間，我們都無法改變他們的蠢笨想法。你知道他們為何這麼強？因為數個世紀以來，他們就是靠掠奪全世界維生。你的埋怨無法阻止他們。」

胡珊喪氣地說：「不管我們學到什麼都無法阻止他們。」

卡拉辛加溫和地說：「你只是害怕。」

胡珊說：「你講的沒錯，我的確害怕……不僅僅是他們，我什麼都怕，包括失去我們的生活方式。而這些年輕一輩的會失去更多。總有一天，他們會讓年輕人唾棄我們知道的一切，只會複誦他們的法律與他們世界的故事，拿那些當聖言。當他們要書寫我們，會寫些什麼？說我們變成奴隸？」

卡拉辛加大叫：「那就學會對付他們。關於未來的種種危險，如果你說的都是事實，你幹嘛待在山區裡講？」

胡珊笑卡拉辛加的怒氣：「那我去哪裡說？尚吉巴？那兒甚至還有奴隸捍衛奴隸制度。」

哈密德抗議說：「幹嘛講這些喪氣話。我們的生活方式又有什麼好？我們受的壓迫還不夠，還要有這些可怕的預測？讓我們把一切交到真主手裡。或許世事會有改變，但是太陽明日依舊從東邊升起西邊落下。別再講喪氣話了。」

長長的沉默後，胡珊問：「哈密德，你那個狡猾的合夥人又在搞什麼？這次他又把你捲到什麼蠢事裡？」

哈密德暴躁地問：「誰？現在你說的是誰？」

胡珊不屑地說：「誰！總有一大你會知道。你的合夥人！上次你不是說他是合夥人？總有一天他會把你搜刮乾淨，你連補襯衫的針線都不剩。你說他會讓你發財，又說他保證沒風險。不必懷疑。想要的話，現在就可以去訂做純絲外套了。然後總有一天風險發生了，你的錢有去無回。運氣不好啊。這行就是這樣，你也知道的。他已經摧毀多少人了？他讓你舉債來幹，等你還不起，就拿走你的一切。這是他的手法，而你很清楚我在說什麼。」

哈密德說：「你今天怎麼搞的？鐵定是住在都是綠光的山上。」優素福看得出他不自在，開始生氣。他看起來憂愁又疏離，還瞧了優素福一眼。

胡珊繼續說：「你的合夥人，你知道我聽說他什麼？跟他合夥的如果付不出錢來，他就帶走人家兒女當抵押品。這簡直回到奴隸時代。高尚的人不會這麼幹。」

哈密德生氣地說：「夠了，胡珊。」一邊半轉頭看優素福的方向。卡拉辛加似乎也想說些什麼，哈密德揮手讓他閉嘴。哈密德說：「我做的選擇，你就讓我自己承受愚蠢錯誤。你以為……眼前你做的這個……或者我幹的營生……有比較好嗎？哪裡好？我們拚死拚活，賭上一切，遠離自己的族人……結果還是窮得跟老鼠一樣，還像老鼠一般膽小。」

胡珊準備引用古蘭經，他說：「真主告訴我們……。」

哈密德柔聲打斷他，幾近哀求：「別來這個。」

胡珊堅持，又說：「總有一天他會被捕。他的走私跟狡猾生意都不會有好下場，然後你會被攪入其中。」

卡拉辛加說：「聽你兄弟的話。我們雖然不富有，至少我們奉公守法，尊敬彼此。」

哈密德笑了：「啊，我們是多麼崇高的哲學家！你是何時懂法律啦，你這個滿嘴謊言的惡棍？你說的是誰的法律啊？簡單的活，你跟我們開那個價，還奉公守法哩。」從他的語氣跟態度，看得出他想讓緊張氣氛過去，把話題導向搞笑方向。「總之，我們不該給這個年輕人壞印象。」

優素福十六歲了，年輕人三個字聽起來很光彩，像有人說你身材高大一樣爽，甚至像被稱為哲學家。他擺出耍寶姿態確保大家看出他很開心。他的愚蠢讓三個男人都笑了。男人抵押兒女給債主的話題平安閃過。但是胡珊和哈密德說的話，他似乎了解一些，哈密德不顧一切想致富，他過於掛心阿齊茲叔叔的長征，對自己沒把握，預期會失敗收場。優素福想起那間禁止進入的庫房，哈密德在裡面的低語，以及違禁品（斯）的味道。哈密德的懇求語氣近乎祈禱。

8

返回鎮上沒幾天，阿齊茲叔叔長征歸來。照例，他的隊伍由鼓手與號角手帶隊，接著是阿布杜拉。他們抵達時幾近向晚，那是太陽變小的柔美時刻，微風與樹葉上的濕氣再度上升。優素福先看到他們，一開始是他走在安靜小徑上，前方馬路似乎有動靜，然後灰塵揚起，腳步聲傳來，鼓號鳴響。他想等著看疲憊旅人的踉蹌隊伍，卻覺得該回屋報告才對。

旅程很艱苦，物資缺乏又危險重重。有過幾次場面險峻但是沒打起來。兩名成員受了重傷，一個被獅咬，一個遭蛇吻。兩人都留在湖區小鎮，阿齊茲叔叔付了重酬請一個人家照顧。他沒跟那家人做過生意，但確信兩名成員會得到很好的照顧。許多腳夫與護衛在不同階段生病，感謝真主，沒什麼怪病，也不嚴重，只是內陸之旅的正常耗損。

阿布杜拉則在夜裡摔進山澗，肩膀重傷。阿齊茲叔叔說他緩慢痊癒中，雖想掩藏，但看得出來還在痛。儘管有這些不幸，他們也片刻不忘提醒自己遠離了海岸，但是生意很好。阿齊茲叔叔看起來很鎮定，還瘦了點，更健康。梳洗更衣噴香水後，簡直難以相信他曾奔波數個月。

阿齊茲叔叔說：「河上游北面的生意真的很好，但是我們沒待太久，明年我們會再回去馬朗古丘，搶在其他商販擠爆它之前。歐洲人很快就會封鎖那裡，比利時人。我聽說他們越來越接近湖區。他們都是一窮二白、對生意一竅不通的眼紅壞蛋，大家都這麼說，就連德國人與英國人都比較好，雖說他們全是餓虎撲羊的生意人。這次我們帶回頗值錢的貨品。」

聽在哈密德耳裡，這些如同天籟，說話時不斷穿插阿拉伯語，強調自己與阿齊茲叔叔同一陣線。檢視貨品時滿面笑容，讚美之聲不絕。阿齊茲叔叔把一袋袋玉米留給哈密德，那是他幾乎沒花錢買到的，橡膠、象牙和黃金則用火車運回海岸地區。稍早抵達的那批橡膠已經賣給城裡一個希臘商人。晚上，哈密德帶著阿齊茲叔叔到庫房檢視貨品，然後兩人坐著喃喃對帳，計算收穫。

阿齊茲叔叔並沒待多久。他打算在齋戒月前回到海岸，在自家齋戒與休息。月底前把貨物出手支付腳夫，並趕上過年與開齋節的開銷。離開那天，阿布杜拉還是沒完全復原，隊伍出發往車站。阿齊茲叔叔沒要優素福同行，離開前，他把優素福叫到一旁，塞給他一把錢。

他說：「這給你不時之需。明年我還會經過這裡。你表現得不錯。」

內陸之旅

阿齊茲叔叔來過後，哈密德很開心。遠征的故事令他興奮，這讓所有人與地平線另一頭的恐怖大世界有了「接觸」。帳目看來也賞心悅目，留在哈密德處的貨讓他約略望見這行允諾的好景。哈密德經常還沒入夜就跑去祕密庫房瀏覽自己的成功，有時他忘了關門，強烈的動物皮毛味道飄進院子。優素福看到裡面堆了黃麻袋跟草袋，他認得有些是阿齊茲叔叔長征隊伍留下的玉米，有些是臭嘴司機巴其斯用卡車運來的。他瞧見哈密德繞著那些有賺頭的東西打轉，清點袋子，喃喃自語。當他看見優素福站在敞開的門前，臉上閃現一絲驚恐，隨即轉為放鬆與猜疑。他皺著專注深思的苦臉，然後狡猾一笑，走出來。

哈密德說：「你在這兒幹嘛？沒工作做？已經打掃院子了？撿了麵包果？這樣你幫我去鎮上跑個腿。誰叫你盯著我的？你想看看袋子裡是什麼，對吧？總有一天你就知道。」他鎖上庫房大鎖，開朗地說：「這次長征不錯，感謝真主。大家運氣好。你需要什麼？幹嘛四處張望？」

優素福才開口說：「我——」就被哈密德打斷，他大步走，意思是叫優素福快步跟上。

「哦，你不是來找東西，對吧？我真想知道胡珊現在會說什麼。就因為他選擇在半山腰上寒磣過日，就認為想方設法賺錢的人都是罪惡。對啊（斯），當時你也在那兒！我不是想發大財，只不過我既然在這裡做生意過日子，幹嘛不做出一番事業？他想做個懷抱夢想的窮人，那是他的事。你也聽到了。他就是個大理想家。你也聽到了，對吧？」

優素福說：「對。」哈密德的步步進攻讓他不自在，狐疑袋子裡究竟是什麼東西。但是他不願意問，因為他覺得哈密德認為他知道。他想那一定是值錢之物，擺在哈密德庫房，不讓人知道。

對胡珊的鄙夷讓哈密德拉高嗓門說：「讓家人過得好一點或者讓他們可以跟族人生活在一起，是什麼罪惡？我就問你，我這就錯得離譜嗎？我只想給家人蓋棟小小的房子，讓孩子娶得好嫁得好，跟著文明人一起上清真寺禮拜。如果不算太過分，我還想晚間能跟朋友鄰居坐下來和氣聊天，喝杯茶……就這樣而已！我有說要殺人放火？逼人做奴隸？或者洗劫無辜的人？我不過是個替自己打算的小店家。小小的打算而已。真主知道的。那幾天裡，是他先聊歐洲人的，說他們會強佔大家的財產，說他們是天生殺人越貨者，沒一絲慈悲。說他們會摧毀我們以及我們相信的一切。當他講累了，就開始說教我的生意。關於他啊，我能講的可多了，但是我只想平靜過日子。可是對哲學家胡珊來說，這不夠，他在野蠻人中活得跟魔鬼一樣，誰又有資格告訴他該怎麼過活？但是你只要開口，他就開始講道，引述古蘭經章節。真主說這個那個！你也聽見的。」

哈密德思索自己的發言，小聲憤怒哼哼。他低語我懇求真主原諒（Astaghfirullah，阿），擔心自己對古蘭經語出不敬而發抖，說：「我不是說引述古蘭經有害處，但是胡珊引用經典不是出於虔誠，而是用來鄙視他人。不。我不是說真主的話有害處。那個瘋子卡拉辛加要翻譯古蘭經！這可是喝多了自釀酒的胡話。我希望真主明白他是個不信教的瘋子，憐憫他。」他因快樂回憶而咯笑。

他說：「古蘭經是我們的信仰，善良正直過活的一切智慧都在裡面。」仰天瞧，彷彿期待看到什麼。優素福也抬頭看，但是哈密德惱怒地哼一聲，要他注意：「這不代表我們可以用古蘭經來羞辱他人，它應該是學習與指導的源頭。有空時就該讀讀，尤其齋戒月已經開始。在這個神聖的月份裡，所有的善行都能贏得平日兩倍的福報。這是夜行登霄（Miraj，阿）那晚[50]，全能的真主對先知說的。那晚，先知被飛馬布拉克（Borakh）從麥加帶到耶路撒冷，又從那兒到達全能真主面前，祂頒布了伊斯蘭律法。祂說齋戒月是禁食與祈禱的月份，這個月裡，我們必須否定自己的需求，贖罪。如果我們不能否定生存的基本樂趣：食物、飲水、感官享受，我們又怎麼表現我們對真主的臣服？這就是我們跟異教徒的差異，他們從不否定自己。如果你在這段期間閱讀古蘭經，你的言語直達造物主，得到極大福報。齋戒月期間每天一定得空出一小時讀經。」

優素福退縮地說：「是的。」講道尾聲，哈密德語氣越發親密，要求優素福與他突發的虔誠同一陣線。優素福想要逃，但是不夠快，比不上佈道者哈密德的步伐。

哈密德態度堅定，質疑問道：「說到這裡，我發現你很少讀經。這可不是開玩笑的事。你想下地獄還是怎樣？今天晚點，你做完下午晡禮（afternoon prayer）後咱們一起讀經。」

---

50 夜行登霄，根據《古蘭經》的記載，在六二一年七月二十七日的夜晚，真主命令天仙哲伯勒依來帶着神獸布拉克來麥加迎接先知穆罕默德。穆罕默德在哲伯勒依來的陪伴下，瞬間即乘布拉克趕到了遠寺，是為「夜行」。旅程的最後，透過真主的光芒，受真主指示今後所有穆斯林每天必須禮拜五十次。穆罕默德返回到第六層重新遇見穆撒時，穆撒提醒其五十拜遠遠超過了穆斯林的承受能力。穆罕默德於是連續九次求真主減少禮拜次數，直至減到一日五拜。旅程最後在無極林處結束。黎明時分，穆罕默德即重返麥加，是為「登霄」。詳見維基百科。

到了下午，優素福又餓又累，虛弱。他發現齋戒的頭三天最難捱，如果由得了他作主，他想安靜躺在陰涼處熬過難受的白日。幾天後，他的身體逐漸適應長時間不吃不喝，比較能忍受難熬的白日。他本以為待在涼爽的山區可能比較好過，其實不然。換作海岸的熱氣蒸騰，他可以麻痺身體達到解離的效果，向全然的耗竭投降，進入呆滯認命的境界。這裡天氣較涼，無法讓他衰弱滑入昏迷麻木狀態。而他知道下午和哈密德碰面，羞恥必將隨之。

哈密德說：「什麼意思？你不會讀？」

優素福抗議：「我不是這個意思。」他是說他還未上完古蘭經課程，就被送去為阿齊茲叔叔工作。母親曾教他字母以及前三個簡單章節。七歲時，他們剛搬到鎮上，他被送到老師處學習宗教。他們學得很慢。老師不急著看學生完成學業，一個學生學會了整本古蘭經，老師就少了一份月收入。一般來說，學生得五年才能完成學業，這個老師和學生都覺得很合理。學生包辦老師許多雜事，打掃房子、搬柴火、跑腿。男學生逮到機會就逃學，經常吃鞭子。女學生只會被打掌心，學習端莊有禮。老師說尊重自己，別人就會尊重妳。人人皆如此，女性尤其如此，這就是榮譽的意義。自古以來即是如此，任何人有記憶以來就是如此。小男孩小女孩擠在老師家院子的蓆子上，以老師預期的勉為其難與忍耐自制朗誦課程。如無意外，優素福會如期畢業，成為同儕與長輩眼中的體面的人。但是他被送走了。

哈利爾教他認數字，卻一次也沒提議他們該讀經。當他們進城到清真寺，優素福算是表現得有板有眼。禮拜太長時他會走神，碰到不熟悉的古蘭經章節，他便跟著其他讀經人胡亂哼，儘管如此，他可是從未丟臉。也不會失禮地貼近旁邊的人，聽聽他們是否也跟著亂哼。那天下午，當哈密德與他坐下，他知道自己被逼到痛苦死角，沒機會靠哼哼過關。哈密德建議他們輪流大聲朗誦〈雅辛〉（Ya Sin）章[51]，優素福打開古蘭經，在哈密德狐疑的眼神下翻過書頁。

他問：「你不知道〈雅辛〉章在哪裡？」

優素福說：「我沒畢業（sikuhitimu，斯）。我想我沒辦法讀這個。」

哈密德既驚又駭地說：「什麼意思？你沒法讀？」他站起身，遠離優素福，不是害怕，而是怕沾上禍事與惡事。「可憐（maskini，斯）！可憐的孩子！這是不對的！你在大屋那裡沒人教你嗎？他們是什麼樣的人呀？」

優素福重重嘆氣，羞愧自己的失敗與不體面。他也站起身，無助地蹲在地上。他

51 古蘭經第三十六章。

又餓又累，盼著自己不必經歷即將隨之而至的戲劇化場面，儘管羞恥曝光，他沒有自己想像中的那麼害怕。

哈密德好像遭到極大痛苦，高聲叫老婆：「瑪繆娜！」優素福以為哈密德也是因為齋戒太累，應該會坐下來說教，靜靜談些責任的事。但是他突然大叫大嚷，露出歇斯底里狀態：「瑪繆娜！來，來這兒！我的天（yallah，阿）！快點來！」

瑪繆娜出來時身上仍裹著布，儘管睡眼惺忪，卻因哈密德的喊叫而顯露焦慮。

哈密德轉身看她，滿臉抓狂說：「親愛的（kimwana，斯），這孩子不會讀古蘭經！他沒有父親沒有母親，甚至不認識真主的話。」

他們詳細詰問他，好像等待此刻已久。他一絲都不想隱瞞。女主人怎麼說的？她長什麼樣？他不知道女主人長成什麼樣，從未見過。人們不是說她虔誠麼？這點他沒聽過。大商人沒叫他去清真寺？沒，大商人跟他沒關係，只讓他在鋪裡工作。他沒想過不知道怎麼禮拜，到了真主面前就赤身裸體嗎？沒，他沒想過，也很少想到他的造物主。如果不知道真主的話，他怎麼禮拜的？他沒禮拜，除了週五進城時。真是齷齪啊。他們的痛苦吶喊升高，他們的孩子也出來瞧這場面：最大的阿莎已經十二歲，豐滿，和父親一樣開朗；男孩阿里有母親的卷髮與光亮膚色；最小的那個蘇達愛哭，時刻黏著姊姊。他們全加入哀嘆優素福之恥的合唱曲。瑪繆娜按著太陽穴，好像要壓制劇烈頭疼。哈密德同情地搖頭說：「可憐的孩子！可憐的孩子！你給我們家帶來何種悲劇啊，誰想得到這樣的事啊？」

瑪繆娜柔聲夾著嘆息說：「別怪自己。我們怎麼可能知道？」當他們一家的恐懼逐漸升高到頂峰後，哈密德和優素福說：「別難過。這不是你的錯。真主只會懲罰那些罪人，因為我們沒能讓你受教育。你已經跟了我們數個月……。」

瑪繆娜想要推卸一點責任，說：「你的叔叔怎能讓你這麼多年都是這樣？」

優素福心想，首先啊，他不是我的叔叔，想起哈利爾，努力壓抑自己的笑容。他希望能走開，留下他們獨自哀嘆，卻自知此舉不妥，只好定住不動。他們的震驚恐懼大秀讓他噁心，感覺像是精心算計的荒謬演出。

哈密德問：「你知道為什麼海岸地區的人自稱紳士（waungwana，斯），你知道什麼意思嗎？它代表體面的人。這是我們的自稱，尤其北上身處魔鬼與野蠻人之間時。為什麼這麼自稱？這是真主賦予我們的權利。我們之所以體面，是因為我們臣服於造物主，理解並遵守對祂的責任。如果你無法讀懂祂的言語或者遵守祂的律法，你就和那些崇拜岩石與樹木的人沒兩樣，只比野獸好一點。」

優素福說：「是的。」因孩子們的笑聲而畏縮。

哈密德放柔聲說：「你十五歲了嗎？」

優素福說：「上個賴哲卜月（Rajab）[52]滿十六歲，就是我們一起上山時。」

哈密德化身贖罪角色說：「那不能再浪費時間了。對全能的真主來說，你已經將近成人了，必須完全遵守祂的律法。」他閉上眼，低聲長長禱告，最後一隻手指著優素福說：「孩子們，瞧瞧他，從他此刻的模樣學習。」*離大麻遠遠的。我拜託你！從我的壞榜樣學習教訓啊。*

瑪繆娜直視哈密德，尖銳地說：「讓他跟孩子們一去上古蘭經學校，你沒必要搞得好像他殺了人似的。」

2

他們加諸於他的是侮辱。齋戒月每一個下午，優素福跟三個孩子一起到老師家學習。他的年紀比其他學生大得多，同學們嘲笑他，瘋狂堅持，彷彿那是命令，他們沒得選擇，非嘲笑不可。鎮上只有一間清真寺，老師是那兒的伊瑪目（imam）[53]，對優素福同情友善。優素福學得很快，回家還苦讀。一開始是羞恥驅使他，慢慢地，閱讀能力讓他得到樂趣。老師嚴肅鼓勵他，好像全力以赴本就是優素福應有的表現。優素福每天去清真寺，卑微臣服他忽略已久的真主。伊瑪目會在其他禮拜者面前指示他做點小事，以示信任與認可。譬如聚會時打發優素福去拿他要朗讀的書，或者拿念珠與焚香爐。有時他向優素福拋出問題，鼓勵他展示新的學習所得，還有一次讓他爬上屋頂喚拜。哈密德一開始很高興，向人指出優素福的神奇皈依，並認為真主不會忽略他與妻子在贖罪上的貢獻。齋戒月結束，優素福的學習熱忱毫不鬆懈。兩個月內，他學會讀整本古蘭經，打算讀第二遍。伊瑪目邀請他一起參加葬禮儀式與慶生會。優素福忽略他在店鋪與家裡的責任，去上學去清真寺，夜色已深，仍伏案苦讀伊瑪目給他的書籍。不久，哈密德開始擔心他這股新生的虔誠狂熱，他認為這是執念與不幸。沒必要搞得這麼認真。

卡拉辛加過來聊天時，哈密德表達過幾次他的憂慮，卡拉辛加卻不做此想。他說：「就讓那男孩盡量吸收美德吧。信念於我們不可能持久，要不了多久，世界就會引

---

52 回教曆的七月。

53 伊斯蘭信仰裡，在禮拜時領導眾人祈禱的人。

誘我們投向罪惡與齷齪。儘管如此，宗教仍是純粹又真實的事。你不可能理解靈性的事兒，但是我們東方人是專家。你只是一天親吻五次土地、齋戒月裡餓到要死的愚蠢生意人，你不懂冥想、超脫這類事。他如果覺得人生有比一包包米和一籃籃麵包果更值得戮力的事，很好啊，可惜他只能學習阿拉的教誨。」

哈密德忽略卡拉辛加的挑釁，繼續說：「對一個男孩來說，這太過了點吧？不是？」

卡拉辛加說：「他不算男孩，幾乎算年輕男子了。你想寵壞他，別吧。瞧他那種美貌，你會讓他變成該死的弱雞。」

過了一會兒，哈密德同意說：「他是吸引人的男孩，但是有男子氣概。而且你知道他對自己的外表絲毫不感興趣。如果有人提到他的美貌，他便走開或者改變話題。真是純潔！總之，你講什麼宗教與美德？如果我不懂這些，你這隻油兮兮的猴子就懂啦？你崇拜大猩猩與牛，講些創世的童話故事。你跟我們身邊那些不信教的沒兩樣。卡拉辛加，有時我想到末日審判時，你那個多毛屁股會在地獄火裡滋滋響，就為你感到遺憾。」

卡拉辛加快樂回應：「你這個成日阿拉阿拉的傢伙（斯），我會在天堂幹遍所有娘兒們，你的沙漠上帝則會對你施加酷刑，因為你犯的那些罪。對你的真主來說，什麼玩意兒都是罪。總之那年輕人或許只是想學習。受夠了窩在你的垃圾堆。如果他的那顆頭顱裡有腦，此刻也該變成漿糊了。你成日只要求他坐在那兒聽你鬼扯，或者撿拾沒用的麵包果賣到市場。這種苦刑之下，連猴子也會轉求宗教。打發他到我那兒，我教他認識英文字母，訓練他機械方面的工作。至少他會有一技之長，而不是管店這檔子事。」

哈密德盡力拿工作讓優素福分心，甚至提議復活後院花園，也提起卡拉辛加的提議。因此優素福每週有幾個下午待在卡拉辛加的修車間，坐在舊輪胎上，腿上放個黑板學習拉丁字母讀寫[54]。早上他做完家中的工作，下午到卡拉辛加處，黃昏時去清真寺一直待到宵禮（isha，阿）。一開始他很享受這種忙到瘋的生活，幾個星期後，他便開始說謊去了清真寺，其實是在卡拉辛加處待到更晚。此時，他已經有辦法在黑板上緩慢書寫，也能朗誦卡拉辛加給他的書，雖說並不明白那些字的意思。他還學會許多事：如何換輪胎、清潔車子，怎麼換電池、去鏽。卡拉辛加向他講解引擎的神妙，優素福懂得一些，但是更喜歡看卡拉辛加讓那一團糾結的管線轟然發動。他也聽卡拉

54 作者此處用的是rumi，馬來人或印尼人的拉丁字母拼寫。不確定作者為什麼會使用文化相隔如此遙遠的字。

辛加講印度和南非的事，前者他已經多年未回去，夢想著返鄉，後者是他的童年居住地。南非根本就是個瘋人院。各種殘酷不可思議的事都在那兒上演。我跟你講講那些阿非利卡（Afrikander）[55]混蛋的事，他們全是瘋子。不光光是殘酷野蠻，我的意思是瘋到有剩，炙熱的太陽把他們的荷蘭腦袋煮成了湯。優素福幫忙推車，學會拿舊錫罐在小瓦斯爐上煮茶。他常被支使去零件店買配件，回來時就發現卡拉辛加已經趁機喝了酒。興致上來時，卡拉辛加會說些聖人、戰爭、相思病的神祇、雕像般偉岸的英雄、大鬍子惡霸的故事，優素福坐在木箱上鼓掌。卡拉辛加扮演所有角色，有時叫優素福擔綱沉默的王子或者懦弱的侵犯者。他經常記不住重要細節，便自己竄改扭曲成搞笑段子。

晚上，優素福與哈密德、來訪哈密德的親友們坐在前廊。他奉命待在那兒伺候咖啡或端水，有時成為眾人調笑的靶子。他們坐在蓆子上，圍著地上的燈火形成圓圈。當山區夜晚變冷或者下雨，優素福就進去捧出披肩給客人。優素福坐在圈子稍微外圍，配合自己的歲數與身分，聽他們聊姆瑞瑪、巴加莫約、馬菲亞島、拉穆島、阿傑米、山恩思，以及成千上百個神奇地方。有時他們放低音量，貼近彼此，要是優素福企圖靠近，就噓走他。他看見聽眾的瞳孔因興奮與驚奇而放大，最後因大笑而綻顏。

一晚，某個來自蒙巴薩的男人待在哈密德處，講述他叔叔的故事。他的叔叔遠行十五年剛回來，去了沒人聽聞過的羅斯人（Rusi）國度。他替一個德國人作事，這德國人先前駐紮烏圖，直到德國人被英軍趕走，他回到歐洲，成為國家駐外使節，派駐到羅斯人國度的彼得堡。這個蒙巴薩商人轉述的叔叔故事頗不可信。說彼得堡那裡半夜太陽也不落下，天氣冷時，水都結成冰，河上與湖上的冰厚到可以駕駛重重的馬車。寒風時刻吹，有時變成冰石風暴。晚上，你能聽見鎮尼與魔鬼在風中哭號，化作受困女人與小孩的聲音。膽敢出去救援的人不會回來。最冷的數個星期，連海都結冰，野狗野狼奔竄城市街頭，看到活物就吃，包括人和馬。他的叔叔說羅斯人不像德國人那麼文明，有一天他們旅行來到一個小城鎮，裡面的男人、女人、小孩全爛醉如泥。沒跟你們開玩笑（sikufanyieni maskhara，斯），醉到不省人事。這種野蠻行為讓他叔叔懷疑他置身歌革與瑪各的世界，他們的疆界是伊斯蘭國度止步之處。儘管如此，這裡居然藏著大驚奇，最大的驚奇。羅斯人國度裡有許多穆斯林！幾乎每個城鎮都有！韃靼（Tartari，斯）、吉爾吉斯坦（Kirgisi，斯）、烏茲別克（Uzbeki）！誰聽過這些名字啊？這些人對他的叔叔也同感驚奇，他們從未聽過非洲黑人穆斯林。

55 阿非利卡即為波耳人，南非與納米比亞的白人後裔。

大家齊聲讚嘆「如真主所願」（斯）啊，催促蒙巴薩商人多講一些。嗯，他的叔叔造訪了布哈拉（Bukhara）、塔什干（Tashkent）、赫拉特（Herat）[56]，都是古老城市，那兒的穆斯林蓋出美到不可思議的清真寺以及媲美人間樂園的花園。他睡在赫拉特最美麗的花園，晚上聽見音樂，完美到摧毀他的理智。那是秋天，到處小白菊綻放，甜美的葡萄垂枝纍纍等著採收，那葡萄甜到讓人無法想像它們產自人間。那兒的土地明亮純淨，人們從不生病也不會老。

眾人皆叫，你這是扯胡話呢。世間不可能有這樣的地方存在。

商人說，真的。

他們渴望相信，問道，真有可能嗎？你不是編故事吧。拿更多童話故事混淆我們的理智。

商人回答，我也這麼跟我叔叔說，只是措詞比較禮貌。這怎麼可能是真的？

他們問，你叔叔怎麼說？

他說，他發誓！

大家齊聲嘆道，那鐵定是有這樣的地方了。

商人說，後來他們繼續旅程，跨越波濤滔滔的裏海（Kaspian，斯），上了岸，他們看見成束的黑油噴出地面，鐵鑄的高塔矗立水裡，像撒旦王國的哨兵。火焰撲撲噴上天空，像火焰之門。從那兒他們穿山越嶺到了他這輩子看過最美麗的地方，比赫拉特還美。到處是果園花園，溪水奔流，住著有學問的文明人，但是他們天性酷愛戰爭與詭計，因此整個國度沒有片刻和平。

他們問：「那個國度叫啥？」

那商人停了好一會兒才猶豫地說：「卡斯卡斯（Kaskas）[57]。」然後他不讓眾人詰問地名，火速說他的叔叔踏上了山恩思，一路返回蒙巴薩。

3

優素福和孩子們講他那晚在男人間聽到的故事。孩子們厭倦了遊戲就會跑到他的房間，東翻西搞。自從優素福被迫與他們一起到伊瑪目家上學，孩子們便對他肆無忌

56 布哈啦、塔什干位於烏茲別克，赫拉特在阿富汗。

57 卡斯卡斯只可能是北美一個印第安民族或者巴布亞紐幾內亞的小鎮，此處可能是商人的胡掰。

憚。優素福原本喜歡房內的隱私，但是伴隨寂寞日深，他的房間感覺像監獄，讓他不時懷念與哈利爾在一起的快樂時光。有時小的兩個在他的蓆子上打鬧，興奮尖叫，或者假裝打架，撲到優素福懷裡。是阿莎催促他講故事的，聽他說故事時滿臉專注。兩個男孩靠著他拉他的手，但是阿莎一定坐在看得見他的地方。如果她有事被叫走，會堅持等她回來才能繼續講故事。一天下午，她獨自前來，要聽昨日他沒講完的故事。她坐在優素福面前的蓆子，專注聆聽。

當他講完，她眼眶泛淚，大聲說：「你說謊。」

優素福困惑，沒回話，阿莎突然傾身向前，打他的肩膀一下。他伸手亂抓，以為她會跟兩個小的一樣掙扎擺脫，她卻心甘情願倒進他的懷裡。她在他懷裡蜷曲，滿足嘆氣，優素福感覺她溫熱的氣息噴到胸膛。恐慌沉澱後，他感覺阿莎豐滿的身體也放鬆了，他們就這樣沉默依偎躺了數分鐘。他發現自己有反應了，羞愧擔心她會發現。最後他說：「有人會來。」

她連忙跳起身，笑了。優素福心想她畢竟還是個孩子。腦海從未想過那種事。誰能想歪呢？他們要他照顧小孩，她是其中之一。因此他又張開雙臂，阿莎快樂嚶一聲躺到他的臂膀裡。

她說：「再跟我說說那個城市的花園。」

他不敢動，問：「哪個城市？」

她說：「就是那個晚上會有樂聲揚起的城市。」她雖在笑，眼睛卻直直勾著他，身體扭動，優素福又有反應了。

他說：「赫拉特。旅人晚上聽到花園有女人在唱歌，差點失去理智。」

她問：「為什麼？」

「我不知道。或許她的聲音太美。或許他不習慣聽到女人的歌聲。」

「他叫什麼名字。」

「商人。」

她說：「那不是名字。告訴我他的名字。」她的身體摩擦優素福，優素福輕摸她豐滿柔軟的肩頭。

「他叫阿卜杜勒拉扎克。不是他叔叔說的，這是引用一個數百年前住在赫拉特的詩人，他的詩描寫美。」

「你怎麼知道？」

「他侄子說的。」

她問：「我們怎麼有這麼多叔叔？」

他笑了，將她摟得更緊，說：「他們不是我們真正的叔叔啦。」

她問：「你將來會成為商人嗎？」她的聲音危險攀高，碎裂成吵鬧的咯笑。

每次她獨自來都這樣躺在他的臂膀裡，一開始他只是默默摟著她，生怕突然的動作或觸摸會嚇到她。她的豐滿甜香輕輕翻騰他的內心，但是他無法抗拒她的身體摩擦他時的那種溫暖柔和感。她躺在他身旁時，偶爾會親吻他手，舔他的指尖。他移動雙腿，免得她瞧見自己的反應有多大，不確定她看到沒，也不確定她是否理解那是什麼。獨處時的許多沉默時刻，他痛恨自己，也怕他們發現了會如何。他反覆排練拒絕她來訪的話，卻說不出口。

是瑪繆娜先開始起疑的。阿莎太執意把兩個弟弟趕離優素福的房間，他們跑去跟老媽抱怨。她馬上前來趕走阿莎。她沒跟優素福說什麼，只是站在門口憤怒瞪視他許久。之後對他態度冷淡，他靠近小孩就變得警覺。阿莎看到他便垂下雙眼，再也沒去他的房間。哈密德要他幫忙的時候越來越多，優素福不知道瑪繆娜怎麼跟他說的，哈密德似乎不像瑪繆娜那麼訝異，從他打趣的口吻判斷，他似乎已經慎重思考婚配。

沒多久便到了相約的時候，阿齊茲叔叔在滿一年後，帶著新長征隊伍抵達。跟前一年比起來，這支隊伍大得多。腳夫加護衛四十五人，跟上世紀那種膨脹大商隊當然沒得比，那是整個村子傾巢而出，帶上自己的小王子，不過以商人隊伍來說，阿齊茲叔叔這次算是大的。雇用這麼多腳夫，阿齊茲叔叔必須先拿預估的利潤去借貸。腳夫們扛負許多貨品，阿齊茲叔叔被迫改變平日作風，向海岸地區的印度放貸者借了許多錢。貨物中有鐵具：印度的鋤頭與斧頭、美國刀子、德國大鎖，還有各式布匹：印花布、卡尼基平紋布、白棉布、棉絲混織布、平紋細布、基科伊布料。還準備鈕扣、珠子、鏡子與其他小玩意兒當禮物。當哈密德看到這批龐大隊伍又聽到借錢的事，馬上重感冒了。淚眼汪汪又鼻塞。劇烈重擊的頭痛逐漸掏空他的腦袋，僅剩砰砰回音。他是合夥人，如果生意失敗，他所有的一切與商品都將屬於債權人。

阿布杜拉仍是長征隊伍領隊。他的右肩儘管經過著名巫醫整骨，還是沒全好，疼痛讓他無法像以前那樣威武自如揮動手杖，走動起來失去了某種莊嚴與威嚇。他的縮肩、挺胸、昂首現在看起來誇張，裝模作樣，荒謬。以前，他的攻擊性是不分青紅皂白的威脅，現在卻像浮誇者的虛張聲勢。他甚至連講話都和以往不同，有時心事重重又心不在焉。阿齊茲叔叔現在跟他說話都好聲好氣，以往根本懶得理他，任由他管事去。

腳夫增加代表阿布杜拉必須聘雇監工。監工姆威內來自莫羅戈羅（Morogoro），身材高大壯碩，加入長征隊的頭幾天甚少開口。他暴劣名聲在外，贏得獅子（Simba，斯）姆威內綽號，他站在男人中怒視徘徊，似乎在展示他名不虛傳。這一次優素福得跟著商隊。阿齊茲叔叔親口告訴他的，開心，滿面笑容，說他此行需要一個靠得住的人在身邊。他說：「你年紀太大了，不適合待在這裡，只會搞事或者跟壞夥伴混在一起。我需要一個腦筋銳利的人幫我盯著。」突來的讚美讓優素福困惑，但明白是哈密德要求阿齊茲叔叔帶走他。他聽到他們提到他，有些沒聽懂，因為阿齊茲叔叔講著講著就變成阿拉伯語，哈密德也一樣。但是他聽到哈密德在前廊和阿齊茲叔叔說他是個難搞又緊繃的男孩，需要見識人生世面。

他重複說：「難搞又緊繃。帶著他去長征，否則給他討個老婆。他年紀夠大了，上個月已經十七歲。瞧瞧，他完全長大了。在這兒無事可幹。」

開拔的前一晚，暴風雨襲至。先是早上颳大風，揚起團團煙塵，將荊棘掃過路面與空曠處。到了中午，沙塵已經厚到遮住日光，讓所有東西蒙上一層細沙礫。近黃昏時，風突然停了，死寂降臨，即便最大的聲響也被懸空的厚沙塵掩蓋，開口說話，灰沙便跑進嘴裡。然後風又颳起，這次夾帶咆哮大雨，狂擊屋舍樹木與仍待在空曠處的人。

幾分鐘內，狂雨變成穩定的大雨，夾著樹木迸裂聲和遠處雷鳴。腳夫與貨物四散，從吶喊與尖聲警告觀之，有人可能受傷了。當白日變黑，腳夫喊叫真主之名，哭泣懇求慈悲，讓阿布杜拉大怒。

他大叫大嚷，雖然這種狀況下只有身邊人聽得見。他說：「真主幹嘛要對你們這種無知畜生慈悲？不過是暴風雨。你們有必要這樣嗎？噢，大蛇吞掉了太陽！」他搖動臀部可笑地模仿女人說話：「噢，背運啊！災難惡兆！我們的前路充滿魔鬼！你們幹嘛不吟唱一首歌趕走黑魔法？或者吞下魔法師替你們準備的噁心藥粉？你不知道怎麼施咒嗎？幹嘛不去宰一頭羊，讀讀牠的內臟預兆？你們這些人執著於魔鬼與惡兆。居然稱自己是體面的人，裝模作樣。來啊，唱首歌，驅走黑魔法。」

獅子姆威內大聲說：「我相信真主。這裡不是每個人都害怕的。」

暴雨如注，阿布杜拉注視他許久，好像在仔細消化他的話語與神情，接著刻意不懷好意地一笑，點頭。大風雨中，阿布杜拉似乎重拾昔日威風，滿懷興味重步穿梭混亂，朝腳夫喊：「快點（阿），快點（阿）。除非你們的屁股想吃我的棍子，就給我好好鎮靜下來。瞧瞧主人。他的風險遠高過你們這些人。你們有的不過是爛命一條，一點用也沒。主人除了自己的財產，還有別人託付他的財富。除了自己的安危，他還得擔心你們的。真主賜他做生意的天賦，他還有個漂亮的家要回去。他風險可高了，他可曾像懷孕的母雞滿庭院聒叫？魔鬼！要是你們不停止吵鬧，馬上去保護包裹跟供需品，我給你們一百個魔鬼跟一千個伊弗利特（afreet）[58]。快點！」

雨一直到夜裡才停，此時房子塌了、動物被風掃走，淹死在暴雨泡沫翻滾的池塘裡。主屋附屬建築的屋頂吹飛了，空地旁的一棵麵包樹迸裂倒地。哈密德說鴿子籠沒受損倒是奇蹟。庭院的防風燈整晚點著直到凌晨一、二點，腳夫與護衛忙著收拾貨品。他們愉快聊天，偶爾互相幹譙或者喊叫嘲笑。他們驚嘆暴風雨帶來的混亂與周遭的損壞，但是士氣並未受挫。

到了上午，準備妥當，阿齊茲叔叔發出指令：「立刻（阿），帶我們去內陸。」總管（斯）阿布杜拉帶隊，儘管肩膀疼痛，還是挺起胸膛，擺出上流人的無禮自大昂首。他也知道要恢復昔日的威嚴頗有難度，只盼著姿態夠足，能震懾這群低下幫手與行經他們身旁、渾身髒的野蠻人。為了標示此次長征陣容有別往日，除了鼓與西瓦，還有兩把號，構成小型樂隊了。西瓦先吹出第一聲長長的柔弱音符，激起大家的鄉愁，接著其他樂手加入，振奮旅人的心，踏往內陸。

哈密德站在前廊目送，貌似畏懼又焦慮。優素福想到胡珊提到這門生意超出哈密德的能力，不曉得此刻他是否也想到這點。優素福想像那個山中隱士站在高處對他們的愚行高興搖頭。哈密德的兩個小兒子站在身邊，但是阿莎與瑪繆娜沒露面。卡拉辛加也沒來，優素福原本期待他會來送行的，他去找過卡拉辛加，告知遠行的事，卡拉辛加大肆誇張遠行的好處，給了他一堆荒誕的建議。別忘了每星期給耳朵滴一滴油，昆蟲蛆類才不會在耳朵內下蛋。優素福想像卡拉辛加在最後一刻，轟轟地戲劇化現身泥巴路，跳下麵包車，朝行進隊伍行禮致敬。重要時刻，他都會行舉手禮。不過沒來或許是明智之舉，因為優素福記得腳夫嘲笑他的包頭巾與糾纏的鬍子。

第一天大隊並未行進多遠，能夠遠離鎮上就滿足了。腳夫抱怨混亂的一晚過後實在疲倦，阿布杜拉卻仍嚷嚷威脅催促行進。下午三時左右，他們紮營，衡量狀況以及前途風險。暴風雨濕潤了大地，某些地方的土壤看起來肥美腫脹多汁。月光下，灌木與樹木晶亮，隱密處傳來鬼祟聲響與慌張動靜，好像大地騷動成為活物。他們的營地靠近小湖，動物足印攪亂了沙灘。

一開始優素福試圖躲在腳夫群裡，與阿齊茲叔叔保持距離，自己也不知道為什麼。沒多久，阿布杜拉就找到他，讓他回到隊伍後方，阿齊茲叔叔看到他，露出友善笑

---

58 伊弗利特是古蘭經中的一種鎮尼，能變換人形，操縱火焰，性格暴烈。

容輕拍他的頸背。從阿齊茲叔叔指派他的差事，優素福馬上明白自己的位置是待在他身邊。第一天下午休息，優素福就負責照顧阿齊茲叔叔所需，替他鋪蓆子、端水，在附近等著食物準備好上菜。阿齊茲叔叔對興致高昂的吵鬧隊伍無動於衷，眼睛平靜掃描鄉野景色，好像景觀的點滴都是專為他的檢視與注意而存在。

紮營完畢後，阿布杜拉前來，與阿齊茲叔叔對坐蓆子上。阿齊茲叔叔捨不得挪開眺望景觀的眼神，說：「瞧這景色，它讓你充滿渴望，這麼純淨又明亮。你忍不住想這兒的人不會病也不會老。他們成日尋找智慧，滿足於生活。」

阿布杜拉噗哧一聲：「如果有所謂的人間天堂，就是這兒，就是這兒，就是這兒了。」打趣唱著，逗得阿齊茲叔叔笑了。

沒多久，他們便以阿拉伯語交談，點點指指不同方向，辯論路線的好壞。優素福晃蕩營區，經過堆放整齊的貨物，圍著小火堆與行囊的男人。他們才紮營沒多久，看起來已經像個小村落。有些男人呼喚他一起喝茶，或者吆喝他一起幹些沒那麼體面的事。最大的一群人以獅子姆威內為中心，他靠著貨物袋，群眾圍著他，傾身聽他講德國人的故事。他推崇德國人的堅定與毫不留情。不管犯事者如何哀求或保證不再犯，一定受懲。

他說：「我們呢，如果犯事的人表示懺悔，我們便很難懲罰他，尤其是嚴懲。人們會來替他求情，也總有愛他的人會心碎。德國人正相反，懲戒越重越不容情，而德國人的懲戒永遠都是嚴厲的。我想他們喜歡懲罰。一旦他決定判刑，你說破嘴也沒用，他只會站在你的面前，臉上一滴淚也沒，也毫無愧色。當他聽膩了，你就知道你沒別條路，只能乖乖受罰。他們能成就這些事就是因為如此，他們絕不受干擾。」

暮色漸深，動物前來飲水覓食，空氣中滿是嘶鳴吼叫聲。優素福輾轉難眠，不適又恐懼。光是深夜睡在冰冷山腳就已經難以想像，飢餓的動物還在附近咆哮，與他們僅僅一撲之遙。但是除了守在貨物外圍的警衛人牆，眾人皆已入睡。優素福心想或許他們並非真的睡著，只是安靜躺著，激動不安。

5

當他們從高山地區往下走，景色每天在變。伴隨大地的乾涸，聚落越來越少。幾天內，他們便抵達高原，大隊人馬的腳步激起灰沙與塵礫。零星的灌木瘤節凸起模樣扭曲，十分驚人，好像活著就是酷刑。腳夫的士氣與歌聲也低落了，思慮即將進入的陌生國度，看到遠處大群動物，便又活過來，激烈爭論動物的品種。頭幾天，優素福的腸胃整個化了，渾身疲倦疼痛熱燙。荊棘割破他的腳踝與手臂，肌膚點點蟲咬。他懷疑誰能生存在這麼惡劣的環境。夜裡，動物的嚎叫讓他從睡眠驚墜噩夢，到了早晨，他常常搞不清是睡了還是徹夜恐懼畏縮。商隊還是會遇到散居平原的人與聚落，虛弱枯乾如灌木，薄削的身體處處透露基本需求的赤裸不足。阿齊茲叔叔指示他們經過每一個聚落都要奉上小禮物，以示善意並獲取信息。

優素福開始明白大家為何叫阿齊茲叔叔「主人」[59]，因為無論何種情況，他都不受干擾，每日準時做五次禮拜，總是帶著淡淡的興味瞧著眼前一切，從未改變。頂多碰到耽擱時皺眉，或者僵硬不耐站著等大家矯正錯誤。他很少說話，即便開口，也只跟阿布杜拉說，每日跋涉結束，他們會開長長的會。儘管如此，優素福覺得阿齊茲叔叔掌握了每日大事。有時優素福看到他目睹腳夫的滑稽言行噗哧笑，還有一次，阿齊茲叔叔做完宵禮，把優素福叫到蓆子邊，輕拍他的肩膀說：「你會想父親嗎？」優素福無言。阿齊茲叔叔等了一會兒，對他的沉默一笑置之。

總管（斯）把優素福當學徒。每當看到他認為優素福該知道的東西，就把優素福叫到跟前，向他解釋所經之處的各種詭譎與誘惑。腳夫們說，這趟長征更深入內陸一點，總管（斯）就會騎上優素福：「他喜歡你。誰不愛這麼漂亮的男孩？天使鐵定拜訪了你母親。」

獅子姆威內擺出相思苦臉娛樂人眾，說：「帥哥，你替自己找到老公了！我們這些人該怎麼辦？你太漂亮了，那怪物不配。晚點來給我按摩，我會讓你見識愛是什麼。」這是獅子姆威內第一次這樣和他說話，優素福驚訝皺眉。

獅子姆威內日漸受到腳夫護衛歡迎，身邊總是圍著小圈人，好像群臣晉見。首位朝臣是矮胖的悠杜，他帶頭歡笑跟讚美，只要容許，他就忠心緊跟姆威內。當獅子姆威內和阿布杜拉站在一起，悠杜會站在總管（斯）眼界不及處，模仿他，惹得腳夫們哄笑，誰要覺得他的耍寶無趣，他便怒瞪。優素福知道阿布杜拉監視姆威內，在阿齊茲叔叔跟前報告。現在他們晚間開會，優素福必須一起坐，雖然他總是抓住機會就溜掉，跑去聽腳夫們說故事。優素福聽不懂阿拉伯語讓阿布杜拉大為抓狂，卻也總是翻譯有趣的摘要給優素福聽。

一晚他瞧著圍繞獅子姆威內的吵鬧人群說：「好好瞧瞧那個大嘴巴。他身上有我戳的一根大刺，想搞花樣，我就讓他渾身不自在。他可是殺人犯，所以才參加這次商隊，賺錢賠償他傷害的人，否則只要真主高興，就可以滅了他。多虧了我的保證，他才

59 Seyyid 一詞在阿拉伯語裡，除了主人，還有老爺、大人、尊貴者的意思。

有機會贖罪。否則那人的親戚早把他送給德國人報仇。德國人可是連呸都懶得呸就吊死他。他們最喜歡這種事。把謀殺犯送到他們面前，他們馬上眼睛快樂發亮備好絞刑臺。他跑來跟我講這事，我同意帶他上路。現在你好好瞧瞧這個獅子姆威內，我對他有不好預感，他的眼裡有種暴力與瘋狂。他想惹事，看起來像是渴望闖蕩一番，但是我想他是討打。這趟長征會讓他原形畢露，只要置身野蠻人中幾個月，每個男人的弱點都無所遁形。」

阿布杜拉也教優素福認識此門生意，他說：「這就是我們在世間的工作，做生意。我們去到最乾燥的沙漠與最黑暗的叢林，不在乎我們交易的對象是國王還是野蠻人，不把生死放在心上。對我們來說都一樣。我們將經過某些地方，你會看到那裡的人活得像軟爛昆蟲，尚未被交易刺激活過來。世間沒有人比生意人更聰明，沒有更崇高的召喚。交易賦予我們生命。」

阿布杜拉解釋他們交易的貨品多數是布匹與鐵器，卡尼基布、素面厚棉布、棉絲交織布，各式各樣。這些都比野蠻人僅有的臭羊皮好。假設他們不是赤身裸體的話。因為真主創造出不知羞恥的不信教者，因而信奉真主的人一眼就能看出，並知道如何跟他們做生意。湖這邊的市場布匹充裕，雖說農民對鐵器的需求還算很高，但是他們真正的目標是湖那邊的馬尼埃馬人，住在陰暗鬱蔥的山區深處。在那裡，布匹是最常見的交易物品。這些野蠻人做生意不用貨幣。貨幣對他們有什麼用？除了布匹，他們還有縫紉針、鋤頭刀、刀子、菸草以及藏得極隱密的火藥與彈藥，這是用來當特別禮物，送給超難搞的蘇丹。他說：「當其他方法行不通，火藥彈藥永不失敗。」

他們的目標是朝西南走，直到湖邊，那是商人熟悉的地方，已經感受到歐洲人的陰影，雖說只有少數歐洲狗住在那兒，人們還能照原樣過活，但是他們知道大批歐洲人遲早要來。阿布杜拉說：「這些歐洲人無疑非常神奇。」轉頭尋求阿齊茲叔叔的認同。

商人安慰說：「要對真主有信心。」因總管（斯）焦慮而流露趣味眼神，雙眼灼灼。

「我們聽到的歐洲人故事！他們在南方的戰役，優良的佩刀和他們製造的精準神奇火槍。我聽說他們能吃鐵，掌控地面一切，但是我不相信。如果他們能吃鐵，幹嘛不吃掉我們，吃掉整個世界？他們的船隻行遍所有海洋，有的大如小城。主人，你見過他們的船嗎？我幾年前在蒙巴薩見過一艘。誰教會他們做出這些的？我聽說他們的房子有大理石地板，閃耀柔光，行走在上面的人忍不住要把衣襬撈高，以免弄溼。但是他們看起來卻像沒皮的爬蟲，還有金毛，簡直像女人，真是個笑話。我第一次瞧見歐洲人，他坐在林子裡一棵樹下，我低呼萬能真主之名，還以為我看到魔鬼。然後過了一會兒，我知道這個鬼物就是著名的攻城掠地者之一。」

優素福問：「他有說話嗎？」

阿布杜拉說：「不是我們聽過的語言。可能是在咕嚕。我看見他嘴裡冒煙。或許他是鎮尼，真主拿火生成的。」

優素福知道總管（斯）在嘲弄他，看到阿齊茲叔叔嘴角彎起。商人說：「如果鎮尼能造金字塔，為何不能製造大如城鎮的船？」

阿布杜拉說：「誰又知道他們幹嘛大老遠跑到這兒來？好像大地裂開嘴把他們噴吐出來，或許當他們在我們這兒完事後，大地又會張開嘴把他們吸回世界的另一頭。」

商人說：「阿布杜拉，你講這話開始像老太婆了。」他在蓆子上伸展身體準備午睡，說：「他們來這兒，理由跟你我一樣。」

6

只要可能，他們都會在聚落附近紮營，以物品交換食物，保持存糧。越深入內陸，越需要購買麵粉或肉。到了第八天，他們在一個小樹叢紮營，這是頭一次他們接獲命令要圍樁阻擋野獸。腳夫埋怨抗議，說他們已經幹了一天活，說林子裡都是蛇。

獅子姆威內拿起彎刀，在糾結的林裡砍出一條路，眾人羞愧跟隨。他們砍下樹枝，拉到營地築成四呎高的屏障。他們現在已經十分接近姆卡塔（Mkata）村，那是前往大河的必經之路。商人聽說先前一個商隊被河邊村民攻擊，不想冒險，派出兩人一早帶著禮物前去拜訪姆卡塔的蘇丹。就算是卑微的村落長老，商人也都稱呼他們為蘇丹，語氣尊敬。

他的六匹布與兩個鋤頭被退回，姆卡塔蘇丹要商人把所有貨品都攤在他面前，由他自己挑選配得上他的地位的禮物，尤其這些禮物是貢品，懇求同意行經他的土地。蘇丹的要求讓阿齊茲叔叔失笑，把禮物加倍。此時商隊已經停留在村外半哩路上，好奇的小孩從遠處偷窺他們。信差回覆姆卡塔蘇丹依然不滿意，要求他們轉述：他是個窮人，不希望被迫採取他可能會後悔的行動。商人又把禮物加倍。他說：「告訴蘇丹，我們都是窮人，請記住天堂裡多數住民是窮人，而地獄裡多數住客是貪婪者。」

接下來一整天就在訊息的你來我往度過，直到面子與貪欲都得到滿足。傍晚時分，他們抵達河畔，就在他們站在開闊的河岸時，一個女人下河被鱷魚攻擊了。村人與旅人急忙奔去女人與鱷魚纏鬥的河水翻泡處，沒能救下那女人。村人絕望哀號她的逝去，站在淺水與河岸哭泣，朝鱷魚遁去的遠處河岸憤怒揮舞手勢。女人的親戚哀傷跳入河裡，旁人連忙將他們拉起，有些人眺望水面，憂心有更多鱷魚。

那是條大河，但是靠近姆卡塔處水淺。寬闊的泥岸吸引大群動物與鳥兒。一整晚他們都能聽見水裡與樹叢裡的嘈雜聲，有些腳夫發出被咬的哎叫，相互驚嚇。姆塔卡的蘇丹宰了兩頭羊，邀請商人帶伴來共餐。吃飯期間，他不苟言笑，毫無好客之情，只管自己吃喝，讓客人撿他們愛吃的。蘇丹是個瘦削的人，白髮平頭，眼睛有血絲，被營火照得通紅。他的斯瓦希里語帶著奇怪口音，並不流暢，但是優素福專心聽，還是知道他大部分的談話。他說：「你給我們帶來災厄，那個被野獸帶走的女人原本是有神保護的，不受水侵與鱷魚攻擊。像她這樣的人不該被帶走，我活到現在從未聽過，在我之前也沒有。」他沒完沒了地講那個女人，眼神在跳躍的火光下來回瞄他們。其他村人沒人和他們說話，雖然火光角落常傳來他們忽而低喃忽而放大的聲音。優素福看見阿齊茲叔叔傾身聆聽蘇丹說話，偶爾點頭表達同意或者同情。蘇丹繼續說：「許多人行經此處渡河，只有你帶來魔鬼。你走時如果沒把魔鬼帶走，我們的生命就會毫無理由凋零飄泊。」

商人溫和地說：「我們要相信真主。」

蘇丹放他們走之前說：「我們得看看，明天能做些什麼恢復你們打亂的秩序[60]。」

阿布杜拉說：「骯髒野蠻的混蛋。」兩個人持火炬護送他們，保持警覺。阿布杜拉說：「大家給我留神點，否則天還沒亮，你們的雞雞（阿）都沒了。我們慈祥的主人想拿我們獻祭那些骯髒的神靈，他大有可能想趁著月黑風高把你們的男性氣概拿去餵鱷魚。願真主保佑我們不受邪惡之害。」

阿齊茲叔叔後來對優素福說：「沒準這跟其他藥物一樣有效呢。」看到優素福對這種不敬之語大感興趣，不禁一笑。

那晚，噩夢裡的大狗再度造訪優素福，牠口齒清晰與優素福說話，張開長長的鼻嘴露出猙獰笑容，黃牙閃現，四腳跨站優素福赤裸的肚皮，尋找他最深的祕密。

破曉，營地爆出尖叫與絕望呻吟，一群鬣狗攻擊沉睡的腳夫，咬掉其中一人的大半個臉，血液與黏液奔流剩下的裸肉。那人在地上瘋狂翻滾，難以想像的痛。人們從四面八方奔來瞧，孩童奮力扭鑽群眾擠到前頭看個清楚。蘇丹也來了，之後站開幾分鐘又返回，宣布他很滿意先前的褻瀆行為已被糾正，上天顯然派出動物帶走伴隨商隊昨日降臨的邪惡，旅人現在可以放行了。但是希望他們不要再來這個村鎮。他瞧瞧優素福說，他原以為上天會把這個年輕人交給他們，因為他才配得上喪命河中的女人。那女人頗受敬愛。

60 原住民信仰裡，天地秩序是圓滿的，被打亂了就要設法復原，通常是透過犧牲與儀式。

兩個男人陪伴被咬的腳夫，壓著不讓他翻滾，商隊成員在村民注視下開始涉水渡河。當他們要抬起受傷的夥伴，蘇丹拒絕讓他離開。商人奉上一件又一件禮物，都無法改變蘇丹的心意。傷者屬於他們。這塊土地將傷者送給了他們。

那天下午，呻吟不止的傷者突然過世，臉上的傷口被腦漿覆蓋。他們馬上將他埋在村外遠處，那是村人埋葬離棄者或者不祥死者的所在。蘇丹說，他們不要這些不寧的亡魂遊蕩於族人的生活中。黃昏時刻，最後一名旅人過河，蘇丹和村人齊聚河畔樹下，吆喝他們速速離開。河馬與鱷魚的眼睛開始閃亮，輕輕探出水面，對岸野鳥刺耳聒叫，黑暗陰影吞沒河岸。

那晚增派守衛，升起巨大營火，以免眾人膽怯。商人坐在蓆子上良久，默默為逝去的腳夫祈禱。他從箱子掏出小本古蘭經，就在樹枝懸掛的燈火下為死者讀了〈雅辛篇〉。總管（斯）與姆威內待在男人中，有時粗暴與他們說話，企圖趕走他們的恐慌。優素福馬上入睡，但是噩夢回來糾纏他。他兩度驚醒，尖叫聲奔抵嘴邊，連忙環顧是否有人注意。天一亮，大隊人馬就準備開拔，總管（斯）大喊，叫眾人警覺。他悄聲對優素福說：「昨晚有蛇咬你嗎？還是你做了噩夢？警醒點，年輕人，你已經不是小男孩了。」

優素福協助阿齊茲叔叔準備啟程，他輕咳一聲攔住優素福問：「你昨晚又驚夢了，你擔心蘇丹講的那些話？」

優素福因驚訝而沉默。再度！再度驚夢！他感覺自己的弱點曝光，沒得挽救。他們都知道夜裡，狗、野獸與無名虛無前來挖走他的自我嗎？或許他太容易驚叫，大家都笑他。

商人說：「信任真主，他給了你某種天賦。」

河的這一邊土地豐饒，人口較多。翠綠的景觀初時令他們雀躍，鳥兒晃動樹叢與林木，不知疲倦的歌聲鋸破白日的涼爽時刻。古老的樹木為眾人遮蔭，將溫柔的陽光灑落林下樹枝交錯的灌木。但是鬱蔥滴水的綠林藏著帶刺的匍匐枝條，有毒藤蔓糾纏其上，吸引人的陰涼處則毒蛇穿梭，蚊蟲日夜螫咬，荊棘扯破衣裳與肌膚，奇怪疾病降臨。而且幾乎每一天，他們都得奉上更多的貢品給蘇丹請求路過。商人盡量不親自談判，在絲毫感受不到歡迎的沉默中等候阿布杜拉、姆威內在那兒討價還價。有些蘇丹看似只想激怒管事與他的主人，根本不想達成協議。優素福覺得人們似乎急著表達他們多麼討厭外來客。

又經過數天路程，他們抵達第一個目的地塔亞里（Tayari）鎮。這兒的人似乎明白只要鬧點彆扭，商隊就會恐慌，奉上豐厚敬禮。食物很多，但是要價奇高。商人每隔一天就買雞與水果，他知道不買，腳夫就會去偷，只會導致爭議與戰事。

山背面的戰鬥民族會攻擊此處，血染長矛與雙刃短劍，俘虜牛隻女人。渡河後的第七天，他們抵達一個兩天前才受到攻擊的村落，尚未進入村子，就感受到驚擾，因為白日裡濃煙陣陣，黑鳥盤旋天空。當他們抵達被摧毀的村子，只看到樹蔭下聚著幾個受傷與肢殘的存活者。家家屋頂都失火冒煙。倖存者為失去的親人哀傷，有的被入侵者擄走。有些年輕人在戰鬥時遁逃，帶走一些小孩。不知道還會不會回來？優素福不忍直視那些恐怖傷口，現在已經染病膿腫。目睹這樣的苦痛，他巴不得現刻就死了。他從未見過也從未想過這種景象。焚毀的草屋、灌木叢、樹下，到處是屍體。

阿布杜拉要他們儘速閃人，擔心染病或者侵襲者返回。姆威內奔去商人處詢問可否埋葬死者，跑得太近，連忙退後。他說：「存活的人這種狀況，做不成此事。」

阿布杜拉幾乎控制不住怒氣，大叫說：「把屍體留給動物。這跟我們無關。多數屍體已經腐爛或者被吃掉大半……。」

姆威內低聲說：「我們不該這樣一走了之。」

阿布杜拉直視商人說：「他們傳染疾病，讓他們的兄弟來幹這個噁心活。他們只是躲在林子裡。一旦回來就會恢復迷信本性，說我們褻瀆了他們的死者。這到底干我們什麼事？」

姆威內說：「我們就是他們的兄弟，亞當是我們所有人的父親，血脈相傳。」阿布杜拉驚訝怒視，但是沒說話。

阿齊茲叔叔說：「你究竟關心什麼？」

姆威內張大眼說：「死者的尊嚴。」

商人笑了：「很好，那就埋了吧。」

總管（斯）說：「如果這不是又傻又危險的念頭，就讓真主派鬣狗噴尿到我的雙眼！讓真主把我碎屍萬段！不過，主人，既然你希望如此……雖說我看不出有什麼需要。」

阿齊茲叔叔溫和地問：「阿布杜拉，你何時開始畏懼迷信啦？」

總管（斯）火速看了商人一眼，露出受傷神色，對姆威內說：「就這樣，俐落點，不准冒險，也不准逞英雄。野蠻人一天到晚互相砍殺，我們可不是來裝聖人的。」

阿齊茲叔叔說：「優素福，跟著去，看看人類的卑劣與愚蠢。」

他們在村子角落挖了一個淺坑，詛咒命運迫使他們參與這可怕儀式。村人注視他們辛苦勞動，不時朝他們的方向啐口水，狀似隨意，而非故意冒犯。到了眾人畏懼的時刻，他們必須抬起破碎的屍體推入坑裡，伴隨著淺坑越填越滿，村民陣陣哀號，痛不欲生。完工後，姆威內站在墳坑旁，不屑看著村民。

火焰之門

1

三天後，大隊人馬抵達塔亞里郊外的河邊。就算從遠處，優素福也看得出那是個大城鎮。男人們放下重擔，興奮吶喊衝向河中。他們互相潑水，像小孩在水中假裝扭打。其中幾人的旅途將在這裡結束，重擔可望解除的心情感染了所有人。清潔完身體煥然一新後，腳夫仍帶笑容返回自己的扛貨前。返家不遠了！總管（斯）和獅子姆威內大步巡視隊伍，幫忙調正腳夫扛負的貨品，催促他們進入狀況。鼓手號角手調皮吹打幾個短音熱身，西瓦樂手回以抗議的低音。當秩序逐漸恢復，他們的演奏也開始落入正確節拍，大隊人馬進入城鎮時，已經是跟著雄厚昂揚的音樂踏正步。路人與遊手好閒者止步觀看，有的揮手有的鼓掌，圈起手掌吶喊著聽不清楚的話。鎮外土地乾涸，等待時雨。一如慣例，阿齊茲叔叔走在隊伍最後，無視旁觀者，偶爾掏出手帕捂鼻擋風沙。就當他們跟在大隊人馬掀起的沙塵雲後面踱步，他跟優素福說話了。

他滿臉嚴肅：「看看他們的快樂。像一群沒腦袋的野獸奔向水塘。我們全是一樣，都是由無知誤導的弱智生物。你可知道他們興奮什麼？」

優素福以為自己知道，因為他也同樣興奮，但是他沒說話。他們租了一棟屋子，有眾人可以睡覺同時看守貨品的庭院。之後，阿齊茲叔叔跟優素福說：「我首次來這個城鎮時，是由尚吉巴蘇丹手下的阿拉伯人統治。他們是阿曼人，要不也是阿曼人的僕人。阿曼人很有天賦，很能幹。他們來到這裡建立小王國。一路從尚吉巴擴展到此！有的甚至更遠，越過馬尼埃馬人國度到茂密森林與再過去的大河。他們在那裡也建立王國。是啊，距離不算什麼。在他們的時代，他們的高貴王子從馬斯喀特（Muscat）[61]一路跑來這裡成為尚吉巴主子，他們又有何不可？他們的蘇丹賽義德（Said）以這些島嶼的果實致富，大蓋皇宮，裡面塞滿名駒、孔雀，以及各地買來的絕世美女……他派人到各地蒐羅，花大錢買，從印度到摩洛哥，從阿爾巴尼亞到索法拉省（Sofala）[62]。據說他有上百個孩子，我懷疑他搞得清楚多少個。你能想像如何讓這麼多人安守本分嗎？他鐵定擔憂小王子們長大了要分一杯羹，甚至咬下他一塊肉。他自己就手染鮮血，殺過一、二個至親。如果他們的蘇丹可以這麼幹還博得美名，他們

61 阿曼帝國首都。
62 位於莫三比克。

為什麼不可以？

「這些貴族來到這個小城鎮，開始劃地為區，各擁勢力。第一區是坎沿聶（Kanyenye），屬於一個名叫穆辛那・賓・沙利曼・埃耳・烏魯比的阿拉伯人。第二區是巴哈銳尼（Bahareni），屬於阿拉伯人薩義德・賓・阿里。第三區叫盧菲塔（Lufita），屬於來自海岸地區姆瑞瑪城的姆威聶・姆納答。第四區叫姆科瓦尼（Mkowani），屬於阿拉伯人薩伊德・賓・哈比・埃耳—亞菲夫。第五區叫博納尼（Bomani），屬於阿拉伯人賽堤・賓・朱麻。第六區是姆巴格尼（Mbugani），屬於阿拉伯人賽林・賓・阿里。第七區是千姆千姆（Chemchem），屬於印度人祖瑪・賓・狄納。第八區是恩剛博（N'gambo），屬於阿拉伯人穆罕默德・賓・納索。第九區是姆比拉尼（Mbirani），屬於阿拉伯人阿里・賓・蘇丹。第十區是馬歐洛（Malolo），屬於阿拉伯人拉希德・賓・薩林。第十一區是科哈啦（Kwihara），屬於阿拉伯人阿布達拉・賓・納希布。第十二區是甘曲（Gange），屬於阿拉伯人坦尼・賓・阿巴達拉。第十三區是米姆巴（Miemba），屬於阿拉伯人的前奴隸法拉尼・賓・奧塞曼。另外一區叫伊圖魯（Ituru）[63]，屬於穆罕默德・賓・祖瑪（Muhammad bin Juma），他是哈瑪德・賓・穆罕默德（Hamad bin Muhammad）的爸爸，後者外號帝普・堤普（Tipu Tip）[64]。我想你聽過他。

「現在傳言德國人要把鐵路一路鋪到這裡。現在是由他們來制定法律與統治了。

雖說艾敏・帕夏與王子以來一直如此[65]。不過德國人還沒來以前，要往大湖去，一定得經過這個城鎮。」

商人等著優素福說話，他沒說，商人便繼續：「你會想那麼多阿拉伯人幹嘛在這麼短的時間來到此處？因為在他們剛來時，在這兒買奴隸就像從樹上摘果子那麼簡單。他們還不用自己去抓這些受害者，雖說有些人出於樂趣也親自搶擄，多的是人願意為了一點小東西出賣自己的表親與鄰居。到處都是奴隸拍賣市場，在南方或者海島替歐洲人耕作蔗園，或者賣到波斯與阿拉伯，替蘇丹在尚吉巴的新的苜宿農場工作。利潤大得

63 不知作者是否刻意諷刺非洲被歐洲各國割據，以上各區均為非洲真實地名，分別來自尚比亞、坦尚尼亞、馬拉威、幾內亞、安哥拉、肯亞、剛果等地。

64 帝普・堤普（Tipu Tip）本名 Hamad bin Muhammad al-Murjabi，帝普・堤普是他的綽號，意指「所有財富的聚集者」。他是阿曼王朝的人，是象牙、奴隸販子，也是探險家、治理者與大農園主。原本為尚吉巴蘇丹的繼任者工作，後來自己一度短暫成為憂特提利亞國（Utetera）蘇丹。這個短暫的國度位於今日剛果，又被稱為帝普・堤普王國。

65 原文阿密爾・帕夏（Amir Pasha）應是艾敏・帕夏（Emin Pasha）之誤。Emin Pasha 本名 Eduard Schnitzer，德國探險家、醫生、語言學家、博物學家，曾擔任埃屬蘇丹赤道省的總督。歸化為土耳其人取名 Mehmed Emin Pasha。德國政府請艾敏・帕夏遠征赤道非洲地區，以保護維多利亞湖和艾伯特湖以南的領地。王子（Prinzi）此處是指 Tom von Prince，德屬東非公司軍官與大農園主，一次大戰時的德國東非駐防軍（Schutztruppe）隊長。

很。印度商人則放貸給阿拉伯人換取象牙與奴隸。印度放高利貸的（印）就是生意人，有利可圖就借錢。其他外國人也一樣，不過是透過印度搞高利貸的（印）放貸。總之，阿拉伯人偷了這些錢，從靠近這兒的野蠻部落蘇丹手裡買奴隸，讓他們在田裡勞動，為他們蓋舒服的房子。這個城鎮的蓬勃來自於此。」

阿布杜拉說：「仔細聆聽你叔叔的話。」好像優素福心不在焉似的。他是在故事半途加入，他的急於打斷正顯示商人的滔滔言論多麼遙遠。優素福心想，他不是我的叔叔。

優素福問：「他為什麼叫帝普・堤普？」

阿齊茲叔叔不在乎地聳聳肩說：「我不知道。總之，當德國人艾敏・帕夏來到這些地方，就去見塔亞里的蘇丹。我忘記那個蘇丹的名字。他是阿拉伯人扶植的，他們可以直接影響操控。艾敏・帕夏對蘇丹極端無禮，故意的，想挑起戰事。這是他們的手法。他命令蘇丹掛德國旗，宣示效忠德國蘇丹，交出所有武器與大砲，因為這些東西鐵定是從德國人那兒偷去的。塔亞里蘇丹想方設法避免戰爭。通常他很愛打仗，總是跟鄰近部落作戰。他的阿拉伯同盟也支持他，只要對他們有利。但是大家都聽過歐洲人打仗殘暴無情，因此塔亞里的蘇丹照德國人吩咐掛起德國旗，宣誓效忠德國蘇丹，送貢品與食物到艾敏・帕夏的營地，卻不願放棄槍械。這時他已經失去阿拉伯人的支持，他們認為他背叛，對德國人慷慨供輸。因此當艾敏．帕夏離去，他們開始密謀除去他。

「這要不了多久。艾敏．帕夏前腳剛走，德國指揮官王子後腳就到，一到就宣戰，殺了蘇丹、他的孩子以及他們能找到的蘇丹人馬。他先是讓阿拉伯人乖乖聽命，隨即又將他們趕走。這些外國人徹底輾壓阿拉伯人，連奴隸都不再聽命耕作。阿拉伯人沒糧食又失去舒適環境，沒得選擇，就走了。有些去了盧恩比（Ruemba）[66]，有的去了烏干達，有的回去依附尚吉巴蘇丹。少數留下的不知前途在哪裡。現在印度人取而代之，奉德國人為主子，奴隸都聽他們的。」

阿布杜拉憤怒地說：「絕對不能相信印度人！只要有錢賺，他們連老媽都能賣了。他們對錢的貪欲沒有止盡，乍看，他們怯懦軟弱，但是為了錢，他們啥都能幹，哪兒都能去。」

阿齊茲叔叔對總管（斯）搖頭，斥責他的輕浮躁動，說：「印度人知道怎麼跟歐洲人打交道。我們沒別的方法，只能跟他們合作。」

66 位於尚比亞。

2

他們在塔亞里並沒待很久。這城鎮是令人暈頭轉向的迷宮，小巷走著突然變成小小的空地或者廣場。昏暗街道的氣味既親密又汙濁，好像置身人擠人的房間。廢水如小河漂流，只比住家門檻低幾吋。晚上當他們睡在租來的宅舍庭院，蟑螂老鼠爬上身，囓咬結繭的腳趾頭，扯爛供需品的布袋。總管（斯）在此地聘雇新腳夫取代合約只到這裡的腳夫，幾天後，他們出發了。離開後歡天喜地，小雨加快他們的步伐，男人熱意消退，快樂唱歌。就連那些在旅途裡疲累受傷的也找回昔日力氣。有些人的病已成頑疾，歌聲或笑話都沒法減免他們頻跑灌木叢的痛苦，但至少現在他們痛苦尖叫，同伴會悲憫微笑，不再是沉默無言。

又過了幾天，他們知道快靠近大湖了。遠方的光線因沉甸甸的水而顯得厚重柔和。想到湖大家更快樂了。他們經過的村鎮與聚落，人們帶著會意的微笑看著他們，因他們的開心而笑容更加綻放。有些男人興高采烈追求村中女人，其中一人還被痛扁，勞動商人出面干涉，奉上禮物換來善意。晚間他們紮營，砍樹枝建防禦工事，阻止動物攻擊。男人圍成圈聊天。總管（斯）警告優素福不要跟那些人一起，說他的叔叔不贊成。

阿布杜拉說，他們只會帶壞你。優素福不在意。他覺得自己伴隨長征日漸強壯。男人們還是拿他打趣，只是態度越來越友善。晚間他加入男人圈，他們也會讓位給他參與談話。有時一隻手會摸上他的大腿，下次他就知道避開。如果樂手不是太累，就會使勁吹出高音調子，男人則打節拍唱和。

一晚，眾人樂開懷，總管（斯）踏入火炬點亮的場中，跳起舞來。兩步踏前，優雅彎腰，兩步後退，手杖在頭頂揮舞。號角手加入裝飾音，一段短樂句，步步爬高的音符好像突如其來的歡欣吶喊，獅子姆威內仰天大笑。總管（斯）隨著新樂句轉圈，突然威武停止，眾人大樂。

優素福看到總管（斯）舞蹈結束時皺眉，也知道他不是唯一注意到的人。但是阿布杜拉始終笑容滿面，汗如雨下。他對眾人揮舞手杖微微喘氣說：「你們該瞧瞧我以前跳舞，那時我們空手拿刀刃跳，可不是棍子。四、五十個男人一起跳。」

在男人們的歡呼口哨聲中，他略略搔搔胯下，跨出火光圈。才走沒幾步，悠杜就跳起身，手中持杖，開始模仿總管（斯）跳舞。樂手又開心演奏起來，悠杜在火光下耍寶，兩步向前，蹣跚後退兩步，誇張彎腰，近乎猥褻。在幾下瘋狂轉圈與激烈揮舞手杖後，他也突然止步，兩腿張得大開，緩慢摩挲鼠蹊，大聲說：「誰想瞧瞧啊？雖大不如從前，但依然能用。」他的嘲諷表演惹來眾人大笑，總管（斯）站到火光邊角，瞪眼瞧著。

3

湖畔小鎮躺在不可置信的紫羅蘭色柔光下，岸邊的高崖與山丘為它勾勒出一抹深紅色彩。湖畔繫了船，岸邊一排棕色小房子。大湖向四面八方延伸，其景震撼眾人，讓他們都放低了音量。旅人照規矩等在村外，直到獲得允許進入。等候時，阿布杜拉說附近有個神社，毒蛇蟒蛇野獸圍繞，唯有神靈允許，人們才能安全進入神社並平安離開。他指著離他們休憩處不遠的樹叢說：「這是他們的神祇住所。這些野蠻人什麼都相信，只要夠瘋狂。跟他們說這個那個很幼稚，沒用。沒得爭論。他們只會沒完沒了說些迷信的故事。」上次長征，他們也經過這個城鎮，從這裡渡河到對面，這也是他們回程時留下兩個受傷腳夫的地方。那時乾旱正嚴重，他們認為把傷者留在此處，勝過抬著他們穿越蚊蟲肆虐的地方回到塔亞里。優素福想起他在哈密德前廊聽到的話，多麼憂心掛念又是多麼文明有禮。他記得阿齊茲叔叔說傷者留在湖畔城鎮，留給他從未有生意往來的人家照顧，應該會照顧得很好。但是瞧著湖畔那些亂七八糟延伸的房子，以及飄到城鎮外圍的腐魚甜爛味，這個解釋此刻聽起來另有其意。優素福抬眼看總管（斯），看到他眼神裡的謹慎算計，羞愧徹悟那兩名傷者是被拋棄在此的。

悠杜被派去鎮上做信差，因為他說他會這裡的語言。阿齊茲叔叔記得蘇丹會說斯瓦希里語（斯），不過先以他的語言陳述當然是更加禮貌的。悠杜回報蘇丹歡迎他們，也很滿意禮物，最開心的莫過與老友敘舊。但是在他們進城前，他必須先告知天降不幸於他們。蘇丹的妻子四天前晚上死了。

商人表達他的哀傷，也請代轉同行者的悼念，同時讓信差帶上更多禮物，詢問他們可以當面向蘇丹致哀嗎？當他們再度等待，男人們聊起致敬死者的禮數，尤其死者是蘇丹的妻子。其中一人說，首先，這兒的人不見得會埋葬死者，有時人還活著就被扔到灌木林裡讓野獸吃。他們逼著將死之人走進林子，留給鬣狗跟豹子拖走。他們認為碰到屍體帶來霉運，就算死的是老媽也一樣。有些地方碰到喪事得宰掉所有陌生人。如果蘇丹過度沮喪無法管事，天知道他們會搞出什麼儀式與犧牲？有些人把死者一擱數星期不埋，放到瓦甕裡或者擺到樹下。男人們望向鄰近的樹叢，其中一人說：「搞不好裡面就有發臭的屍體。」

悠杜終於帶回消息，蘇丹允許他們入鎮。商人指示隊伍沉默行進，不要音樂也不准有噪音，以示尊重蘇丹的傷逝。這是個小鎮，約莫二十或三十來間茅屋，分成三到四群。空氣中飄散腐魚氣味。沿著水邊，木頭樁柱上架著平台，上面搭了茅草棚子，部分平台上還有帆布墊或蓆子，巨大的獨木舟拖離水面，停靠在平台下方陰影處。原本在陰影處玩耍的小孩跑出來看隊伍沉默行進。

眾人照指示待在一處等待商人完成談判。幾分鐘後，幾個人偷偷溜走，尋找躲得不見蹤影的村人，找到後互相問安的聲音在寂靜中輕易傳到其他人耳內，更多人溜出隊伍。蘇丹下令接見商人的人馬，傳令的老人滿面怒容說只有四個人可以晉見蘇丹。蘇丹備極哀傷，無法忍受大群人馬吵吵鬧鬧。陪伴阿齊茲叔叔前往的有總管（斯）、悠杜，還有優素福。阿齊茲叔叔說，把那個有學問的帶上，讓他見識如何向土地的主人致意。他們前往水邊的茅屋群，發現這兒的茅屋數量比其他群落多。他們被帶到一間有遮頂前廊的大茅屋。裡面陰暗，門邊有火，煙霧瀰漫。屋內唯一的光線來自門外，當他們被帶到一側，裡面便亮了點。蘇丹個頭高大，圍著棕色布，腰間綁了一條草線編織的東西。上半身緊繃鼓脹的肌肉在貧瘠光線下閃亮。他坐在無靠背座椅，手肘擱在大腿上，雙手握著粗大的雕刻手杖，拄在張開的兩腿間。他的態度看似急切又專注，兩側各站一個裸胸年輕女人捧著水瓢，身後也站了一個半裸女人，拿編織扇子在他的肩頭搧風。女人背後陰影深處站了一個年輕男人，六個老人分坐蘇丹面前左右兩邊的蓆子上，有些打著赤膊。屋內的煙霧讓優素福呼吸困難，淚眼汪汪，懷疑蘇丹跟他身邊的人怎麼如此舒服自在。

蘇丹微笑說了幾句，悠杜翻譯：「他說歡迎你。你來的時機不巧，儘管如此，他總是歡迎朋友光臨。」蘇丹做手勢，右手邊的女人便把水瓢遞到蘇丹嘴邊，他大大喝了幾口。那女人又走向商人，優素福看到她的乳房上滿是小疤，身上散發汗味與煙味，熟悉且擾動人心的氣味。悠杜遮不住臉上的笑意說：「他說你現在該喝點啤酒。」

商人說：「很感激，但是我必須拒絕。」

悠杜笑著說：「他問為什麼？這是很好的啤酒。你認為裡面有毒？他已經先喝了給你看。你不信任他嗎？」蘇丹又說了些什麼，老人們竊笑，樂到露出長牙咯咯。商人看看悠杜，後者搖頭。他的姿態曖昧，或許聽不懂蘇丹的話，也可能認為那話不翻譯比較好。

阿齊茲叔叔看著蘇丹說：「我是個商人，也是這鎮上的陌生人。如果我喝啤酒，就會開始大吵大鬧幹架，想做生意的陌生人不該如此。」

悠杜說：「他說是你的真主不允許。他知道。」蘇丹跟那群人又笑了，悠杜花了一段時間細思才翻譯了後面的話，笑容消失，措詞小心，好像設法忠實翻譯：「他說什麼樣的殘忍真主不允許祂的子民喝酒？」

商人迅速回答：「跟他說那是嚴格卻公正的真主。」

蘇丹指著蓆子請訪客坐下，悠杜翻譯說：「他說好啦好啦，你可能偷偷私下喝。給我們說說新消息。你的生意很好嗎？這次帶了什麼來？他說你看得出來他不是要求貢品，對吧？他聽說大人物[67]不准大家要貢品。所以他不會犯這個錯誤，不會對你開口，以防大人物聽到了懲罰他。他說你知道他說的大人物是誰嗎？」問此話時，蘇丹因嘎笑而身體急速抖顫。悠杜說：「德國人是大人物。據他所知，這人現在是新國王了。不久前他才來到這附近，宣布自己是王。他們聽說德國人腦袋是鐵做的。真的嗎？他有一種武器開火就能摧毀一個村子。我的人民想要交易也想過和平日子，不給德國人惹麻煩。」蘇丹又說了什麼，他的跟班再次發笑。

機會來了，商人問：「請問您能協助我們過河嗎？」

悠杜說：「他問你過河去見誰？」蘇丹傾身向前，姿態挑剔，好像預期商人的回答愚蠢又魯莽。

阿齊茲叔叔說：「查圖，馬朗古丘那兒的一個蘇丹。」

蘇丹身體往後，發出輕柔的哼聲。悠杜說：「他說他知道查圖。」他們看蘇丹做手勢要更多啤酒。「他說你已經知道他的妻子最近過世，他到現在仍無法將她下葬，內心充滿不安。」

過一會兒，蘇丹繼續說。沒有裹屍布，他的妻子無法下葬。自從她過世，蘇丹心中的火焰也滅了，不知道到哪裡弄裹屍布。悠杜說：「他說給他一塊裹屍布。」

一直站在後面暗處的年輕人說：「你可會拒絕給一個男人裹屍布好埋葬他的妻

子？」他往前踏幾步直接對商人說話，不要悠杜的協助。他的左腿因病腫大，拖著壞腿步行。他的臉上沒有紋飾，眼睛熱切閃亮，熟知世事模樣。優素福開始能分辨活人的體臭與屋內的窒人煙味。蘇丹的幾位長者在年輕人發話後也開始七嘴八舌，拉耷著扭曲長臉，不可置信，女人則咂嘴表示不屑。

阿齊茲叔叔說：「有人需要裹屍布，我當然不會拒絕。」他要優素福去拿五匹白色棉絲混織布。

年輕人掌控談判，說：「五匹！」一個老人站起身，狀似驚訝，朝商人的方向吐口水，飛沫濺上優素福裸露的手臂。年輕人繼續說：「蘇丹這麼重要的人，你給五匹？這樣你是沒法過河的。你會給自己的蘇丹五匹布埋葬他的老婆嗎？少胡鬧了！他的子民愛戴他，你這是侮辱。」

當蘇丹與老人聽到這段話的翻譯都笑了。蘇丹的身體抖顫，快樂震動。悠杜對商人耳語：「這是他兒子，我聽到他說的。」

---

67 此處的「大人物（big man）」在人類學上和「頭人（headman）」不同。頭人的權力侷限在自己的聚落。大人物通常是跨村落的組織協調者，此處意指蘇丹眼中，德國人具有跨村落的領導權力。

年輕男人問：「商人，你不笑？還是你的真主也不准你笑？你最好趁還能笑盡量笑，我不認為查圖會跟你說什麼笑話。」

最後數量落在一百二十四。蘇丹還要求槍和黃金，商人微笑說他不做這種買賣。年輕人說不再做了。最後蘇丹允許商人去跟船夫談判過河價碼。阿布杜拉憤怒低語：「我們被搶了。」

商人微笑問：「我們去年留下兩個人，他們生病了，你同意照顧他們到復原。他們怎樣了？還好嗎？」

年輕人平靜地回答：「他們走了。」顯露不屑與反抗。

阿齊茲叔叔溫和地問：「去哪兒了？」

年輕人憤怒說：「我是他們的叔叔嗎？自己去問去找。我還不知道你們這種人嗎？」

阿齊茲叔叔說：「我把他們留給蘇丹照料。」從他的聲音，優素福知道阿齊茲叔叔已經放棄了。

年輕人問：「你到底要不要去馬朗古丘？」

他們被帶去見船夫卡卡尼亞嘎。他矮小遒勁，安靜聆聽他們的需求，詢問貨物數量與重量，沒正眼看他們，只瞪著河水。他們和船夫一起回到貨物與等候的腳夫處，讓他自己判斷。他說，四艘大獨木舟就夠了。他開了一個價碼，含自己跟其他船夫的費用，踱步走開，讓他們研究。由於價格合理，阿布杜拉又急著離開，那人沒走遠幾步就把他叫回。

船夫說，他們明晨走。可以先把貨物交給他。

阿布杜拉問：「為什麼不能馬上走？」蘇丹喝了那麼多啤酒讓他不安。天知道喝醉酒的野蠻人想搞什麼花樣。

船夫說：「我的人必須準備。你們那麼急著去查圖那兒？如果我們現在離開，就會夜裡行船，夜裡某些時辰，水面不安全。」

總管（斯）問：「夜裡有惡靈是吧？」船夫聽出其中的揶揄，沒回話，只說他們早上才開拔。

阿齊茲叔叔臉色愉悅，笑問：「你很會說我們的語言，蘇丹的兒子也是。」

船夫勉強吐露：「我們許多人為斯瓦希里（斯）商人哈密迪．馬坦加工作，他經常到這附近甚至湖那邊。」儘管阿齊茲叔叔示意，船夫不肯再多說。

商人臉上仍掛笑說：「上次我來時，你們的蘇丹也會說一點點斯瓦希里語（斯），現在好像忘了，歲月真是個騙子啊。請告訴我，去年我們來時留下兩個受傷的人……他們怎麼啦？有好一點嗎？」說話時塞了一袋菸草及一包釘子給船夫，那是他叫優素福去取的。

船夫眼睛來回巡視商人，以及後來加入他們的阿布杜拉、姆威內，最後又看看優素福，隔一會兒才回答，眼睛發亮，暗示淘氣：「他們走了。我不認為他們有好些。他們待在那個茅屋裡，氣味很臭。他們給我們帶來疾病。動物死了，魚群不來。還有一個年輕人不明不白就死了，就跟他差不多年紀。」他看著優素福說：「事情太嚴重。村人說他們得離開。」

船夫離開後，姆威內說：「他們搞法術。」

阿布杜拉厲聲說：「別褻瀆。他們只是無知的野蠻人，相信自己的稚氣夢魘。」

阿齊茲叔叔說：「我們不該把他們留在這兒。那是我的責任，現在知道得太晚了，對他們及他們的親人都沒幫助。」

「主人，您預知什麼都沒用，無法預測這些野獸會用什麼做犧牲，來維持他們的迷信生活方式。換作我是您，也會這麼做。」總管（斯）嘲弄問姆威內：「你幹嘛不叫他們施法把那兩人叫回來？」

姆威內眨眼說：「我的意思是我們得幫這個年輕人留神，」他瞄一眼優素福說：「確保他不會受到傷害。你還記得姆卡塔的人跟他說話的模樣，還有船夫是怎麼看他的？」

阿布杜拉大叫：「他們敢怎樣？把他扔去餵飢餓魔鬼？我認為你把這些臭漁夫想得太嚴重了。讓他們試試看！」他激動揮舞手杖說：「你到底在想什麼？我會把這些王八蛋鞭到地獄門口。我會吐在他們身上。朝他們的臭屁眼施法。這些骯髒的野蠻人。」

阿齊茲叔叔尖銳說：「穆罕默德．阿布杜拉。」

總管（斯）好像沒聽到商人的話，但是音量降低不少，說：「大家都給我警覺點，獅子，你跟眾人解說那些法術跟邪惡疾病。你知道怎麼做。因為你在乎這些事。告訴他們想解放，別走到林子太遠，惡靈跟蛇可能咬他們的屁股。離女人遠一點。年輕人，你緊緊待在主人身旁，一刻不離。別煩惱。」

阿齊茲叔叔說：「阿布杜拉，你這樣大叫大嚷會消化不良。」

總管（斯）說：「主人，這是邪惡的地方。讓我們閃得遠遠的。」

4

第二天離開前，兩個腳夫打了起來。其中一人從貨品裡偷了一把鋤頭去買歡。另一個腳夫向總管（斯）報告。總管（斯）當著眾人的面宣布犯事腳夫的紅利將扣除兩把鋤頭的價值，宣布處罰時，他髒言穢語不斷。這不是腳夫第一次偷東西去買女人，阿布杜拉賣力表現出他很克制才沒揮杖打人。其他腳夫跟著嘲笑譴責，那名腳夫受辱更甚。丟臉場面一結束，備受傷害的腳夫立刻撲上告密者，大家連忙讓出空間，鼓動他們揍死對方。大批人圍觀，追隨幹架者在海邊空地跑，興奮大喊歡呼。最後商人派出獅子姆威內去阻止打架，他說：「我們得管好自己人的事。」

近中午時，他們已經準備出發。逼近上船時刻，眾人興奮幾近緊張。船夫卡卡尼亞嘎親自分配貨物，叫商人、優素福跟他同船。他說：「這年輕人會給我們帶來好運。」熱氣升騰中，船夫穩定划槳，裸背與雙臂汗珠晶亮。獨木舟維持緊密隊形，近到可以你歌我和，笑鬧彼此的回應。旅人多數時候沉默靜坐，震懾於水域的寬闊以及掌握他們生命的這些男人多麼強壯。他們多數不會游泳，儘管大多住在海邊，這一生他們的雙腳行遍高山平原，但是碰到嘈雜奔向岸邊的浪潮還是連忙往後縮。

航行近兩小時，天空迅速變黑，颳起強風，不知打何處而來。優素福聽到商人輕聲說：「老天（阿）！」卡卡尼亞嘎喊出風的名稱，朝同船及其他船的人大叫。他們從船夫的吶喊以及划槳的速度判知他們危險了。浪頭湧高，拍入脆弱的船內，浸濕了人與貨品，引來陣陣緊張抱怨，好像此刻最重要的莫過保持乾爽。有些腳夫開始哭叫吶喊真主，懇求上天給他們洗心革命的時間。卡卡尼亞嘎率頭改變方向，其他獨木舟跟上。船夫瘋了一樣猛划槳，大聲給彼此打氣，聽起來更像是恐慌。現在浪頭猛到足以拋起獨木舟再甩回水裡。優素福猛然醒悟獨木舟在惡水裡是多麼脆弱，就像溝裡樹枝隨時會弄翻。片段的禱告聲與哭泣聲間歇傳來，旋即被怒吼狂風消音。有些男人害怕到吐了一身。整個過程，卡卡尼亞嘎都保持沉默，除了單膝跪地猛划時的大聲喘氣，汗水混合湖水滑落他的背脊。終於他們看到遠處有個小島。

眼前所見讓他們划得更加賣力，乘客輔以歐斯底里的吶喊與鼓勵。當他們知道自己安全了，船夫勝利歡呼感謝真主。乘客直到獨木舟拉上岸，貨物全卸下後才露出笑顏。之後，他們簇擁在灌木叢與岩石後躲避狂風與浪擊，大聲嘆氣，喃喃自己的幸運。

卡卡尼亞嘎要商人準備一塊黑布、一塊白布、一些紅珠子，以及一小袋麵粉，商人還願意加上什麼東西都歡迎，只要不是金屬就行。金屬會灼傷此地神社的神靈之手。卡卡尼亞嘎說：「你也得來，這祈禱是為了保佑你跟你的旅途。把那個年輕人也帶上。神社的神靈叫潘北，他喜歡年輕人。進入神社後你們默念祂的名字，我說大聲才大聲。」

他們走了一小段路，穿過葉片銳利的灌木與草叢，總管（斯）及幾個船夫隨行。抵達一個空地，黑暗灌木與高聳樹木環繞，空地上有艘石頭墊高的小獨木舟，裡面已經擺了其他旅人置放的供品。卡卡尼亞嘎要他們隨他複誦，之後他翻譯：「我們給您帶來這些禮物。懇求您賜予旅途平安，讓我們安全返回。」

他把供品放入獨木舟，繞行獨木舟，又反向繞行一次。商人給卡卡尼亞嘎一包菸草，也放入獨木舟。當他們返回自己的船隻，風已經停了。

獅子姆威內嘲笑總管（斯）說：「像法術呢。」

阿布杜拉不客氣地瞪他一眼，不可置信地搖頭說：「大有可能更糟呢，他們可能會要我們吃下噁心東西或者跟野獸交合。快點（阿），上貨。」

當他們看見另一個沙灘，太陽已經開始下山，斜陽點燃紅色山崖像火焰之牆。近午夜時，他們才抵達岸邊，雲朵完全遮蔽夜空。他們將獨木舟拉離水面，卡卡尼亞嘎不准任何人睡在陸地上。他說，誰曉得黑暗裡陸地上有什麼東西行走？

5

天才剛亮，卡卡尼亞嘎和他的船夫一卸完貨就閃人，留下旅人和他們的包裹在岸邊。沒多久，人們開始出現詢問他們來幹嘛？誰帶他們來的？從多遠來的？要去哪裡？要幹什麼？優素福跟獅子姆威內被派去尋找頭人。這個城鎮看起來比他們剛離開的河對岸那個城鎮大。他們被帶到馬倫波的家，結果他剛起床。馬倫波是瘦小老人，臉上皺紋深刻，皮肉鬆垮。他的房子看起來和其他人的沒什麼不同，帶領他們的女人也是直接走到門口毫不猶豫地敲門，沒有繁文縟節也沒崇高敬意。馬倫波很高興見到他們，熱情好客又好奇。優素福看得出他雖好脾氣卻頗謹慎，判斷此地生活大小事情都得經過他。悠杜也隨同擔任翻譯，但是沒必要。

馬倫波閃現知情的微笑，隨即掩飾。說：「查圖！查圖是難搞的人。希望你們是認真做生意，他不是你能呼嚨的。他的城鎮離這裡幾天路程，但是除非他召喚，我們不輕易去。他如果覺得你對不起他，手段會非常兇狠，但是他照顧子民，像個父親。呃，我可不想住在那兒。我的朋友，查圖的城鎮不喜歡陌生人。」

獅子姆威內說：「聽起來像個小丑。」

馬倫波對這個笑話只是謹慎笑笑。

獅子姆威內問：「他做交易嗎？」

馬倫波聳肩說：「他有象牙，就看他要不要做。」

他同意提供一個嚮導，也會提供地方儲存他們的貨物。他說：「我跟商人做過多次生意。別給我布匹。少了這些布，你們拿啥做生意？你們就是靠布匹通行。給我兩把槍，我的兒子可以去獵大象。你們有絲嗎？給我絲。我給你們的嚮導熟知地形。你們來得不巧，雨季來了，不過如果你們給的酬勞不差，可以完全信任他。」

湖對岸這塊土地林木茂密，地形陡峭。雖然馬倫波的城鎮人口較多，病懨懨的人也較多。晚上大群蚊子襲擊狠咬，一些被叮的痛到憤怒大叫。因此當他們完成和馬倫波的安排，片刻也不想留。馬倫波接受刀子、鋤頭、一捆白棉布做為看管貨物的報酬，回程再跟他結清帳目。蚊子瘋狂叮咬，眾人慶幸得以離開。阿齊茲叔叔也急著想走。沿途奉獻讓貨物遽少，而且目前為止幾乎未完成任何交易。阿齊茲叔叔說剩下的夠賺了。他們長途跋涉來此就是為了這個——紅色山崖後的馬朗古丘。

第二天一早他們出發前往查圖的國度。馬倫波替他們找的嚮導是個高大沉默的男人，不說也不笑，只是在一旁等他們整裝出發。他們走在狹窄的鄉野道路，穿越茂盛的植被艱苦攀爬。陌生植物打在身上劃破臉面與腳，昆蟲在頭頂團團盤旋。當他們停下休息，蚊蟲馬上降臨尋找孔洞與嫩膚。攀爬馬朗古丘的第一天結束，好幾個人生病。大家備受蚊子大軍侵擾，早上醒來，臉上流血滿是咬疤。第二天他們快馬加鞭，急著奔出難以抵抗的叢林。整晚他們聽見灌木林裡的衝撞與吼聲，彼此恐懼靠攏，擔心被水牛與蛇攻擊。獅子姆威內打趣說，撇尿別跑太遠啊。總管（斯）催促大家步伐跟上，朝落後者揮杖，怒罵聲突破樹林的眾聲齊鳴。攀高的地勢讓行進困難。獅子姆威內、悠杜與嚮導在前，碰到危險就朝後喊。隊伍裡只有悠杜了解嚮導的話，翻譯時使勁耍寶搞笑，激怒總管（斯），卻讓眾人發笑。嚮導很少說話，每日行進結束，就坐到悠杜身旁。

到了第三天，生病的開始變嚴重，其他人的狀況也變差。最嚴重的人吃不下也管不住拉肚子。同行的必須輪流扛著他們臭烘烘的身體，盡量無視他們的瘋狂呻吟，設法不讓他們汨流的黑色汁血沾到身上。碰到陡峭的地方，男人們每次只能爬幾呎，手腳並用拖著重擔。第四天兩人死了。大夥速速埋了他們，等候一個小時讓商人默念古蘭經章節。現在所有人都因傷口感染備極痛苦，蚊蟲狠咬，在傷口下蛋吸血。恐慌之下，眾人相信嚮導故意把他們帶向死亡，儘管狼狽不堪，依然時刻緊盯他。總管（斯）經常對嚮導發飆，掩飾不住厭惡看悠杜翻譯。去年走的不是這條路。他要帶我們去哪裡？少耍寶，好好地問。

悠杜翻譯，雨季之後那條路不安全。

第五天上午又兩個人過世，所有眼睛都看向嚮導，他正在悠杜身旁等候出發。阿布杜拉大步走向嚮導，把他按倒在地，在腳夫與護衛的歡呼鼓勵聲中猛揮手杖，一下又一下。嚮導在杖擊下縮成一團叫饒命。悠杜企圖介入，阿布杜拉迅速朝他的臉賞了兩下，他驚叫後退。我的眼睛。總管（斯）繼續狠打嚮導，每一次棍杖落下赤裸肌膚，嚮導便在地上翻滾，號叫哭泣。儘管如此，總管（斯）沒停手，其他人也手持棍棒皮帶步步靠近。

獅子姆威內連忙趕到總管（斯）身邊，抓住他的臂膀，企圖以身體庇護尖叫的嚮導。他求情說：「夠了。現在他受夠了。」阿布杜拉大聲喘氣，手臂與臉蛋都是汗，企圖繞過姆威內的身體賞嚮導更多下。

他大喊：「讓我打這隻狗！他企圖讓我們都死在這森林裡。」

獅子姆威內說：「他說再一天。明天他就能帶我們走出煉獄……。」他擁著總管（斯）離開。

阿布杜拉說：「他是個滿口謊言的野蠻人。那個小丑悠杜不但沒幫我們看好他……這人從頭到尾說謊，我們去年走的不是這條路。」突然，他衝回去猛打倒地的嚮導。獅子姆威內再度衝到阿布杜拉身邊，後者轉身怒瞪。

獅子姆威內往後退，說：「你現在的作為不公正。」

總管（斯）沉默瞪著，臉上汗水直流。商人離開眾人到他身邊輕聲說幾句，抓著他的臂膀，指示優素福安排早上兩位死者的後事。他說給他們唸〈雅辛〉。一整天他們聽見嚮導在前方不斷呻吟，茂密林木開始變得稀疏。悠杜在嚮導後面艱困舉步，沉默無語，臉蛋因杖鞭恐怖紅腫。男人們笑著搖頭，羞愧自己的輕浮，卻又對嚮導的痛苦幸災樂禍。他們說，瞧總管（斯）打他的狠勁！噢（lo，斯），阿布杜拉真是頭禽獸，殺手！至於悠杜，他早該知道總管（斯）遲早會跟他算帳！

第六天上午十點左右，他們抵達開闊的地，一直休息到下午才出發前往查圖的城鎮。沿途經過耕田與小農倉，人們瞧見大隊人馬趨近便匆忙奔離。雖然兵疲馬乏，樂手還是奏樂宣布抵達，大家也盡力筆挺行進。阿布杜拉在樂手後面趾高氣昂搬演老戲，以防低下人等躲在灌木林後偷窺。

蘇丹的長者代表團迎接他們，一群綻放笑顏的鎮民陪同。長者帶他們到一塊大空地，四周是茅草屋頂的低矮長形房舍。長者說泥土牆後面的大房子是查圖的住處。在這裡休息，人們會來賣食物給你們。

商人和悠杜說：「問他我們可否去晉見蘇丹？」

悠杜向領頭的長者說了後回覆商人：「他問你想幹什麼？」這長者身材矮小，頭髮灰白，眼睛掃描悠杜受傷的臉蛋，說話態度憤怒高傲挑釁，明顯討厭他們。悠杜說老者的名字叫姆非波。

阿齊茲叔叔說：「上次我們來時經過貴城附近，久聞蘇丹的大名。這次回來給他送禮，想跟他與他的人民做交易。」

悠杜翻譯困難，求助嚮導。群眾靠攏聆聽，姆非波怒視後，他們便往後退。交談幾句後，悠杜說：「姆非波問你帶了什麼來給蘇丹？最好是值錢禮物，因為查圖是高貴的統治者，他不要你們那些小玩意兒。」悠杜講完一笑，明示姆非波講的不止這些。

商人沉默注視一會兒後說：「我們希望當面奉上禮物，這將是我們的無上快樂。」

姆非波不屑看著商人，笑了一下，緩慢說話，給悠杜足夠時間：「他說我們需要休息與治療，而不是做生意。他會派個療者過來。讓那個年輕人帶禮物去見查圖。他說的是他，優素福。他要他去見查圖。如果查圖高興了，或者會召見你。我想他說的大概是這樣。」

商人笑著說：「大家都要優素福。」

姆非波完全不管眾人還想跟他說話，逕自走掉。走了幾步後，回頭叫嚮導跟上。商人跟總管（斯）簡短交換眼神。鎮民帶來食物和旅人交易，自在混入其中，問東問西開玩笑。他們講的話難以聽懂，除非悠杜在場又願意翻譯，儘管如此，他們還是勉強搞清楚意思。他們提及這城鎮有多大，統治者有多強。你想惡搞就等著後悔。眾人問什麼惡搞？我們是商人啊。愛好和平的人。我們只關切生意，麻煩就留給那些神經病跟懶惰的人。阿布杜拉買了木材跟稻草，給商人跟患病的同行者搭個臨時遮棚。他在漸弱的光線下指揮，突梯舉止與高聲吶喊惹得旁觀群眾哄笑。之後他吩咐所有貨物整齊堆放遮棚中央，時刻看守。

當商人梳洗與禮拜完畢，把優素福叫到身邊，指示他該帶什麼禮物去見查圖。他說，如果這裡交易不錯，整趟長征就值得了。阿布杜拉認為他們該等到明天早上，晚上增加守衛，謹慎防範。他們只有兩支槍裝了彈藥，收起來的槍應該拿出幾支來裝。商人搖頭。他非常堅持禮物必須在天黑前送上，免得蘇丹認為他們欠禮數冒犯了他。優素福看得出阿齊茲叔叔焦慮甚至有點激動。他說讓我們看看姆非波是自己在吠還是代表主子說話。與優素福一同前往的姆威內急忙湊齊禮物，又挑選五個腳夫扛去查圖的住處。悠杜也得跟去發聲。伴隨新地位的提升，他的幽默感也逐漸回來，但是眾人調侃他跟著去只會亂翻譯。他經常觸摸臉上的鞭痕，無意識地碰碰破掉的皮膚。

他們進入圍牆後的查圖住處院子，沒人阻擋。到了庭院，他們等人帶路，隨即兩位年輕人趨前表示是查圖的兒子。坐在屋外的人瞄瞄他們，興趣不高。孩童跑來跑去，沉浸遊戲中。

優素福說：「我們帶來了送給蘇丹的禮物。」

獅子姆威內說：「跟他們說禮物是主人的致意。」他堅持加上這句，好像優素福犯錯了。

兩位年輕人陪伴他們到其中一棟房舍，前廊非常大，有別於其他房子。幾個人坐在前廊的矮長凳上，裡面有姆非波和其他長者。他們靠近時，一個瘦長的男人從長凳起身，滿面笑容站著等候。當他們走近，那人踏下前廊伸開雙臂迎接他們，表示歡迎。好像很高興看到他們。友善與隨和的魅力出乎優素福預期，和聽到的查圖不同。查圖陪同他們踏上前廊，當獅子姆威內透過悠杜獻上商人的問候，過分阿諛做作，他仔細聆聽，卻顯露不自在，有時似乎訝異悠杜說的話，甚至狐疑。

悠杜說：「他說你對他太過譽了。至於禮物，他感謝我的慷慨。現在他說請坐，別多話，他想聽我說說新消息。」

姆威內對他齜牙裂嘴，說：「別蠢。我們不是來玩的。直接說他講了什麼，不准開玩笑。」

悠杜抗議地說：「他說請坐。別對我叫，否則你自己跟他說話。總之，他想知道我們為什麼光臨此地。」

姆威內說：「做生意。」看著優素福，示意他補充。

查圖轉頭笑看優素福，身體往後靠，以便看得更清楚。優素福被查圖肆無忌憚的審視搞得語塞。他試圖回以笑容，臉蛋卻不肯配合，他知道自己鐵定看起來又蠢又驚。查圖輕聲笑，牙齒在夕陽餘暉裡閃亮。優素福感覺自己一顆心因焦慮而空蕩蕩，說：「我們的商人會解釋他要做哪些生意。他只是派我們來傳達他的敬意，請求您允許他明日來拜訪您。」

查圖聽完翻譯開心笑。悠杜感染了查圖的愉悅心情，說：「他說你真是會說話。我可是幫你改了詞彙，讓你聽起來比較聰明，不過你不必謝謝我。至於商人，他說任何人隨時可來拜訪他。他只是人民的僕人。他想知道你是否也是商人的僕人，還是他的兒子？」

優素福說：「僕人。」細細體會此種羞辱。

查圖轉頭和獅子姆威內說了幾分鐘。悠杜翻譯困難。相較於查圖說話的長度，他的翻譯短許多。他說：「他明天可以見商人，如果商人也可以的話。嚮導已經跟他說了我們穿越森林的狀況，希望我們的同伴早日痊癒。噢，現在聽聽他怎麼說的。好好照顧這個漂亮的年輕人。他就是這麼說的。好好照顧這個漂亮年輕人。你要我幫忙問他有女兒論婚嫁嗎？還是他自己想要你？獅子啊，我們要是能把他帶回海岸地區不被搶走，就算運氣好。」

獅子姆威內向商人熱切報告，積極的態度感染了商人和總管（斯）。他好友善。好明理。商人說我們在這裡交易會不錯。我已經聽說他們有一堆象牙要賣。多數人已經躺平地上，累趴了。沒多久，旅人的營地已經鴉雀無聲，守衛找東西靠著，盡量讓自己舒服。優素福馬上睡著，突然在晃動的火光與噪音中驚醒。他正在辛苦攀爬陡山，腳底石頭搖晃，野獸窺伺。當他爬到懸崖邊，眼前水流湍急如雷鳴，大水後面是一面高牆與火焰門。那光是瘟疫的顏色，烏鳴則預告蟲患。一個黑影出現在他旁邊溫和地說，你表現得不錯啊。優素福自我解嘲至少這次沒有流涎的狗侵擾他，感覺恐懼與顫抖逐漸平息。他羞愧自己總在旅程的寂靜時刻興起畏懼，他瞧瞧身旁沉睡的男人，試圖忘記他們是如此靠近世界的邊緣。

他再度入睡後，查圖的人馬從四面八方撲上，立刻宰了守衛，解下他們的武器，棍棒敲醒熟睡的人。如此突如其來，眾人不及反抗便束手就擒。快樂嘲笑的查圖人馬把旅人趕到空地中央，火炬點起，高舉照亮這群茫然走動的俘虜。他們被勒令蹲在地上，雙手抱頭。他們扛來的貨物被大笑的男女拿走，沒入黑暗。曙光初現之前，這群人一直圍繞他們快樂嘲笑耍寶，甚至打人。

旅人彼此高聲打氣，阿布杜拉的嗓門飄高於眾人的嗚咽與呻吟之上，大叫眾人挺住。有些人在哭。這晚死了四人，還有幾個受了傷。就著初陽，優素福看到總管（斯）也被打了。濕血覆蓋他的側臉與衣裳。阿布杜拉說：「拿東西蓋住死者，讓他們有點尊嚴，真主慈悲。」當他看到優素福，他笑了：「至少我們的年輕人還在。失去他，可是會帶來厄運。」

有人大叫：「惡魔運啦！瞧瞧他給我們帶來什麼運？瞧瞧這一切都變成什麼樣。什麼都沒了。」

另一人叫：「他們會殺死我們。」

商人說：「要相信真主。」優素福沒起身，扭動身體靠近阿齊茲叔叔。商人微笑，拍拍他的肩膀說：「別害怕。」

天色較亮後，鎮民出來看俘虜，笑啊鬧啊，朝他們扔石頭，一整個上午緊盯著他們，放著自己的正事不管，瞧著縮成一團的男人們，好像預期他們會有出人意料的奇怪舉動。俘虜被迫就地解決大小便，孩童與狗大為興奮騷動。靠近中午時，姆非波前來召喚商人去見查圖，悠杜指著總管（斯）鄙夷地大聲說：「查圖也要他去，還有昨晚去見他的兩人。」

查圖再度坐在前廊，長者圍繞。中庭滿滿是人，開心綻放笑顏。查圖站起身，但沒走向囚犯。他一臉嚴肅叫悠杜上前，悠杜滿心不情願靠近。悠杜向大家報告：「他說他會說慢一點，好讓我聽懂他說的所有事。各位兄弟，我會盡力，我如果搞錯意思，也請原諒我。」

商人溫和地說：「相信真主。」

查圖厭惡地看他，開始說話。悠杜開始翻譯，每幾個字就停下讓查圖繼續說：「這是他說的話。我們沒要你來，我們也不歡迎你。你的意圖並不慷慨，你來到這裡只會帶給我們邪惡與災難。你來是要傷害我們。在你之前已經有許多人如此傷害我們，我們不想再被害一次。他們來到我們的鄰近部落俘虜人帶走。他們第一次現身後，我們便只有災難而無其他，現在你又來添亂。我們的農作物不生長，嬰兒出生殘廢有病，牲畜死於從未聽說的疾病。你們這些人來了之後幹了許多不能說的事。你們給我們的世界帶來邪惡。這些是他說的話。」

商人說：「我們只是來做交易。」但是查圖懶得聽翻譯。

悠杜急忙解釋：「他不想聽你說話，有錢先生（bwana Tajiri，斯）。」悠杜努力跟上查圖說話的速度：「他說他不會等著你把他們變成奴隸，吞沒他們的世界。你們第一次來的時候，飢餓赤裸，我們餵飽你們。你們當中有人生病，我們治療他們。然後你們說謊欺騙我們。這是他說的話。聽他講！現在是誰在說謊？他說你以為他們是野獸活該接受這種對待？你帶來的所有東西屬於我們了，大地產出的東西屬我們所有，所以我們要拿走。這是他說的話。」

商人說：「你這樣是打劫。趁他還沒開口前趕快說。我們帶來的所有東西屬於我們，正正當當，我們是來做生意交換象牙、黃金跟其他值錢的……。」

查圖打斷他說話，要求翻譯，翻譯完後，群眾回以瘋狂怒吼。查圖滿臉嘲諷憤怒開口。悠杜翻譯：「他說現在我們有的只是一條命。」

商人微笑說：「感激他饒我們一命。」悠杜沒翻譯。查圖指指商人腰間的錢袋，要他的人扯下。

查圖怒視商人，為數眾多的觀者滿足嘆氣。過一會兒，查圖再度開口，緩慢且惡意，讓怒氣與鄙夷充斥話語。悠杜說：「他說他們遭遇太多災厄了。他不想我們血濺他的土地。否則他會確保我們無法降禍其他地方。他說不過在他放我們走以前，他想教訓你的一個僕人，讓他知道禮數。這是他說的話。」查圖比了個手勢，帶領他們走過森林的嚮導從群眾中走出，點了一下阿布杜拉的胸膛，總管（斯）不由自主現出噁心表情。查圖做了個手勢，兩人架住阿布杜拉，其他人拿棍子打他。他的身體因重擊扭動，鼻孔噴血。群眾的歡呼淹沒他的聲音，讓他的抽動看似啞劇。就算總管（斯）倒地不動，棍棒仍是不停，他全身抽搐波動。

優素福看到阿齊茲叔叔落下眼淚。

查圖再度說話。群眾失望嘟囔，某些長者搖頭表示異議。查圖再度開口，高聲壓過反對低語，眼睛直瞪悠杜，手卻指著商人。悠杜說：「他說現在帶著你邪惡的商隊離開這裡。他的人民不喜歡他的決定，但是他不想給他的土地帶來更多災厄。他說當他看到這樣的年輕人，就盼望我們不會全是邪惡綁匪與人口販子……這讓他心生慈悲。他說，現在就走，以免他改變心意，收回他的善意。這年輕人畢竟還是為我們帶來運氣。」

商人說：「慈悲屬於真主。跟他說，小心說。慈悲屬於真主。非他能給予和收回。小心告訴他。」

查圖不敢置信瞪著商人，靠得夠近的長者聽到悠杜的輕聲翻譯則鄙夷笑了，悠杜說：「他說你的舌頭很勇敢。他再說一次，省得你的舌頭不聽指揮。帶著你的人離開。先生（斯），這是他說的話。我想他又開始生氣了。」

商人說：「少了我們的貨物不行。告訴他，我們的命，他可以拿去，不值錢。但是如果我們保住一命，那也要保住我們的東西。如果我們沒法拿貨交易，能走多遠？告訴他，沒拿回貨物，我們不會離開。」

6

商人跟眾人描述他們在蘇丹的王宮那兒發生什麼事：查圖的惡言惡語，阿布杜拉挨打，貨物被沒收，他們被驅逐離城，他拒絕離開。他說想走的隨時可以離開。眾人大聲表示對商人的忠誠，誓言接受真主的天意。獅子姆威內跟眾人說，優素福的年輕使眾人免於更糟的境遇，引來歡聲與猥褻評論。然後俘虜者要求他們安靜坐著，只能望著自己的空空肚皮與生病夥伴沉思。艷陽下毫無遮蔭，時間過去，抱怨逐漸增加。大家拿衣服、棍子、繩子給傷者搭了一個遮棚。

總管（斯）恢復神智，但非常虛弱，開始發燒發抖。他躺在地上呻吟，喃喃著眾人懶得去理解的話。每隔幾分鐘，他的眼睛就疲累睜開，看著四周，似乎不明白身處何處。眾人等待商人的決定，爭論什麼才是上策。他們該趁著還安全時離開嗎？誰知道查圖接下來會幹什麼？他們該怎麼辦？待在鎮上，他們會餓死。如果不帶著貨物離開，也是餓死。不然也是會被其他人俘虜。

阿齊茲叔叔對優素福說：「瞧瞧人類的皮囊多麼愚蠢。」永不摧毀的淡然微笑回到他的嘴角，他繼續說：「你瞧瞧阿布杜拉，這個英勇的鐵桶，到頭來，他的身體竟是脆弱到可笑，不值得信任。比他弱的人鐵定經不住這頓打，沒法復元。更糟的是人性就是卑劣狡猾。如果我不是確知實情，可能會相信憤怒蘇丹說的話。他在我們身上看到他想摧毀的東西，便說些讓我們會滿足他這個欲望的故事。要是我們能夠不顧皮囊，深信它能自滿自足就好了。優素福，你也聽見大家的抱怨。你認為我們該怎麼辦？或許你夜裡有夢，解夢就能得到我們的救命之道，像先知優素福一樣。」阿齊茲叔叔面露微笑。

優素福搖頭，無法說出他看不到任何希望。

商人說：「這樣的話，我們最好是待在此地挨餓，看看蘇丹會不會羞愧自己的殘暴？」這話引來優素福同情的眨眼。

商人喊：「獅子。」示意他過來，說：「你認為呢？我們該空手離開，還是留下來直到把貨弄回來？」

獅子姆威內毫不遲疑說：「我們該走，然後回來宣戰。」

商人問：「沒有武器，也沒辦法買武器，這仗結果會如何？」

當天下午，查圖派人送來一些熟香蕉、煮樹薯、獵物肉乾。一些鎮民拿水給他們喝和清潔身體。稍晚，查圖叫商人去見他，陪同的有悠杜、獅子姆威內、優素福。這次查圖的庭院裡沒有群眾，長者依然坐在前廊，舒適自在，忘卻威儀姿態。優素福想他們或許總是坐在這兒，和店裡的老人一樣。查圖平靜說話，似乎深思許久才得到結論。悠杜傾身聆聽蘇丹的輕言細語，說：「他說兩年前一群我們的人來到這兒，有些人跟有錢先生（斯）你一樣膚色淡，其他的比較黑。他們也說來做生意，跟你一樣。他給了那些人象牙、黃金跟一些上好皮貨。帶頭的商人說他們帶來的貨不夠交易，會再回來補足。結果一去不見蹤影。他說，這商人是我們的兄弟。所以我們的貨物要拿來給我們的兄弟抵債，這是他說的話。」

商人正打算開口，查圖又繼續說，逼得悠杜注意。悠杜說：「他說他不想知道你的想法。他已經跟你浪費了太多時間。你當他是科伊科伊人（Khoikhoi）[68]嗎？科伊科伊人只管在月光下跳舞，讓歐洲人偷走一切。他只要你趕快走，省得災厄降臨。不是所有人都喜歡他的決定，但是他希望早點做個了結。經過仔細思考後，這是他的決定。他會給你一些貨物讓你交易，夠你離開這塊土地。現在他想知道你的答覆。」

商人沉默許久，最後說：「告訴他，他的決定顯示他是個有智慧的統治者，但是他的判斷欠缺公正。」

查圖聽到翻譯後笑了。悠杜翻譯說：「你大老遠離開家跑來這裡，為了什麼？尋求正義？這是他問的。他說如果這樣，那麼你找到了。我拿走你的東西給我的人民正義，彌補你兄弟造成的損失。現在你可以離開，去找你那個從我這兒偷東西的兄弟，跟他要你的正義。我想他是這麼說的。」

第二天，他們恢復談判，爭論商人可以拿走多少貨，值多少錢，查圖他們上次被拿走的貨值多少，查圖又該拿多少。長者圍繞貢獻智慧但遭查圖和顏悅色否定。年輕人索取從護衛那裡奪來的三管槍，好馬上去打獵，查圖也不理會他們。女人都沒上

68 科桑人一支，主要分布在現今的納米比亞，是歐洲人最早接觸的非洲人。

前，雖然優素福看到她們在庭院某處幹活。悠杜盡力翻譯每個人的話，兩邊都不信任地看著他。商人問既然他們被困在查圖的鎮上，等候傷者痊癒才能離開，這段期間，他們可否自由行動，甚至為鎮民打工換取食物？查圖同意了，條件是優素福必須成為人質。那晚，優素福睡在查圖庭院某個房舍的前廊，兩名旅人趁大家不注意偷偷溜走尋求幫助。

優素福在查圖那兒頗受禮遇。蘇丹親自和他說話，雖然優素福只聽得懂幾個字。或者他以為自己聽懂，因為很多字聽起來很熟。從查圖的表情以及優素福聽得懂的字，他猜測蘇丹詢問的主題，照著這個話題回答：你們從多遠的地方來？你們的土地上住了多少人？你們幹嘛跑到這麼遠的地方來？關於這些話題，優素福都嚴肅回答，但是蘇丹與長者顯然都不明白他在說什麼。當商人隔天又來討價還價，他的眼神搜索優素福，然後微笑。

優素福說：「我一切都好。」

阿齊茲叔叔仍是微笑，說：「你幹得很好。過來跟我坐一起，咱們聽聽蘇丹怎麼說你。」

優素福不准離開有圍牆的庭院，也不准接近查圖與長者白天經常待的前廊，除非受到召喚。那些長者沒有自己想做的事？沒有農地需要照顧？甚至只是喜悅滿足地看著自己的農地？或許商隊的蒞臨迫使他們放棄日常一切。優素福也是成天坐在陰涼處等待時間過去，看女人做事。或許在外人眼中看來，坐在陰涼處呆視前方就是他們打發白日的方式。

女人嘲弄優素福，露出大大笑容朝他叫嚷，雖說那笑容與言語並非全然友善。她們會派年輕女孩奉上小禮物與求歡要求。至少優素福認定那是求歡，自行翻譯內容打發時間。今天下午我老公午睡時，你來找我。你想要搓澡嗎？你身上哪裡癢，要我幫你抓嗎？有時女人大聲叫喊他時會集體大笑，其中一個老女人每次經過都朝他送飛吻搖屁股。負責給他送飯的女孩毫不害臊地瞪他，他吃飯時，就坐在離他幾呎外。偶爾她會跟他說話，皺眉，專注。他則迴避女孩幾乎赤裸的胸膛。她吸引優素福注意她脖子上的珠鍊，稍微舉高讓他欣賞。

優素福說：「珠子。我知道那是什麼。我不明白為何人們這麼喜歡珠子。我們去的某些地方，人們賣掉一頭羊，只為換取一些珠子。它們只是小玩意兒。你能拿珠子幹什麼？」

另一次他問：「妳叫什麼名字？」但是她不懂。優素福覺得她很可愛，瘦尖臉蛋，雙眸笑盈盈。通常她只是默默坐在他旁邊，優素福覺得自己該拿出男子氣概卻又擔心對她失禮。每次他表示需要什麼，總是她應召而來。阿齊茲叔叔前來討價還價時，就連查圖都拿他開玩笑。悠杜朝優素福笑，說：「他聽說我們的年輕人娶了他們的一個女孩，這下債務得加一筆。你動作挺快啊，你這個淫魔。他說讓他待在這兒，給芭提生兒子。這麼健康的年輕人搞什麼生意啊。他說讓他留在這裡，芭提會教他認識人生。」

芭提是她的名字。優素福知道每次芭提接近他，人們就會交換眼神微笑。他在查圖那兒的第四晚，芭提天黑後來找他，坐到他的蓆子上，摸著他的臉蛋與頭髮，溫柔哼唱。他也沉默撫摸她，沉浸於愛撫帶來的舒服與愉悅。她沒待多久，突然離開，好像猛地想起有事。第二天一整天，優素福腦海離不開那女孩，每次捕捉到她的身影，就忍不住微笑。女人們看到這一對都鼓掌大叫，嘲笑他們的滑稽模樣。

阿齊茲叔叔與查圖那天又見面，他特地跑來跟優素福說：「準備妥當。很快我們就會趁夜離開。我們會設法拿回貨物，突圍出去。有危險。」

那晚女孩又來找他，同樣坐到他身旁。他們彼此撫摸，終於躺到蓆子上。他滿足嘆氣，她卻馬上坐起身，準備走人。優素福說：「別走。」

她低語，捂住他的嘴，因為優素福迷醉之下放大了嗓門，黑暗中，他看見女孩在笑。附近一個房舍傳出咳嗽，芭提急忙奔入黑暗。優素福躺著久久無法入眠，不斷回味短暫的快樂，期盼天亮後見到她。他很訝異自己的身體如此飢渴她，她的突然離去又讓他的身體多麼痛苦。他想到查圖與商人，猜想他們會氣憤他的行為。這讓他感到焦慮，靠自慰緩解了芭提勾起的飢渴，然後轉身入睡。

第二天他看到芭提和幾個女人離開庭院，一同前往農地。她轉頭瞧他，女人嘲笑她的舉止透露了他們的一切。她們叫鬧，這是愛喲。什麼時候舉行婚禮？至少優素福認為她們是這麼說的。

7

上午十點左右，一隊人馬來到鎮上。帶頭的是個歐洲人，領著他的部屬直接進入查圖住處前的空地。迅速搭起帳棚，豎起旗杆。這個歐洲人高大禿頭大鬍子，穿襯衫長褲，拿寬頂帽搧風。他坐到下屬幫他放的桌子後，馬上在本子上書寫。他的人馬包括幾十位士兵（askaris）[69]與腳夫，全穿短褲跟寬大襯衫。人群擠到營帳處，但是被配備精良

69 特指非洲士兵，替歐洲殖民軍隊服務，尤其是大湖區。

的士兵（斯）擋在外面。商人聽到消息，連忙跑來見歐洲人，雖被守衛擋了下來，但他確定歐洲人瞧見了他。歐洲人寫完後，望向這位穿著飄逸白長袍的人，招手要他過來。他的士兵（斯）領隊一口斯瓦希里語流利，上前翻譯。商人急匆匆講自己的遭遇，請求拿回貨物。歐洲人聽完後打了個哈欠，說他現在要休息，醒來後，叫查圖來見他。

商人和查圖在空地等候歐洲人睡醒。阿齊茲叔叔的人馬嘲弄查圖：大人物來囉。他會讓你吃屎，小偷！查圖問悠杜以前見過歐洲人嗎？他聽說歐洲人能吃鐵，真的嗎？總之他應召前來是避免更多悲劇降臨。悠杜和商人說：「他問你可知道他們是什麼樣的人？」

商人說：「跟他說他很快就會知道。今天結束前，他就把我的貨物還我。」

優素福和其他旅人站在一起，他們快樂取笑他在蘇丹的住處度假。終於歐洲人走出帳棚。因睡眠臉紅有壓痕，自顧慢慢洗臉，彷彿他只是一個人，身邊並未圍繞數百人。然後他坐到桌後吃僕人端上的食物。吃完後叫商人與查圖上前。

他問：「你是查圖？」

帶頭士兵（斯）翻譯給查圖聽，悠杜翻譯士兵（斯）的話給商人聽。蘇丹朝翻譯的點頭，馬上轉頭又看歐洲人。後來他說從未見過這麼奇怪的東西，閃亮亮，紅咚咚，耳朵裡長毛。

歐洲人再度發話，翻譯問：「你，查圖，你變成大人物了嗎？你是這樣認為嗎？否則你怎麼搶奪別人的財物。你不怕政府的法律？」

查圖對翻譯抬高嗓門：「什麼政府？你在說什麼？」

翻譯厲聲說：「什麼政府？你想看看政府？還有你對我講話最好別大聲，我的朋友。你沒聽過政府把其他大嗓門的上了枷鎖，讓他們閉嘴嗎？」悠杜大聲翻譯，幾近吼叫，引來商人人馬歡呼。

查圖憤怒地問：「他是來抓奴隸的嗎？你的這個大人物，他是來抓奴隸的嗎？」

歐洲人氣憤臉紅，不耐回應。翻譯說：「少講廢話。政府不買賣奴隸。販奴的是這些人，大人物是來阻止他們的。去，把這些人的貨物拿來，否則麻煩上身。」

查圖抱怨，嗓門拉高如吵架：「我不是沒理由扣押他們的貨物，他的兄弟拿走了我的象牙跟黃金。」

翻譯全權掌控談話，回說：「這些他都聽過了。不想再聽。把屬於這些人的貨物拿來。大人物是這麼說的……否則你馬上知道政府能怎麼樣。」

查圖看看營帳四周，不確定該怎麼做。突然歐洲人站起身伸懶腰。查圖問：「他能吃鐵嗎？」

翻譯說：「他想做什麼都有辦法。但是現在如果你不照辦，他會讓你吃屎。」

商人人馬開心地歡呼，大聲嘲笑，咒罵查圖，祈禱真主降咒於他與他的城鎮。剩下的貨品全拿出來後，歐洲人指示商人與他的人馬上離開，回去自己的地方，三管槍留下。現在政府已經讓各地有了秩序，不需要槍了。槍枝只會惹戰或者拿來擄人。翻譯說，現在就走。大人物跟酋長還有事。商人想要搜屋找缺少的貨物，但是不敢爭論。連忙打包，眾人因獲釋感到歡欣與勝利。眾人忙著準備時，優素福眼睛搜尋群眾，盼著看芭提最後一眼。暮色尚未降臨，他們已經離開鎮上，循著痛苦的原路回馬倫波的湖邊村鎮，跌跌撞撞於陡峭山路，匆忙到近乎恐慌，信任獅子姆威內對先前路線的記憶。穿越森林時，他是唯一沒陷入發燒夢魘的。

眾人做了一首歌，描述蟒蛇查圖被耳裡長毛的歐洲鎮尼吞了，但是森林吃掉他們的聲音，掏空了迴聲。商人哀嘆這件事未能在他和蘇丹之間解決，他說：「現在歐洲人來了，會拿走整個土地。」

他們在馬倫波的村子待了數星期，休息，盡量做生意，盼著那兩個逃離查圖城鎮的夥伴能現身。眾人沒事做。一開始，逃離的喜悅讓他們快樂晃蕩，花錢搞舞會慶祝大吃大喝。晚上則打牌聊故事，拍打在腦門上成團飛旋折磨他們的蚊子。有的追求鎮上女人，向鎮民偷買啤酒喝，爛醉中，他們會在黑暗街道上哭泣哀怨命運賜給他們的悲慘現狀。總管（斯）傷勢逐漸恢復，只有小腿的一個傷口尚未全好，可是那場羞辱與痛苦讓他變得虛弱沉默，一點也沒在管束眾人。獅子姆威內則遠離大家，白日替某個漁船打工。沒多久，男人開始吵架。口出威脅，刀刃出鞘。馬倫波向商人抱怨他們的誇張行徑，又收到另一份禮物請他繼續包容。優素福看到阿齊茲叔叔疲倦了，肩膀垮垂，一坐數小時不說話。一天在朦朧光線下看到他，優素福突然覺得他像個失去了殼、困限在空地上的瘦小柔軟動物，因恐懼而無法行動。當他和優素福說話，聲音依然溫和開心，但是話語不再銳利與機智。優素福擔心大家會被拋在這個鳥不拉屎的地方。有時傍晚夕陽照到身上，他覺得自己燃燒起來了。

一天他問總管（斯）：「我們該開拔了吧？」他們一起坐在蓆子上，優素福的眼睛避開總管（斯）腿上發亮的傷口。他抬頭看天空，滿天星斗好像一堵晶亮石頭砌成的牆壓到他們的身上。

阿布杜拉說：「去跟主人談談。他不再聽我的話。我告訴他我們該走了，省得爛在這塊地獄裡，但是他心事重重。他不聽我的。」

優素福說：「我該說什麼？我不敢跟他說話。」但是他知道他會去說。

阿布杜拉粗暴地說：「你在主人心中有一席之地。和他說話，聽他的回答。但是告訴他我們必須走。你不再是小男孩了。你知道他為什麼對你好？因為你總是安靜堅忍，晚上你因別人無法看見的景象啜泣。或許他認為你受到福佑。」優素福對總管

（斯）的雙關語一笑。「受福佑」是瘋子的美稱。阿布杜拉也回以一笑，開心他聽懂笑話。過一會兒，他伸手摸優素福的大腿，輕捏。

他說：「此趟長征，你成熟不少。」轉頭看向另一個方向。優素福發現阿布杜拉勃起，連忙起身走了。他聽見總管（斯）訕笑一聲，清清喉嚨。優素福走到湖邊看漁夫載進最後一批漁獲。

他一直等到十點左右，空氣變暖和，但是尚未炙熱難熬，坐到阿齊茲叔叔幾呎外，傾身表示尊敬，問：「阿齊茲叔叔，我們是不是該走了？」首先，他不是你的叔叔！這是他被賣為奴後第一次稱他叔叔，不過，這是例外狀況。

商人微笑說：「是的。我們早該走了。你擔心了？我注意到你一直留意我。一種沉重的感覺讓我滯留這裡。放縱或疲倦吧。我聽說咱們那些人行為不端，該是帶他們離開這裡的時候了。我們馬上叫總管（斯）跟獅子，但是你先陪我坐一下，告訴我你對這一切有什麼感覺。」

他們沉默幾分鐘，優素福感覺自己的人生像釣線從手中鬆開，他任由釣線一直跑，不抵抗。然後他站起身走了。之後他獨自靜坐許久，深感罪惡，因為他無法鮮活記憶父母。不知道父母是否還活著，是否還在想他，但是他寧可不知道。他也無法抗拒其他回憶，他的自暴自棄如潮水湧至眼前。在在責備他的自輕自賤。任由每日事件支配自己，只能從垃圾堆勉強冒出頭，看著最近的地平線，他知道自己的未來只是徒勞，但是他選擇忽略。他想不出任何方法能將自己從桎梏生活解鎖。

首先，他不是你的叔叔。他想起哈利爾，儘管憂鬱與一股突如其來的自憐，他還是微笑了。他會成為哈利爾這樣的人，如果他沒喪失神智的話。緊張，戰鬥，四面八方都是壓迫，仰人鼻息。困限於無人知曉的所在。他想起哈利爾總是跟顧客打趣軋聊、無可救藥的快活，現在他明白那只是隱藏傷痕的偽裝。和遠離家鄉千萬哩的卡拉辛加一樣。他們全困限在這個或那個惡臭之地，渴望就如疾病纏身，唯一的安慰是懷想失去的完整自我。

8

商人說，甭提賺錢，此趟長征想要打平就是走另一條線到人口比較密集的地區。這麼多成員生病，行旅勢必緩慢，但是速度根本就不是他們最該關切的事。他們已經失去將近四分之一人馬以及一半的貨物，拜查圖搶劫之賜以及沿路的獻貢。

他們走向南的路線，沿著大湖南面走。總管（斯）再度管事，但已失去昔日的活力。他與商人日益仰賴獅子姆威內。他們所經之處交易活絡，但是他們帶的貨物在此價值不高，而這兒也沒象牙之類值錢東西。他們在某些地方能買到犀牛角，其他地方則多是動物皮與橡膠。幾天後，一種模式開始出現了，他們四處兜轉求交易，遠離路線去找聚落與城鎮。一度，未竟的旅程景觀讓優素福充滿神奇與畏懼，現在已經退化成只有風塵與疲憊的混沌夢魘。蚊蟲叮咬他們，荊棘樹叢割傷他們。一晚成群狒狒攻擊他們，搶走牠們拿得動的東西。之後每次紮營，他們都搭蓋防禦工事，少了槍，他們擔心會有更可怕的動物潛伏攻擊他們。無論去到哪裡，他們都聽到德國人禁止收受獻貢，甚至吊死一些人，原因不明。獅子姆威內小心帶領他們避開德國人駐在地。

五個月後，他們才開始踏上返鄉旅途，行進緩慢，有時必須在農場打工換取食物。到了大河北邊的姆卡立卡立鎮，他們被迫停留八天為蘇丹搭建牲畜的圍柵。這是蘇丹的堅持，蓋好後，才會賣旅行所需的食物給他們。

姆卡立卡立蘇丹說：「你的商隊生意可以說完蛋了。這些德國人（Mdachi，斯）心狠手辣。他們說不要你來，因為你會把我們賣去做奴隸。我說沒人能讓我們做奴隸。沒人！我們以前曾賣奴隸給海岸地區的人。我很清楚他們，一點也不怕。」

商人說：「歐洲人跟印度人會拿走一切。」蘇丹笑了。

到了奇剛勾鎮，他們必須先為長者的農地工作，才獲准在那兒賣鋤頭。停留期間商人病了。他拒絕用抬的，待了三天便堅持要走，因為置身搶匪中，他一天也受不了，這些人日日需索無度，回饋卻那麼少。因為他的病，大隊走走停停，優素福隨侍身旁，他累了就幫手。到了姆培維利，他們知道靠近海岸了。他們在此停留數天，阿齊茲叔叔在鎮上開店的老友出面迎接，淚泣聆聽商隊的吃苦與背運。他問商人，你賺夠錢償還印度人嗎？阿齊茲叔叔聳聳肩。

姆培維利之後，他們匆匆趕往海岸，六天內抵達自己的城鎮外。疲憊與挫敗感抵消了眾人的欣喜。他們身上的衣裳像破布，飢餓讓他們的臉蛋瘦削，顯得悲情。他們在池塘邊紮營梳洗，祈求真主原諒他們曾有的過錯。第二天早上，他們列隊進城，儘管狀態如此，一位號角手還是堅持吹號帶隊。尖聲曲調雖企圖昂揚熱烈卻顯得哀傷刺耳。

慾望園林

後來優素福不記得他們歸來的那一刻。頭幾天，空地、庭院與房子擠滿人，嚷嚷著說話。腳夫與護衛也在，講述他們的英勇倖存、抱怨他們的背運，等著發餉。商人住處旁的大空地形成營帳小聚落，升起營火，好奇者日夜川流，街頭小販跑來兜賣食物與咖啡。路邊出現搖晃的小吃攤，烤肉與炸魚的香味吸引群眾圍聚。大批掠食烏鴉放著正事不幹，棲到附近樹上，晶亮眼睛片刻不停梭巡沒人看守的美食。營地邊緣垃圾堆成小山，數日過後，流出薄薄的黏液小河。

商人在店鋪前廊接待一批批訪客。平日佔據此處的老人優雅讓位但沉默抗拒離去。他們也想近觀商人返家的大戲。訪客態度熱切，無所事事數小時聆聽商人訴說旅途故事，不時爆出驚嘆或者同情哀聲。當他們聊天喝咖啡，激動的群眾在旁打轉。有時一二個訪客會掏出本子寫東西，或者逛到商人住處旁的庫房。阿布杜拉暫住其中一間，疲憊發燒，還有在查圖那兒挨打後莫名不消的疼痛，仍在休養復元。一條長布掛在敞開的門口，一有微風便隨之懶洋洋飄動。訪客止步問候他，祝他健康，才去看別間庫房。

哈利爾對優素福說：「他們是來剝光主人的骨頭。」

他已有一撮撮白髮，瘦削臉蛋也比優素福記得的更尖。他以幾近瘋狂的快樂欣喜迎接他們的歸來，繞著優素福跳啊，捏他，拍背，開心之情淹沒優素福。他跟顧客說：「他回來了。我的小兄弟回來了。只是他長得多大了呀！」返家初時的混亂過後，他拉著優素福回店鋪，堅持他該改變，幹點兒真正的活。阿齊茲叔叔縱容微笑，優素福明白了他也希望如此。他喜歡優素福可以隨叫隨到，經常叫他來表現迎賓禮數，然後隨口稍微嘉許。哈利爾和優素福講個不停，偶爾住嘴去招呼顧客，就又邀請他們來欣賞讚佩這位返鄉旅人：「瞧瞧這些肌肉。誰想得到那個弱小的活死人（斯）會變成這樣？我不知道山那頭的人拿什麼餵他，不過他已經高壯到可以娶你們其中一位的女兒了。」晚上，當營地傳來嗡嗡話語間雜著爆笑與歌聲，他們就在前廊的一角打開鋪蓋。哈利爾每晚都說：「好囉，現在跟我講講旅行的事。一點也不要漏。」

優素福覺得自己好像噩夢方醒。他告訴哈利爾旅行途中他經常覺得自己像脫了殼的動物，暴露曠野，是頭醜惡可怖的野獸，盲目爬行垃圾與荊棘，沿途留下骯髒痕跡。他覺得他們其實都是如此，在茫茫荒野裡蹣跚前進。他感覺的恐懼並不是害怕，更像是自己並不真實存在，活在夢裡，跨過毀滅的邊界。這讓他狐疑人們如此渴望的東西是什麼，可以克服尋找交易過程中的這種恐懼。此行並非全是恐懼，一點也不，但是恐懼賦予所有東西形體。而且他看過怎樣都無法預期的景觀。

他說：「山頂的光是綠色的。我從沒想過光可以是那種顏色。空氣乾淨得像洗過似的。當清晨陽光撒落蓋滿了雪的山頭，感覺像是永恆，好像那一刻會永遠停留不變。黃昏時待在湖邊，講話的聲音可以一直飄向天際。有一晚，我們在山區，停在瀑布旁。那瀑布美到好像一切圓滿。我從未見過那麼美的東西。你能聽見神明的呼吸。然後一個男人跑來想趕走我們。不管白天晚上，每一個地方都因各種聲響嗡鳴震動。一天下午靠近湖邊，我看到兩頭吼海鵰靜靜棲在橡膠樹上。突然牠們猛力往上衝，尖叫了二、三聲，脖子往後，鳥喙張開朝天，翅膀拍動，身體緊繃。一會兒後，湖的那一頭傳來微弱回應。又過幾分鐘，一片白色羽毛從雄鳥身上脫落，在一片寂靜中慢慢飄落地面。」

哈利爾聆聽不說話，偶爾嗯嗯（hem，斯）響應。當優素福以為他睡著，停嘴，他馬上在黑暗中冒出問題，督促優素福繼續說。有時優素福回想到廣袤的紅色大地上擁簇人類與動物，山崖聳立湖裡如火焰之牆，自己也會震懾無言。

優素福說：「像天堂之門。」

哈利爾發出不可思議的輕嘆，說：「誰住在天堂呢？搶劫無辜商旅的野蠻人與強盜，為了一點小玩意兒就出賣兄弟姊妹的人。他們沒有真主也沒有信仰，甚至沒有日常仁慈心，和同住在那兒的禽獸沒兩樣。」優素福知道到了此處，多半是聽客敦促他再講一次查圖的故事，但是他沒作聲。每當他想起查圖城鎮的事就想起芭提，以及她溫暖的氣息呼到他的脖子上。想到哈利爾如果知曉，不知道會怎麼嘲笑他，他就覺得丟臉。

哈利爾問：「惡魔阿布杜拉呢？那個野蠻人蘇丹可是給了他一個大教訓，對吧？你也在現場！但是之前呢……之前他又做了什麼？每次長征回來，大家都會傳一些惡劣的故事，你也知道他在男人間的名聲，是吧？」

優素福過了一會兒後說：「他對我很好。」腦海浮現總管（斯）在營火光下跳舞，自負虛榮傲慢，極力掩飾肩傷之痛。

哈利爾生氣說：「你不該這麼輕信別人。他是個危險的人。總之，你看到狼人了嗎？一定有。沒？或許牠們潛伏在森林更深的地方。我知道狼人在那個國度很有名的。你看到奇怪的動物嗎？」

優素福說：「我沒看到任何狼人。或許牠們躲開橫行牠們土地的奇怪野獸。」

哈利爾笑了：「所以你不再怕狼人了。真是長大了許多！現在你該娶老婆。瑪・阿祖莎還在等你，下次看到你就會嗅你的雞雞（阿），不管你長大沒有。這些年來她一直苦戀你。」

當瑪・阿祖莎看到他現身店鋪，馬上擺出濫情的驚訝表情，合不攏嘴。她呆站許久，張口結舌，神魂不守。接著她緩慢綻出愉悅笑容。優素福看出她步履笨重，臉色疲憊。她說：「噢，我的丈夫回到我身邊了。真主，謝謝您！看看他現在多漂亮。我得盯著其他女孩點。」不過她的調笑少了熱情，她的聲音微帶歉意與尊敬，好像擔心他會不悅。

哈利爾說：「瑪·阿祖莎，妳才漂亮啊。不像這位虛弱的年輕人認不得真愛，妳幹嘛不選擇我呢，玫瑰（zuwardi，斯）？我會給妳一大堆鼻菸吸。妳今天可好？妳的家人呢？」

她自憐的聲音拔高：「就是那樣囉。我們感謝真主為我們做的選擇，無論祂令我們貧窮或富有、強或弱，我們都只能說一切讚頌全歸真主（阿）。如果祂不知道什麼對我們最好，又有誰知道？總之，安靜點，讓我跟我丈夫說話。我希望你遠行時沒跟其他女人鬼混。你何時回來跟我住？我有大宴等候你呢。」

哈利爾說：「別撩撥他，瑪·阿祖莎，他現在是狼人，會去妳家吃掉妳。」

瑪·阿祖莎勉強發出小小的歡呼，哈利爾猥褻扭屁股快樂回應。優素福看見哈利爾給瑪·阿祖莎秤東西特別大方，還加送了一小包糖。哈利爾說：「今晚老時間見？我需要按摩。」

瑪·阿祖莎大叫：「你先是偷我的，現在又要來干涉我。離我遠一點，你這個惡魔之子（mtoto wa shetani，斯）。

哈利爾對優素福說：「你瞧，她還是只愛你。」拍拍他的肩膀鼓勵他。

2

陌生人太多，所以花園那面牆的門緊鎖，只有哈利爾與阿齊茲叔叔出入，還有老園丁哈姆達尼老爹（斯）。優素福能瞧見較高的樹冠橫出牆頭，聽見清晨鳥兒啼鳴，想要再度踱步他渴望的林園。早上他看見哈姆達尼老爹（斯）堅毅地走過空地，繞過營帳與垃圾堆，完全無視，不左顧右盼，直直走到花園門。到了下午他就靜靜離去。好幾天後優素福才提起勇氣站到老爹（斯）保證看得到他的地方。老爹（斯）沒表現出看見的樣子。一開始優素福頗感受傷，接著訕笑離開。

空地人群逐漸離去。阿齊茲叔叔仍在和債主與商人協商，長征人馬逐漸不耐，開始鬧事。有的拿著保單來找他，上面記載了當初與商人的協議。阿布杜拉和獅子姆威內當證人，商人把數字登記到帳本上，他們收下商人給的數目，再收下另一張欠資保單。阿齊茲叔叔一一向他們解釋原先答應的分潤沒了。實情是他還可能得去張羅錢來還債主。男人們不相信，但只私下討論。大商人向來臭名昭彰，會訛詐他們雇用的長征人馬。當著商人的面，他們抱怨哄騙，懇求多給他們一點。悠杜說他提供的寶貴翻譯服務必須計入酬勞，商人點頭，更改了他的保單。眾人簽了帳本表示領了酬勞，阿布杜拉與獅子姆威內則在他們的保單按手印，他們不會寫字。有些男人推遲收保單，打算晚些再討價還價，結果還是收下商人的條件，否則得空手離去。長征死者的報酬則送去給他們的親人，儘管死者已經埋葬於千里外，阿齊茲叔叔送上足夠的白棉布做裹屍布，還自掏腰包補了些，向負責送錢給親屬的人說：「葬禮禱告用的。」

那兩個逃離查圖城鎮後來又沒現身的人，阿齊茲叔叔扣下了他們的酬勞。如果把錢送去給他們的親屬，之後他們又現身了，將會麻煩不斷。如果他們一直不出現，遲早會有親人來要，咒罵商人不守信用。商人說，但是這樣做麻煩較少。

男人們離去後，街頭小販與攤子也撤離，只剩烏鴉挑撿他們留下的垃圾堆。男人們離去前向阿布杜拉說：「下一趟長征別忘了找我們。」說這話是出於善意，因為顯然總管（斯）又病又累，虛弱難掩。「我們難道沒幫你幹好活？只是真主沒保佑我們這趟旅程。所以別忘了我們，總管（斯）。」

總管（斯）威嚴的臉充滿惡意與嘲弄，顯得殘酷，說：「你想去哪一趟？沒有下一趟了。歐洲人吃乾抹淨了。」

最後領酬勞的是阿布杜拉與獅子姆威內。他們喃喃道謝收下自己的那一份，幾乎沒看數目。然後他們禮貌地與商人坐在前廊，不知是否還有差遣，不想起身，擔心過早離去會太冒犯。當他們起身準備離去，商人伸出一隻手按住獅子姆威內。阿布杜拉僵硬站了一會兒，眼睛盯著地面，然後平靜轉身走掉。

看著阿布杜拉被打發走，哈利爾頂了優素福一下，一臉勝利表情，好像他親自策劃政變。他低語：「這下擺脫了這條髒狗，現在他得回去鳥不生蛋的地方虐待動物去。離開這裡，你這條狗！」

優素福訝異哈利爾的強烈憎惡，看著他，期待解釋。哈利爾只是轉身整理櫃檯上一包包的米和豆子，急速眨眼，嘴角扭曲，好像奮力控制自己，緊繃的臉蛋上血管賁張，看起來有點無助。他焦慮抬眼看優素福，想擠出笑容。優素福又擺出詢問表情，哈利爾假裝沒看到。然後他開始唱歌，輕輕拍手，心不在焉張望路上是否出現顧客。

同一個下午，阿布杜拉坐在前廊，行囊在身旁，準備上路。他在等主人午睡起身。優素福獨自待在櫃檯後面，沒顧客，哈利爾在店鋪後頭歇著。阿布杜拉招手叫優素福一起坐到長椅上，然後粗魯地問：「你將會如何呢？」優素福沉默坐著，等著聽阿布杜拉想和他說什麼。過一會兒，阿布杜拉輕蔑哼聲搖頭說：「噩夢！像生病的小孩在黑暗裡嗚咽！你在夢裡看到什麼東西能比我們經歷的更邪惡？除了這件事，你都表現得很好，雖說你是這麼漂亮的男孩。你忍受一切，張大眼睛，聽人吩咐行事。只要再一次長征，你就會硬如鐵。只是不會再有長征了，到處都是歐洲狗。在他們完事之前，會幹遍我們身上所有的洞，幹到我們不成人形。我們會比他們逼我們吃的屎還慘。所有邪惡都會降臨我們身上，降臨與我們同血脈的人，到時候，連沒穿衣服的野蠻人也會瞧不起我們。你等著看。」

優素福眼睛仍瞧著阿布杜拉，但感覺哈利爾已經從店鋪後頭現身。阿布杜拉繼續說：「儘管這趟旅程這樣，主人還是個一等一的商人。你該瞧瞧我們上次去馬尼埃馬時。他不怕冒險，什麼都不怕。什麼都不！這不是愚蠢，而是他看透世界。那是殘酷惡地，你也看到了。向他學習！眼睛睜大點，眼睛睜大點……別屈就，像你之前一起生活的那個蠢胖子哈密德一樣做個管店的。那個哈密德只有大屁股跟空蕩蕩的店！他自稱紳士（斯），榮耀的人，其實只是肥胖矮小的圓麵包，像他的肥鴿子一樣趾高氣昂。等這次主人跟他算完帳，他就沒什麼榮耀可言了。也別像那個小女人。那個。別讓他們把你變成那樣的人。」他以手杖指著站在櫃檯後面瞧的哈利爾，狠瞪，好像挑釁哈利爾來抗議。他說完話，優素福起身準備離去。阿布杜拉露出笑臉說：「睜大眼睛啊！」

獅子姆威內陪伴阿齊茲叔叔進城，跟債主談判安排還錢事宜。姆威內說他雖然沒參與討論，但是他大約知道情況。回來後，他和優素福、哈利爾說他明白商人的狀況，虧損很大，每一個債權人都攤了一些，但是大部分還是落在阿齊茲叔叔身上。姆威內說：「他太聰明了，不會獨自扛，但是印度人虧了大錢，他只能想辦法幫忙。我們又要搭火車上路了，去先生（斯）存了值錢貨的地方。但只有先生（斯）和我去。」他沾沾自喜看著優素福。

優素福問：「哪裡？什麼值錢貨？在哈密德的店？」

哈利爾說：「他啥也不知道。」男人們散去後，獅子姆威內就失去一些囂張氣燄，覺得哈利爾的那種興高采烈難以應付。哈利爾說：「他這是說大話。他習慣在無知腳夫與內陸野人面前顯擺，以為也可以唬弄我們。你認為主人會信任他處理值錢的貨物？」

獅子姆威內懶理哈利爾，笑問：「優素福，我想你知道那是什麼地方。你可知道他在哈密德的店擺了什麼值錢東西？如果你不知道，那就別問。」

優素福皺眉，擺出一臉茫然無知，鼓勵獅子姆威內多說一點：「什麼貨？只有一袋袋乾玉米。」

哈利爾說：「或許有個祕密地窖，鎮尼在那兒藏了金銀珠寶給主人。現在這個大嘴巴獅子要去取寶藏挽救主人的生意。只有他才有魔戒，只有他知道打開笨重銅門的通關密語。」

獅子姆威內笑了，說：「你還記得悠杜長征時說的那個故事？一個鎮尼在年輕漂亮的公主定親那晚偷走了她……還記得嗎？把她綁架到森林的地窖，裡面裝了金銀珠寶、各式美食和舒適享受。每十天鎮尼會來找公主待一晚，然後又去幹那些鎮尼的事。公主在下面住了好多年。一天，一個柴夫的腳趾勾到通往地窖的活板門把手。他打開門下階梯到地窖，發現公主。他立刻愛上公主，公主也愛她，告訴他自己囚禁多年的故事。他看到公主生活奢華，公主還讓他看一個漂亮花瓶，說如有急需，她只要摩擦花瓶，鎮尼就會出現。柴夫和公主相處了四天四夜，企圖說服公主跟他私奔，公主笑了，說她無路可逃，鎮尼在她十歲時從家裡綁架了她，不管她走到哪裡，都會被找到。柴夫被愛和嫉妒衝昏頭，一氣之下，抓起花瓶扔向牆壁。

「瞬間鎮尼現身，手持白刃。混亂中，柴夫爬上階梯，把涼鞋與斧頭留在地窖。鎮尼明白公主與其他男人歡好，刀子一揮，砍掉她的腦袋。」

哈利爾急切問：「柴夫呢？結果怎樣？說啊。」

「因為涼鞋與斧頭，鎮尼很快就找到他。祂去到附近鎮上把這兩樣東西秀給鎮民看，說祂在找朋友，人們就帶祂去柴夫家。你猜鎮尼怎的？祂把柴夫帶到光禿禿的山頂，把他變成猿猴。」獅子姆威內津津有味地說：「你說說看，鎮尼不在，柴夫幹嘛不待九天？你說說為什麼？」

哈利爾毫不猶豫地說：「因為這是他的宿命。」

優素福想把話題拉回哈密德庫房裡的違禁品，說：「所以阿齊茲叔叔在哈密德那兒有個祕密地窖……。」他看見哈利爾臉上閃過詫異。首先，他不是你的叔叔。他想強迫自己說主人卻辦不到。「總之哈密德的庫房裡藏了什麼值錢貨？」

獅子姆威內悄聲說：「犀牛角（vipusa，斯）。你們如果說出去，我們全會惹上麻煩。德國（斯）政府禁止我們買賣犀牛角（斯），他們要自己賺。價格才會那麼高，先生（斯）坐擁財富，等著賣給印度人呢。我們不會把犀牛角（斯）帶回這裡。我的工作是把它們運過山頭一路到邊界，一直北上（juu kwa juu，斯），交給蒙巴薩附近的一個印度人。先生（斯）還有其他事要做，這件活兒全包在我身上。」

獅子姆威內以一副重要人物身懷祕密的口吻訴說，瞧瞧兩人的反應，優素福看到哈利爾一臉敬佩，知道他是在嘲笑。

哈利爾說：「主人還真的挑了勇敢的人來幹這個活兒，一頭真正的獅子。」

獅子姆威內泰然自若迎接哈利爾的嘲弄，說：「那是危險的路線，尤其沿邊境那兒。近來大家還講英國人跟德國人要打仗呢。」

優素福問：「為什麼犀牛角（斯）那麼值錢？有什麼用途？」

獅子姆威內想了一會兒，放棄回答，說：「我不知道。藥用，或許吧？誰知道這世界怎麼回事？我只知道印度人要買，我管他之後放到哪裡去。應該不會拿來吃，所以是藥用吧。」

獅子姆威內回房，那是阿布杜拉離去後就由他佔用的庫房，哈利爾說：「主人會去拜訪那些欠他錢的人收債。他總是留一手。這是他的風格。就算他的生意看起來糟透了，他會這兒走走，那兒走走，不一會兒就搞定。或許他會去拜訪你爸（斯）。他們會搞清債務，你不再是抵押品（斯）。你老爸（斯）會還錢，主人再拿那錢去還債，你就會自由了。到時候你想做什麼？回去住到山區，像那個尚吉巴來的隱士？不過我想這事應該不會發生。你爸（斯）這時可能已經一窮二白，跟我已故（斯）的老爸（斯）一樣，這輩子甚至下輩子都還不清。所以，你不可能隱居到山區……不過我認為主人可能不會開口要他還錢，他喜歡你。你瞧大嘴巴獅子以及他那個派頭！他被指派危險任務，因為主人毫不在乎他的生死……否則就會派你去。」

為表友情與忠心，優素福說：「或者派你。」

哈利爾笑著對他搖頭，那是哀傷的姿態，嘆息優素福的無知。他說：「女主人啦。你是能和她用阿拉伯語溝通？而且你以為我會放著店鋪給你搞爛……如果主人沒法還債，這店鋪就成為他唯一的謀生之道。他會幫你找其他事做，他喜歡你。」

優素福抖了一下，哈利爾說：「儘管如此，他仍然不是你的叔叔。」打算拍擊優素福的腦門，被他輕易閃過。

重返內陸的前一晚，阿齊茲叔叔邀請他們共進晚餐。昏禮（sunset prayer）過後，約定時間一到，哈利爾帶領優素福和獅子姆威內進入花園。朦朧寂靜十分安詳，只有輕微水聲點綴。空氣中香氣瀰漫，令人心蕩神移的樂聲傳來。花園底端，柱子掛著燈籠照亮前廊，勾勒漸暗夜色裡矗立一個金色涼亭，映著渠道水呈金屬暗光。前廊鋪了毯子，飄散檀香與琥珀的氣味。

他們落座，商人穿著最細的棉袍現身，一路飄然走向他們，戴了一頂繡金絲的帽子。他們起身迎接他，他只是揮揮手要他們坐下，接著與他們同坐。優素福看出主人恢復昔日自我了，那個輕易拆散他與父母、讓他遠離家鄉的主人，那個沉著微笑穿越惡土去到大湖邊的主人。就連在查圖鎮上最悲慘的時光，他都一味優雅，散發難以攻克的自信，籠罩他們。返鄉的旅程與返鄉後，焦慮瀰漫空氣，讓他暴露於同行人馬的抱怨與需索中。但是昔日的那個主人回來了，鎮定，無畏，隨時掛著大器高尚、趣味盎然的微笑。

他開始回憶旅程點滴，輕描淡寫如他人不在現場，而是複述別人說的故事。他以表情與手勢要獅子姆威內確定他說的細節，並因回憶獲得肯定而滿意點頭。優素福猜想獅子姆威內知道這是什麼狀況，從他忽高忽低的嗓門與開心的笑聲，顯然主人的奉承實在難以抵擋。沒多久，獅子姆威內開始口若懸河，只需小小鼓勵，就會大講特講，好像他們還置身內陸心臟的營火旁。

庭院的門稍微打開，哈利爾彷彿收到訊號，俐落起身。他消失於屋內，一會兒後端出一盤米飯。此後多次進出，端來魚、肉、蔬菜、麵包，以及一大籃水果。食物出現，他們停止聊天，沉默禮貌等待哈利爾進出。優素福盡力不盯著食物，看到放了印度酥油的米飯水亮又點綴了小葡萄乾與堅果，眼睛又移不開。靜坐時，優素福聽到那個以前趕他離開花園的聲音，回憶溫暖湧回。哈利爾終於端來銅製水壺與臉盆，毛巾搭在手臂上。他一一給眾人倒水洗手。獅子姆威內同時還漱了口，大聲呸到花園。阿齊茲叔叔誦真主之名（阿），邀請大家進食。

吃著吃著，獅子姆威內談話越來越無忌憚，隨口和商人攀談。他傾向把上次行旅的失敗歸咎總管（斯），說：「要不是他在森林裡痛打那個人，查圖也不會那麼仇視我們。」他的聲音轉為嚴苛：「他把大家都當成僕役奴隸，以前這一套可能還行得通，現在沒人受得了。你要查圖怎麼想？鐵定認為我們是綁匪與人口販子。您不該讓他我行我素，先生（斯）。噢，他實在太苛刻，沒有一絲憐憫心。不過我想查圖比他還狠。」

阿齊茲叔叔點點頭，未表異議。獅子姆威內繼續說，高亢的嗓門壓過灌木與樹兒的寧靜沙響，讓花園顯得吵鬧。優素福懷疑他聽得見自己在說什麼嗎？但是他持續像個醉鬼聒噪。商人的眼睛無情停駐他身上，優素福看得出他在拿獅子姆威內與藏在哈密德店裡的犀牛角（斯）兩相評估。最後阿齊茲叔叔以阿拉伯語指示哈利爾，哈利爾起身把殘羹剩飯端回屋內，端走盤子前先　一請問大家還要用否。

後來哈利爾咯笑輕聲說：「那個大嘴巴朝花園吐口水時，你瞧見主人的表情沒？還有他提到長征究竟哪裡出錯時？」他們躺在店鋪前廊的蓆子上，腦袋靠在一起，哈利爾說：「主人知道不能信任他，但是沒別的選擇。你的叔叔啊，煩惱一大堆，那個獅子姆威內還要像隻瞎眼鬣狗吠個不停。」

優素福說：「他不是傻瓜，長征時，有些時候只有他一人臨危不亂。」

哈利爾笑：「臨危不亂，這是什麼談吐啊？你去那兒學來的？鐵定是長征時跟那些貴族相處學的。你老的時候還是可以成為哈基姆（阿）。你說他不是傻瓜，那他幹嘛表現得像傻瓜？除非他另有打算。除非他想搞壞事又想讓主人知道。換作主人搭配阿布杜拉的時代，鐵定拿菠菜葉包起他當午餐吃。現在阿布杜拉完蛋了，主人有了你，你讓主人覺得自己幹的不是好事。我猜主人也覺得你與眾不同，你一天到晚瞧著他。總之，除非知道那些臭兮兮的犀牛角很安全，你的叔叔將有幾天睡不安穩。」哈利爾非常滿意自己的扼要結論。

優素福憤怒皺眉問：「我瞧著他……什麼意思？我幹嘛不該看他，我也看你啊。」

哈利爾語氣放柔，不帶一絲挑戰，說：「你盯著每個人、每件事瞧啊。誰不知道？每個人都知道你那雙哀傷的眼睛睜大大，迫不及待要逃離他們。如果我看得出來，你認為像主人那麼聰明的人又看到什麼？噢，我的兄弟，他覺得你一眼看穿他。你看不出來嗎？說什麼我瞧他什麼意思！別忘了我看過你瞧見會畏懼蒼蠅的癩皮狗都嚇得尿褲子，你究竟在牠們身上看到什麼？或許是狼人。不過，你也聽見那禽獸是怎麼講魔鬼阿布杜拉的？那些邪惡的日子結束了！真是個大嘴巴！你瞧見他那張嘴又掃進多少食物啊？」

到了早上，哈利爾尊敬地親吻阿齊茲叔叔的手道別，然後站到一旁，頻頻點頭聆聽最後的指示。阿齊茲叔叔招手叫優素福，要他陪著走段路到車站，示意獅子姆威內啟程，跟在他們幾呎後。

阿齊茲叔叔對優素福說：「我們回來時再談。你現在已經長大成人，我們得找點有意義的工作給你。你的家就在我這裡。我想你知道。把這裡當家，我回來後再談。」

優素福努力壓抑洶湧而上的顫抖，說：「謝謝您。」

阿齊茲叔叔展開大大的笑顏，眼睛梭巡優素福的臉蛋說：「我想哈密德講的沒錯，該給你找個老婆了。」他的笑容變成短暫開心笑聲，接著說：「此行我會張大眼睛幫你看，聽到哪兒有美女，回來就告訴你。別那麼害怕。」

然後他伸手讓優素福親吻。

4

他們逮到第一個機會就奔進城，哈利爾想去他們認識的所有地方。優素福離開這幾年，他從未進城。他說儘管每個星期五都會想起以前進城玩的事，「我一個人能去哪兒？我誰也不認識。」到了清真寺，優素福忍不住秀出古蘭經知識，稍後，他告訴哈利爾他們發現他不懂古蘭經以及他覺得丟臉的事。哈利爾說：「就算你迷失在最深的地穴或者最黑的森林裡，知道古蘭經總是有幫助，儘管你不明白那些字的意思。」優素福告訴他卡拉辛加的事，以及他想翻譯古蘭經，好讓斯瓦希里人（斯）明白他們崇拜的神多殘酷。哈利爾則生氣質疑優素福怎能靜靜坐在那裡，聽不信神者講這些褻瀆真主的話。優素福反問，我又能怎樣？拿石頭砸死他？他們走訪以前參觀印度婚禮送親隊伍、男人唱歌給賓客聽的街道。有時他們還像兩個孩子似的在街頭玩耍，朝對方扔爛掉的水果，躲入人群中。等他們抵達海邊已是晚上，海面閃爍銀光，浪頂泡沫朝向他們的腳邊奔來。回程路上他們去了小吃店，點了羊肉、豆子、一大堆麵包，還有一壺甜茶。兩人同意他們共享的那碟豆子是他們吃過最美味的。

至於哈姆達尼老爹（斯），優素福耐心等待時機。老園丁看起來沒更老，但是優素福看到他舉步較為慎重，比以前更討厭旁人作伴。優素福一直等某個大熱天，老爹掙扎提水，便趨前幫忙。哈姆達尼老爹（斯）或許是太驚訝來不及抗議，也或許是熱氣蒸騰中不斷來回水龍頭與花園過於疲累，能趁機喘息，如釋重負。當優素福露出小詭計得逞、小心翼翼的勝利笑容，老爹（斯）沒裝作視而不見。他每天上午幫老園丁的兩個水桶加滿水，放到牆內供他使用。天光下，他瞧見花園更加茂盛了，遠處靠牆的幼齡橘子樹變得筆直粗壯，石榴與棕櫚肥厚結實，好像可以活到永遠。酸櫻桃樹開滿白花，樹叢渾圓，不大不小。不過他瞧見苜宿與草坪裡有高高的蕁麻，以及一叢叢野菠菜，百合與鳶尾花垂頭趴地，薰衣草的花快要看不見了。渠道灌注的水池邊緣堆積了水藻，水道也積泥，水流遲緩。原本樹上掛的鏡子都取下了。

他每日非常早就進花園，經常比哈姆達尼老爹（斯）早到。他拔雜草，修剪百合，開始清理渠道。老園丁沉默配合，只有他出錯了，才會生氣上前指正。優素福看見老園丁比以前花更多時間禮拜。他的歌聲更加陰鬱悲哀，傷痛的音符拉長，而非像以前演唱誇薩達那樣升高伏低充滿肅穆喜悅。

哈利爾只在有需要或者瑪．阿祖莎來店時才會來叫他，否則他以包容的興味對待優素福對花園的渴望。如果他禁止，只會淪為顧客的笑柄。當優素福下午很晚還待在花園裡，哈利爾就會變得坐立難安，跑來叫他走人，說：「我整天揮汗填飽你的肚皮，你這個無知的斯瓦希里人（斯），只想成天在花園玩耍。來掃庭院，幫我弄那些麻袋。大家來都問起你。老人想聽你旅程的所有故事。他們問你的小兄弟呢？小兄弟！我跟他們說那個大白癡兒在花園玩耍呢。他認為自己是富商的侄子，可以躺在橘子樹下做天堂夢。」優素福猜想是女主人不願他快天黑還待在花園裡。或許她自己也想進花園，他在那兒讓她不方便了。

某天近黃昏，當他清理四條渠道的一條，停下休息，看見他清出的淺岸上有塊暗色石頭突出來。他彎腰隨意撿起，發現那不是石頭，而是小皮袋。被汙泥搞得破舊，磨損，皮色浸水變暗沉，不過還算完整，能看出是護身符（hirizi，斯），掛在手上的，裡面有祈禱文保佑配戴者。皮袋一處邊角脫線，透過縫隙，他看見裡面有個小小的金屬盒。他搖搖護身符，聽見嘎嘎聲，所以盒子裡的東西還是完整，沒因埋在地底腐爛。他用小樹枝撥掉縫隙的泥土，瞄見一點點小金屬盒的花樣。他想起聽過護身符的神奇力量，摩擦護身符可以召喚鎮尼從巢穴現身半空中。他伸出一根手指到皮袋裡，看看摸不摸得到鐵盒。一個高亢聲音讓他抬起頭，發現庭院的門半掩，那是他們與阿齊茲叔叔共餐時，哈利爾屢屢進出的門。即便光線很弱，他還是看到一個人影靠在門邊。聲音又揚起，這次他認出是女主人的聲音。門縫透出一絲光線，那身影走了，門關上。

那晚哈利爾進去主屋拿食物，待了許久。優素福猜想自己可能是女主人火大抱怨的目標，因為他在花園待到太晚。如果女主人覺得某個時刻他不該在花園裡，直接說就好了。幾點和幾點，我不要他待在花園。就這樣，他會確保不出現。那種鬼祟與低語讓他覺得自己像小孩。令他氣憤的是他們居然以為他意圖以罪惡的凝視來玷汙與冒犯她。不知道哈利爾會帶回什麼樣的憤怒禁令。他會被永遠禁止進入花園嗎？她還下達何種命令？他的手指頭一直掏挖護身符，銀色盒子看到更多了。觸手冰涼，不知是否該召喚鎮尼現在來救他，或者保護他不受橫在眼前的新災難之害。基於某些理由，他視查圖為咆哮的鎮尼，甚至想為他喝采。他被當作人質留置庭院的日子回到眼前，他又想起女孩溫暖的氣息呼到他的脖子上。

哈利爾出來時面帶不快，把冷掉的白飯與菠菜擺在兩人面前開始吃，不發一語。店門仍開著，他們就著透進來的光線吃飯。之後，哈利爾洗乾淨自己的盤子，到櫃檯結算今日的帳目，給架子補貨，優素福洗了盤子後就去幫忙。結果哈利爾只是在等他吃完，拿了盤子便轉身回主屋。他看起來心頭沉重又茫然，優素福沒說出奔到嘴邊的怒話。這都是些什麼事啊？

當哈利爾來到前廊，優素福已經躺在黑暗中，哈利爾躺到幾呎外的老地方。沉默許久後，他輕聲說：「太太瘋了。」

優素福問：「因為我在花園待太久？」他盡力讓話聲充滿不可思議，以示他感受到的些許困擾。

哈利爾突然在黑暗中笑了，邊笑邊說：「花園！你除了花園，什麼也不想！你也瘋了。你該找其他事消耗精力。你幹嘛不追求女人或者成為聖人？相反的，你想成為哈姆達尼老爹（斯）。幹嘛不追求女人？那是很好的消遣。以你的美貌，全世界都是你的。如果不成功，至少你還有瑪．阿祖莎隨時在等你……。」

優素福尖銳地說：「別又來了。瑪．阿祖莎是老女人，放尊重點……。」

哈利爾說：「老！誰說的。我用過她，一點也不老，我跟你保證，我跟她一起過。」沉默中，優素福聽到哈利爾輕聲呼吸，接著突然他不屑地哼：「你覺得噁心，是吧？但是我不噁心也不丟臉。我找她是因為我有需求，我用她的身體我付錢。她也有她的需要。看起來或許殘酷，但是她跟我都沒得選擇。你要我怎麼做？等待一個公主來店裡買肥皂時愛上我？或者漂亮的女鎮尼在我文定那晚綁架我，鎖在地窖當性奴？」

優素福沒回答，短暫沉默後，哈利爾嘆氣說：「別管了，你為你的公主保守童子身吧。我說啊，太太想見你。」

優素福憂心嘆氣：「糟了。這太過分了。幹嘛呢？就跟她說如果她不要我待在花園，我不去就是了。」

哈利爾生氣地說：「又來了，又是花園。」打了兩聲哈欠繼續說：「跟花園無關啦！不是你想的那樣。」

一會兒後，優素福說：「我不懂她。」

哈利爾笑了：「不，你不會懂的。她不是想和你說話，她想看你。我告訴過你，她會看你在花園工作。之前就說過的。現在她想更近一點看你。她要你站在她面前。

明天。」

優素福問：「幹嘛？為什麼？」哈利爾的話跟態度讓他困惑，裡面揉合了焦慮與挫敗，似乎認命面對威脅與無法迴避的困難。優素福想大叫：跟我說啊。這是怎麼一回事？我不是孩子了。你們在設計什麼？

哈利爾打哈欠，欺近身，好像想和優素福說什麼。接著又打哈欠，再打一個又一個，拉開距離說：「那是一個長長的故事囉，真的，而我現在很累。明天，星期五，進城時我再說。」

5

他們做完主麻禮拜，沉默漫步市場，坐在靠近漁港的海牆，哈利爾說：「聽著。你一直很有耐心。我不知道你是否知情一些，大家告訴你些什麼，你又了解多少，所以我從頭講。你不再是小孩，不讓你知道也不對。只是我們就是這樣，各懷祕密。大約十二年前，主人娶了太太。那時他是個小生意人，來往這裡與尚吉巴，帶布料、工具、菸草、干鱈過去，帶回牲畜和木材。那時她剛死了丈夫，非常有錢。她的丈夫有好幾艘單桅船，沿海岸運送各種東西。奔巴島（Pemba）[70]的穀粒與米，南方來的奴隸，尚吉巴的香料跟芝麻等。雖然她年紀不輕，她的財富依然吸引有家世背景與有野心的男人。但是喪夫一年，她拒絕全部的追求，外面開始傳言。你也知道女人拒絕婚事必然是有啥毛病。有人說她病了，有人說她喪夫失心瘋了。還有人說她不育，或者喜歡女人甚於男人。那些前往提親的媒婆帶回訊息給男方，說那麼醜的女人居然還擺那麼多姿態。

「因為商場耳語，她聽聞主人，比她年輕許多歲。那時候大家都讚美主人，因此儘管追求者背景雄厚，她選擇了主人。偷偷傳話鼓勵他追求，交換了信物，幾個星期內，他們就結婚了。我不知道條件是什麼，但是主人接管了她的生意，讓它蒸蒸日上。他捨棄單桅船運輸，把船全部賣掉，開始成為今日我們認識的主人，深入內陸做交易。

「我爸（斯）在巴加莫約南邊的姆瑞瑪海岸村子經營小店鋪。我跟你說過的。我媽也在，還有兩個哥哥和一個妹妹。生活很苦，我哥有時必須出海找工作。我不記得主人曾來拜訪，或許是我太小不記得。我只知道看到他的那一天，我爸（斯）和他說話的模樣，我不曾見過。他們什麼也沒告訴我，我還是個孩子，但是主人走後，我聽到他們說主人是惡魔的孩子，現在屬於伊布力斯（iblis）[71]的女兒，或者伊弗利特，或者更糟。說他是狗，狗兒子……他有魔法這些的。胡話一篇。幾個月後主人又來了，和我們待了兩天，給我一樣禮物，繡了茉莉花叢與弦月的帽子。我現在還留著。但是從大家的談話，我明白我爸（斯）欠了主人錢，他借錢讓我大哥入股一門小生意，後來失敗了。我哥和朋友在米孔孔尼（Mikokoni）[72]買了一艘漁船，那船撞上了礁岩。總之我們的小店太窮還不起錢。兩天後主人走了，我看到老爸（斯）親吻主人手背好幾次道別，主人走向我給了我一枚銅板。我想老爸（斯）的感激涕零應該是主人答應寬限他一些時間，不過那時我不懂，沒人告訴我。我只知道老爸（斯）越來越痛苦，脾氣變壞，對我們所有人大吼大叫，長時間坐在祈禱的毯子上。有一天他用木柴打了我大哥，沒人擋得住，我媽跟二哥跑過去時，他痛苦流淚尖叫。他邊打孩子邊羞愧痛哭。

「然後有一天魔鬼阿布杜拉來了，帶走我跟我妹到這裡。我們是抵押品（斯）直到老爸還清債務。我可憐的老爸（斯）沒多久就死了，我媽和我哥哥們回去阿拉伯半島，把我們扔在這兒。他們就這樣走了，扔下我們。」

哈利爾沉默坐著看海，優素福感覺鹹鹹的海風刺痛眼睛。然後哈利爾點了幾次頭

70 坦尚尼亞的島嶼。
71 伊斯蘭信仰裡的魔王，相等於撒旦，是真主用火造成的巨靈。
72 位於肯亞。

繼續說。

「我跟主人九年了。剛來時店裡有另一個男人，跟我現在差不多年紀，教我店裡的工作。他叫穆罕默德。晚上，他關了店後抽了幾根大麻就出去找女人。我妹妹是來服侍太太的，那時她七歲，被太太嚇壞了。」哈利爾突然大笑拍腿說：「真主的安排（阿）啊，她實在太愛哭了，他們叫我去跟她說，讓她安靜。所以我睡在主屋內的庭院，下雨就睡堆放食物的庫房。我們關店後，穆罕默德出去搞他的齷齪事，我就進主屋睡覺。就算在那時，太太都已經夠瘋。她有一種病，左臉頰到脖子有一大塊印記。我在場時，她用披巾遮著臉，是她告訴我她有印記的。我妹妹說太太經常望著鏡子哭。當我睡在院子，太太常常跑來看著我，我都裝睡。她繞著我轉，喃喃祈禱，懇求真主解放她的痛苦。主人在家時，她很安靜，只朝我和阿密娜發洩，什麼事都怪我們，對我們飆難聽的話。主人遠行，她就又瘋了，暗夜裡亂走。」

哈利爾捧起優素福的下巴，左右轉他頭，笑著說：「然後你來了。」

優素福問：「穆罕默德呢？」

「有一天因為數字錯了，主人動手打他，他走了。他就那樣站起身走人。我不知道他跟主人有沒親戚關係，除了店裡的事情，他什麼也不和我說。主人離開幾天，帶著你回來，從野地來的可憐斯瓦希里（斯）小男孩，他老爸（斯）跟我老爸（斯）一樣蠢。我猜主人想多讓一人學著管店，萬一哪天我不想替他工作了。所以你來了，變成我的小兄弟。」哈利爾再度伸手摸優素福的下巴，被他拍開。

優素福說：「繼續說。」

「太太躲著人，從不出門。少數來訪的女人不是親戚就是她沒法拒絕的人。她要我在樹上掛鏡子，這樣她不出屋就能看到花園。她就是這樣看到你的。每天你去花園工作，她就看鏡子裡的你。你讓她變得比以前還瘋。她說你是真主派來治療她的。」

優素福想了好一會兒，在吃驚與放肆狂笑間擺盪，終於問：「怎麼會？」

「她先是說如果你當面幫她祈禱，她就會好。然後她堅持你必須吐口水到她身上。她說真主喜愛之人的口水擁有神力。一天她看見你捧著玫瑰，開始堅信你的觸摸會治癒她。她說如果你像捧玫瑰那樣捧她的臉，她的病就會好。我曾試圖阻止你進去，但是你對花園癡迷。當主人回來，太太已經壓不住自己的瘋病就告訴主人。那個漂亮男孩只要摸我一下就會治療我心裡的傷。就是那時主人把你帶走，把你安置在山上。你都沒懷疑嗎？阿密娜說太太曾站在牆角，懇求你可憐她。你都沒聽到她說什麼嗎？」

優素福點頭說：「我聽過一個聲音。以為是在抱怨，叫我離開。有時她會唱歌。」

哈利爾皺眉說：「她不唱歌的。我沒聽她唱過。」

「那鐵定是我想像的。有時晚上我覺得聽見花園裡傳來歌聲，不可能。哈密德曾有一個訪客說赫拉特花園的故事，那花園美到讓人覺得聽到心醉神迷的音樂，這是詩人的形容。或許因為這樣，我的腦海才有了這想法。」

哈利爾激動地說：「鐵定是山裡的空氣讓你也瘋了。好像光是吵鬧的夢還不夠，你還要聽到音樂。我真是好運啊，得對付兩個瘋子。主人擔心把你留在這兒和太太一起，又不想把你帶上路。或許他要去拜訪你爸（斯），不想場面變得亂七八糟。或者他不想你知道他這個冠軍生意人的手段有多狠。還沒到那個時候。現在太太要見你，你這個幸運的魔鬼。主人吩咐我說，他帶走你之後，我就把花園的鏡子都取下，現在她看不見你，但是聽得到你。」

優素福說：「昨天她站在門邊瞧我。」

哈利爾皺眉：「我想不是。她沒提。但是她看見我們跟主人進餐。現在她有了新的瘋病，非常危險。對你很危險。聽啊，她說現在你是成年男子了，治好她的方法唯有把她的一顆心捧在手上。你懂沒？她心頭的想法，我說不出口，但是我希望你明白她的方向。知道嗎？還是你太年輕，思想又太純潔？」

優素福點點頭。哈利爾不滿意他的回應，不過一會兒後，他也點點頭說：「她一直要求見你。命令，哀求，咆哮，要我帶你去見她，威脅說如果不帶，她就自己出來找你。我們得盡量讓她鎮靜，直到主人回來。他知道怎麼對付她。我答應今天帶你去見她。你離得遠遠的，不管她說什麼做什麼都不要碰她。緊跟在我身旁，如果她靠近，要確保我站在她和你之間。我不知道主人回來會做什麼，只知道如果他發現你碰了或者玷汙了太太，你的日子就過不下去了。這讓他沒得選擇。」

優素福說：「我為什麼不能直接拒絕……？」

哈利爾嗓門抬高，微帶乞求意味：「因為你不知道她會幹出什麼，或許更糟。我妹會在場，我也會一直跟著你。」

「你之前幹嘛不說？」

哈利爾說：「你不知道比較好，如果有事，就明顯不會是你的錯。」

一會兒後，優素福說：「昨天是你的妹妹站在門邊看我。我就覺得有點奇怪，因為有聲音從別的地方傳來。當你提到妹妹，我還以為是小女孩，現在我明白我看到的鐵定是你妹……。」

哈利爾簡單地說：「她是已婚婦人。」

優素福不敢置信，心頭一跳，好一會兒才問：「阿齊茲叔叔？」

哈利爾咯笑：「你永遠不會放棄叔叔這碼子事，是吧？是的，阿齊茲叔叔去年娶了她。所以現在他是我的小舅子又是你的叔叔，我們全是一家人，住在天堂樂園裡。她是用來抵我老爸（斯）的債，娶了她，我爸（斯）的債免除。」

優素福說：「所以你是自由的，可以走人？」

哈利爾說：「走去哪裡？我哪有地方可去？何況我妹還在這兒。」

6

他預期會看到一個女人首如飛蓬撲到他身上，咆哮提出不可解的要求。女主人在一個大房間接見他，窗外是個封閉的內院。地板鋪了厚厚的裝飾地毯，繡花大靠枕沿著牆間隔擺放，白色粉刷牆壁掛了鑲框的古蘭經訓與一幅麥加黑石聖堂的複製品。她背靠最長的一面牆坐，面對門口，身旁的漆盤擺了香爐與玫瑰水噴泉。房內瀰漫乳香，哈利爾趨前致意，坐在她面前數呎處。優素福坐到他身旁。

黑色披巾遮住她部分的臉，但是優素福瞧見她的膚色接近暗銅，目光灼灼盯著他們。哈利爾先說話，一會兒她回答。她的聲音在室內顯得比較飽滿，有種靜靜的抑揚頓挫，散發威嚴與自信。說話時，她稍微調整了一下披巾，優素福看見她臉部線條精緻，有種他意料不到的警敏與決斷。哈利爾再度說話，她溫和打斷他，瞄向優素福，四目尚未接觸，優素福便挪開眼神。

哈利爾半轉身對他說：「她問你可好，歡迎你回家。」

女主人繼續說，哈利爾翻譯：「她希望你的父母都好，而且真主會繼續保佑他們都很好。下次你見到他們時請好心地跟他們提起她。然後你人生的計畫都會受到庇佑，願望成真，諸如此類。她說，願真主賜你許多子嗣。」

優素福點頭，這次他不夠快，來不及避開與女主人四目相對。她的眼神警覺專注，打量他，看到他沒避開，她的眼睛亮了。她一開口說話，優素福馬上垂眼，她說了好一會兒，聲音忽高忽低，試圖顯得嫵媚。

哈利爾小聲嘆氣，進入準備狀態，說：「小兄弟，開始囉。她說她看見你在花園工作，看到你有一種……天賦，真主所賜。你摸過的每一樣東西都長得茂盛。她說真主給你天使的面容，派你到這裡做好事。她說這不是褻瀆。要是你辜負了被派到此處的工作，那會更糟。她大約講的就是這些，雖然她講的比我說給你聽的要多。」

優素福沒抬頭，聽見女主人繼續說。她的聲音開始出現乞求的意味，好幾次提到真主。說著說著，她逐漸重拾平靜，結束時已經恢復剛開始接見他們時的節制。

「她說殘酷的疾病拖累她。講了好幾次，又說她並不是要抱怨。這也講了好幾次。她被病痛拖累，但是她不想抱怨，這類的。各式藥物與禱告都無法治療，因為她求助的那些人是未受福報的。現在她問你願意治療她嗎？她會報答你，並為你祈禱來世也有豐厚報償。別說話！」

突然，女主人拿掉披巾。她的頭髮往後梳，五官尖銳，相當颯爽。一塊紫斑玷汙她的左臉頰，呈現憤怒歪斜。她平靜望著優素福，等著看他的恐懼眼神。他並不怕，而是充滿哀傷，因為女主人居然對他有這麼高的期待。過一會兒，她又遮上披巾，柔聲說了幾個字。

「她說這是她的……」哈利爾停下，思索字眼，發出氣憤的不耐聲音。

他們背後傳來另一個聲音：「苦難。」優素福眼角瞥見房內還有一人。他之前便感覺到但是沒張望，現在他轉頭，瞧見那是年輕女人，穿了繡了銀線的棕色長衫，也圍了披巾，但此刻往後推露出臉與頭髮。優素福想，阿密娜，忍不住微笑。轉回頭時，突然驚覺她跟哈利爾一點也不像，臉型較圓，膚色較黑。屋內燭火照耀下，她的皮膚幾乎是閃亮的。優素福轉頭面對女主人時，並不自覺臉上還掛著笑。女主人的臉躲到披巾更深處，現在他只能瞧見臉蛋的形狀與警覺的雙眼。哈利爾和她說話，然後翻譯：「我和她說你已經聽到她的話，也看到她要你看的，她的痛苦，你覺得遺憾，但是你對她的病一無所知，不可能知道怎麼幫助她。你想加幾句嗎？嚴厲一點。」

優素福搖頭。

哈利爾住嘴後，太太激動說話，接下來幾分鐘，他們怒聲地你來我往，哈利爾根本懶得翻譯，只說：「她說能治療她的不是你的知識，而是你的天賦。她要你幫她祈禱……然後……觸摸她這裡。別做！不管她說什麼都別做！如果你知道什麼禱詞，就說一點，但是別靠近她。她要你摸她的胸口，治癒那裡的傷。祈禱一下，我們就走人。如果你不會，那就隨便捏造一個。」

優素福低頭一會兒，回想清真寺伊瑪目教他的祈禱，開始喃喃。他覺得很蠢。當他說阿米乃（Amin）[73]，哈利爾大聲回應尾禱，女主人和阿密娜也一樣。哈利爾站起身，拉起優素福。走以前，女主人要阿密娜給他們的手灑玫瑰水，拿香爐在他們面前過一下。阿密娜趨近時，優素福忘了垂眼，低頭前看見她眼睛裡藏了好奇。

7

哈利爾警告：「別告訴任何人。」第二天女主人又召見他們，哈利爾一個人去。

73 阿米乃（Amin）或另譯阿敏，同阿們。

他說，拜託，別又來了。他們爭論許久，至少一小時，哈利爾抑鬱走出來，滿臉挫敗說：「我答應她你明天會去祈禱。主人會殺了我。」

優素福說：「沒關係啦。我會說個簡短的禱告，既然治療方法就在手邊，就不能置一個病痛女人於不顧。明日的禱告，我會灌注大力量。總之這是伊瑪目最強大的……。」

哈利爾生氣地說：「少胡鬧。笑點在哪裡？如果你毫不在意，馬上就會笑掉你的屁股。」

優素福快樂地說：「你是什麼毛病？她要禱告，我們就給她禱告。你會否決真主給她的賞賜嗎？」

哈利爾說：「我不喜歡你在這事兒上頭耍寶。這很嚴重，可以很嚴重。尤其對你來說。我擔心她的念頭。」

優素福還在笑，但是哈利爾的焦慮令他不安，問：「是什麼？」

「誰知道她的瘋腦袋打什麼念頭，不過我做最壞打算。問題是她那種不顧一切的態度，不擔心自己的行為。這些瘋狂的讚美……真主的天使。這已經不光是瘋言瘋語了。你不是天使。你沒有天賦。你最好記得該畏懼這整件事。」

第二天當他們進去，女主人微笑了。那時近黃昏，內院因為熱氣而微微搏動。她在房內接見他們，太陽穿透拉上的薄窗簾，香爐裡還有沉香的餘燼在燜燒噴香。她看起來不像第一次那麼焦慮，稍微往後靠著座墊，目光依然灼灼審視。阿密娜坐在上次同個地方，優素福看向她時，她也微笑了。優素福垂下眼睛雙手疊握開始祈禱，室內開始陷入深深寂靜。他聽見花園鳥鳴悶悶傳來，還有微微的流水咕嚕聲。他壓抑笑容，努力延長此刻的寂靜，然後喃喃準備結束。他的阿米乃（阿）被大聲呼應，女主人隨即說話，他抬頭看，她的眼睛因喜悅而發光。

哈利爾皺眉說：「她說你第一次祈禱後，她便感受到益處。」女主人說的遠比這個多，太過明顯，以致哈利爾簡潔翻譯完後，她以狐疑表情望向阿密娜。哈利爾勉強繼續說：「她要你再來祈禱，而且在屋內吃飯……你和我。她說我們像狗或者無家浪民一樣在外面吃飯。她要我們每天都來吃飯。我認為這是麻煩。你必須說不可能……這樣……這樣會損毀你的天賦。」

優素福說：「你和她說。」

「我說了，但是她要聽你親口說，讓我翻譯。隨便說什麼，然後搖頭幾次，代表你說不行。一兩次堅定搖頭也可以。」

優素福說：「和她說，我覺得很蠢，居然會被扯入在主屋吃飯這種不可能的話題。」他感覺阿密娜在他背後笑。至少他期望是。哈利爾怒瞪他。

第二天他們回去，第三天也是。以前在店裡工作時，他們很少談女主人，自從去為她的傷祈禱，哈利爾就幾乎只剩這個話題。優素福捉弄他，企圖緩和他，但是哈利爾的焦慮與抱怨看不到盡頭。他指責優素福享受那個瘋女人的奉承，不知深陷危險。他說，主人會罵我做錯事。他會怪我。你不明白主人可能怎麼樣嗎？

數天後，優素福才又回去花園工作。哈利爾曾懇求他不要去，但是幾天後，優素福聳肩不理，回去了，讓哈利爾深鎖眉頭。他問，你幹嘛非得回去？你不能在這裡搞個自己的花園嗎？自從優素福發現他在祕密低語裡扮演的角色，他覺得尷尬。想到他工作時女主人會偷看他，對他起幻想，讓他驚駭。哈姆達尼老爹（斯）沒發現他的缺席，至少沒表示他注意到，只是他坐在棗椰樹下虔誠歌頌的聲音越發淒涼。一天下午，店裡實在沒多少事可做，哈利爾又鬧個沒完，優素福肩膀一聳就進花園了。老爹（斯）默默歡迎他，比平常待得久一點。優素福清理水池，拔雜草，輕聲哼唱長征時學來的一首歌曲。他克制自己不去張望庭院的門有沒有人，但是忍不住。就這樣懷抱期待心情，他等著被召喚進主屋。

哈利爾說：「她聽說你今天去花園工作了。你應該多去。她說隨時可以。」

女主人講了長長一大篇，哈利爾說：「她說你有天賦，一說再說又說。從頭到尾都在講這個。你有天賦。你有天賦。」他遲疑了一下，似乎在尋找合適字眼：「如果花園讓你開心，就……這個……呃。」

阿密娜接口說：「也就是她的喜悅。」儘管她很少說話，只有在哈利爾找不到字眼時幫忙，優素福時刻都能感覺她就在自己的右肩後方。

哈利爾不敢置信地搖頭說：「她還說她喜歡你唱歌。我不敢相信我坐在這兒幹這檔子事。別笑。你以為這是個笑話？她說你的聲音撫慰了她的心，真主教會你如何唱歌，派你來當療癒天使。」

優素福微笑哈利爾的不自在。當他望向太太，發現她也在笑，因喜悅而整張臉都變了。突然間，她招手叫優素福上前，如此精確簡單，優素福無從拒絕。他站起身向前。當他靠近，太太把披巾放下垂到手肘，他看見她穿了一件亮藍色的方領襯衫，領邊繡了小小的銀花邊。她摸摸臉上的印痕，比手勢要優素福摸它。她的微笑變成溫柔笑容，冒進大膽之心突然征服優素福。他知道自己的手變重。哈利爾柔聲說，別，別。太太緩緩把披巾蓋回臉上，喃喃一切頌讚全歸真主（阿）。優素福往後退，聽到哈利爾在他身後小聲嘆息。

之後哈利爾說：「別再靠近她，你不怕嗎？你不知道會發生什麼事嗎？還有遠離花園。別唱歌。」

但是他並未保持距離。哈利爾對他越來越懷疑，激烈爭辯他應該遠離。優素福卻在花園待得更久，眼睛耳朵隨時警覺主屋內的動靜。哈姆達尼老爹開始把工作留給他，花更多時間在樹蔭下吟唱讚美真主的快樂誇薩達。有時他聽到阿密娜在唱歌，他的身體因不請自來的激情而騷動，他也沒抗拒。有時一個人影閃過微開的院門，他覺得自己明白了祕密戀情的喜悅。晚間降臨，儘管哈利爾日漸抗拒與不安，他卻迫不及待被召喚入屋。一天，哈利爾氣急敗壞，拒絕應召。

他大叫：「她可以滾啦。我們不去。夠了就是夠了。如果有人發現這檔子事，我們會變成笑柄或者更糟。他們會以為我們瘋了。跟裡面那棵失心瘋的蔬菜一樣。想想這對主人會是多大的羞辱。」

優素福說：「那我就自己去。」

哈利爾站起身，嗓門扯高痛苦吶喊：「為什麼？你看不清狀況嗎？」他好像想狠揍優素福一頓，讓他恢復理智。他說：「她會幹邪惡的事，然後賴到你的頭上。我不喜歡你把這件事當玩笑。你熬過了狼人與野地，幹嘛要烙上永遠的羞恥記號？」

優素福說：「沒什麼好羞恥，她不會害我。」

哈利爾左手捧著臉，他們無言靜坐數分鐘，然後哈利爾抬起臉，詫異地注視優素福，表情越來越驚駭，好像頓悟。憤怒與痛苦讓他雙眼赤紅，嘴角顫抖。他一言不發坐回蓆子，瞪著前方。當優素福起身入屋，他才轉頭看。

當優素福剛踏出前廊，打算去花園，哈利爾柔聲說：「坐下，我的小兄弟。別走。坐到這兒，我們談談。別讓恥辱上身。我不知道你在想什麼，但是不會有好結果的。這不是童話故事。還有很多事情你不明白。」

優素福靜靜說：「那告訴我。」維持不動。

哈利爾搖頭，氣急敗壞說：「不是隨便就能說清楚的事。坐下，我們就開始談。如果你走了，將會給自己和我們所有人帶來恥辱。」

優素福不發一語，轉身走向花園，無視哈利爾發狂叫他回來。

8

阿密娜說：「她的名字叫祖萊卡（Zulekha）[74]，她要確定你知道。」她坐到優素福右邊，面對他，但是離女主人較遠。優素福假裝在聆聽，其實在研究她的臉。他發現她

74 祖萊卡是阿拉伯常見的女性名字，代表美艷絕倫。

的臉其實比上次匆匆一眼看到的圓，而她的眼裡有種無拘無束近乎活潑的趣味。他點頭，看到她微笑，但是感覺女主人敏銳的眼神，不敢回應。

阿密娜繼續說：「哈利爾並不會把她的話全部告訴你，她知道的。他只說他想說的。有時她說話比較艱澀，他也不是都能找到字……。」

優素福說：「妳講得比他好，我會向他說。怎麼回事？他什麼沒說？」

阿密娜無視他的提問，轉向女主人，等她說話。後者簡短說幾句，輕柔如撫摸，眼神從阿密娜身上轉去看優素福。

「哈利爾沒跟你解釋她心頭的傷既是羞恥也是痛苦，儘管撕扯她的肌肉，也給她帶來快樂。我想你的祈禱有幫助。她是這麼說的。」

優素福想抗議：別理會這些事。他看看女主人，發現她眼中濕潤。他火速垂頭開始祈禱，突然明白自己淌進脫不了身的渾水。

阿密娜說：「她要你晚上來屋裡吃飯。想要睡在院子也可以。」現在她公然燦笑說：「哈利爾絕不會讓你睡在屋裡的。他會大吵大鬧阻止。但是她要你想來就來，不必等候召喚。」

優素福：「勞請妳謝謝她。」

阿密娜代替女主人說話，態度平靜：「沒必要道謝。你的出現讓她快樂，因此她才該感謝。她要你多談談你來自哪裡又去過哪裡，她才能更了解你。為了報答，如有什麼可以讓你的生活更舒適，你一定得告訴她。」

優素福問：「她才講了一點點就這麼多意思？」

阿密娜說：「她講的更多，還有更多哈利爾不敢告訴你的。她的話令他害怕。」

「妳不怕？」

阿密娜微笑沒回答。女主人發問，阿密娜臉仍帶笑回過頭，她說的話讓女主人也笑了，優素福看著她們，突然不由自主發抖，感到無助。他站起身準備離去。太太招手叫他向前，跟上次一樣，披巾落下，露出臉。他伸出手碰觸那塊青黑色的記號，感覺那記號在他的手下發燙。他早就知道如果女主人再度要求，他還是會照做。太太輕輕呻吟感謝真主。他聽到阿密娜嘆息站起身。她送優素福到通往花園的門，沒馬上關門，他轉身和她說話。優素福看不到她的臉，但是上升月的朦朧光芒清晰勾勒她的全身。

他說：「妳跟哈利爾是兄妹，但是你們長得非常不像。」這件事並非讓他那麼困擾，只想盡量拖延她。

她沒回答，由於她過於安靜，優素福認為她不會回答了。過一會兒他轉身開始走進陰暗的花園，看她會不會也企圖拖延。

她說：「有時我站在這裡看你。」

他停步轉身，開始慢慢走向她。

她說：「你讓這活兒看起來很享受……。」她的口氣聽似隨意，刻意不加強調與力度，說：「看著你，我很羨慕。當你挖渠道，我就覺得渠道真漂亮。他遠行時，我有時晚上會在花園裡晃。有一次你撿到一個護身符……。」

優素福摸摸襯衫下面的護身符，他用繩子掛在脖子上，說：「是的。我發現摩擦它能召喚鎮尼，他會聽我吩咐。」

她輕聲笑了，壓低聲量，再度嘆息說：「你的好鎮尼，祂給了你什麼？」

他說：「我還沒開口要求。仍在計畫。沒必要把鎮尼從忙碌的生活召來，只要一個小玩意兒。如果我的要求愚蠢，可能會冒犯祂，祂就不再來了。」

她說：「剛到這兒時我有個護身符，有天，我把它扔過牆。」

「或許就是這個。」

她說：「如果有好鎮尼跟著它，那就不是我的。」

他問：「妳幹嘛扔掉？」

「人們告訴我它會保佑我遠離邪惡，並沒有。我希望你的護身符比我扔掉的那個好，你會得到比我更好的保護。」

他說：「沒有任何東西可以保佑我們不受邪惡之害。」他開始朝門旁的影子走過去，還有幾呎，阿密娜就把門關上了。

優素福回去時，店門已關，不見哈利爾蹤影。蓆子已經鋪了，可以睡覺，優素福躺平，想著迎接哈利爾回來的提問。他耐心等候，高興比原先想像的有較多獨處時間。等候時間越來越長，他開始著急，他究竟去哪兒了？碩大的月亮升到天空四分之一高，感覺又近又沉重，看著便有壓迫感。雲兒的黑邊火速奔往月暈，變形為被摧殘的堆砌與形狀。黑雲遮蔽了他身後的天空，遮住星光。

他突然驚醒，感到暴風的溫暖鞭打，傾盆大雨被風兒掀入前廊包圍他。月亮不見了，但是雨珠發出灰色淡光，點亮糾結的灌木叢與樹木陰影，看起來像海底的大石頭。

同一血塊

後來，優素福曾問哈利爾有關阿密娜的事，他說：「讓她自己說。」哈利爾在暴風雨過後的清晨才回，形容凌亂，疲憊不堪，頭髮糾纏成結，上面沾了小樹枝碎片與乾草。哈利爾小心開店門，不想製造場面，也沒解釋去了哪裡。他沒有明顯敵意，只是與優素福維持距離，一整天，婉拒優素福任何親近的企圖，回到他們早年相處的那種沉默耍寶友好。當優素福問他怎麼避開暴風雨沒搞濕，哈利爾充耳不聞。優素福企圖安撫哈利爾，最後只好無趣地讓他去自舔傷口。

哈利爾晚上到主屋端菜飯，出來時臉帶緊繃假笑，無法掩飾他的痛苦與憤怒。優素福問，你幹嘛不說話？哈利爾指指盤子開始吃。他們沉默進食，之後優素福起身去還盤子，拜訪女主人和阿密娜。他以為哈利爾去主屋時，鐵定和她們就此話題起爭論，說不准他再去。他以為哈利爾會阻止他，甚至不惜動粗，但是當他起身去主屋，哈利爾甚至沒抬頭。

女主人滿面笑容歡迎，高亢的聲音攀高伏低，形成充塞房間的尖銳旋律。她迫不及待訴說自己如何來到這裡，和她的第一任丈夫住在這屋子，願真主垂憐他。她的先生頗有點年紀，大約五十，而她當時十五歲。他幾個月前剛喪妻又死掉襁褓兒子，肇因於疾病與旁人的嫉妒。這個襁褓兒是他唯一活超過數個月的孩子，其他的都是命名沒多久就死了。他記得每一個的名字。到了生命最後歲月，他還是提及前妻與小孩就掉淚，願真主垂憐他們啊。女主人在城裡長大，知道丈夫的哀傷，儘管眾人覺得那是他應有的報應。儘管心頭有這樣的負擔，他還是對她很好。直到過世前一、二年，病痛讓他脾氣壞難相處。這就是她為什麼住在這兒，還把哈姆達尼老爹（斯）帶在身旁的原因，雖說他那時還不算老。

這花園是哈姆達尼老爹（斯）建的。當初不是光禿一片，一些老樹已經在了，卻是老爹（斯）整的地蓋的池子，成日待在花園玩耍像個孩子。他的歌聲惹得她的丈夫抓狂，她必須制止。哈姆達尼老爹（斯）是父親送她的嫁妝，她自小便認識他，還有另一個奴隸示巴，幾年前死了，願真主垂憐。在她大約十年前嫁給主人後，就賜給哈姆達尼老爹（斯）自由，雖然當時法律已經禁止買賣奴隸，卻未規定原先的奴隸必須釋放，所以這是她送給老爹（斯）的禮物。但是當她賜還哈姆達尼老爹（斯）自由身，他卻拒絕了，因此他仍待在這個花園唱他的誇薩達，可憐的老人。

阿密娜的眼睛因為距離而顯得欠缺光彩，問：「她說你可知道他為什麼叫哈姆達尼？因為他的母親也是奴隸，年紀很大才懷上他，取名哈姆達尼（Hamdani）[75]表示感恩他的出生。當他的母親過世，太太的爸爸就從哈姆達尼原來的主人家買了他。非常窮的家庭，負債累累。」

沉默中，女主人注視優素福許久，開心笑著。當她再度開口，笑容依然停駐，只是這次她話不多。

阿密娜說：「太太要你坐近一點。」優素福試圖從阿密娜的眼神尋找指導，但是她故作忙碌躲開他的注視。女主人拍拍離她一呎左右的地毯，朝他笑，好像他是害羞小孩。優素福坐定，女主人抓起他的手放到自己的「傷口」，再用手按住他的手，閉上眼，發出長長吁嘆，介乎鬆口氣跟愉悅。坐得如此之近，優素福看到女主人的臉頸皮膚緊實濕潤。過一會兒，她鬆開他的手，優素福連忙起身往後退。

阿密娜說：「太太說你還沒替她祈禱。」她的聲音小而遙遠。他照舊喃喃胡謅，連忙離去，他的手仍因摸了女主人的臉而溫熱。

就是在這件事之後，他問哈利爾有關阿密娜的事。哈利爾滿臉恨意瞧他，瘦削臉蛋因鄙夷而扭曲，優素福還以為他會啐他。他說：「讓她自己說。」轉身回去重新擺放櫃檯的糖，整晚兩人之間是扎實不可破的沉默。優素福不急著延續討論，雖然好幾次他以為哈利爾要開口了，朝他發洩怒氣與焦慮，優素福對自己的所作所為有種頑固的平靜，雖然也焦慮，不確定該讓事態發展到什麼程度，但是至少他現在清楚知道那些祕密低語與糾葛，也無法抗拒看見阿密娜與聆聽她說話的快樂。他不知道自己哪來的勇氣這麼做。哈利爾的警告他心知肚明，也如此自我告誡，但是主屋的召喚來了，他還是不會拒絕。

第二天，優素福去找哈姆達尼老爹（斯），後者正捧著誇薩達歌本坐在椰棗樹蔭下。老人看到他有點慍怒，四下張望，好像在找一棵可以平靜不受干擾的樹。

優素福說：「拜託，別走。」聲音裡的親近讓老人遲疑了。哈姆達尼老爹（斯）等了一會兒，才放鬆緊繃的臉部肌肉，不耐地點頭，一如平日被別人言語打擾般勉強。說吧。

優素福問：「女主人，她賜還你自由，你為什麼不要？」他皺眉瞧著老人，後者傾身向前，似乎被他搞得有點煩。

老人等了好一會兒，眼睛盯著地面，微笑了。他的牙齒很長，歲月染黃。他說：「生命就是這樣找到了我。」

---

75 哈姆達尼是阿拉伯男孩名，意指許多許多的讚美。

優素福拒絕被打發，他認為這回答是迴避，急急搖頭，說：「但是你是她的奴隸……她的奴隸。這是你想要的嗎？當她放你自由，你幹嘛不接受？」

哈姆達尼老爹（斯）嘆氣說：「你真是什麼都不懂。」語氣尖銳，停頓好一會兒，好像話題已經結束，過一會兒才又開口：「他們拿自由當禮物，她就是。我的自由憑什麼由她贈送？我知道你說的那種自由。那是我出生就有的東西。當這些人說你屬於我，我擁有你，其實就像陣雨或者一天結束夕陽下山。第二天早上，太陽依舊升起，不管他們喜不喜歡。自由也一樣。他們可以關住你，鏈住你，折磨你所有的小小渴望，自由卻是奪不走的東西。當他們覺得你已經沒利用價值了，你依然和出生那天一樣，他們並未擁有你一絲一毫。你聽懂嗎？這是上天賦予我的工作。他們還能賜給我什麼更自由的東西？」

優素福認為這是老者之言，裡面毫無疑問有智慧，卻是忍耐與無能的智慧，雖值得敬佩，但當惡霸仍坐在你身上朝你放臭屁，那就是另一回事。他沉默不語，發現老人哀傷了，在這之前，他從未和優素福說過這麼多話，現在可能也後悔了。

優素福問老人：「你出身哪裡？」意圖拍老人馬屁安撫他，也因為他想問老人的母親。他想和哈姆達尼老爹（斯）聊自己的遭遇，自己如何與母親分離。但是老人拿起誇薩達本子，沒回答，揮手叫他走開。

2

連續三晚他勇敢面對哈利爾的沉默不屑，進去主屋。想讓哈利爾說話的所有企圖都告失敗。就連顧客都熱心詢問他的狀況。第三晚，優素福步入黑暗走向花園，哈利爾出聲叫他。優素福停了一會兒，然後忽視哈利爾，逕自踏上看不清的路，前往現在總是為他半掩的庭院門。他回答女主人的問題，有關他的母親，有關他的內陸旅行，有關他在山城居住的日子。她背靠牆微笑聆聽。阿密娜翻譯時，她的眼神也不離開優素福。有時她的披巾從肩頭滑落，露出脖子上的印記以及胸口，她似乎毫不在意，沒披回。優素福看到女主人斜躺，他感覺自己內心深處的寂寞硬塊。他也提問，朝阿密娜問，但是她以長篇的回答迴避，著重在女主人身上。但是優素福光是聽到她的聲音就很滿足。她說女主人的傷很年輕就有了，嫁給首任丈夫不久後，「一開始只是印記，但是越咬越深，深入心臟。痛苦巨大到她無法忍受旁人，他們只會打趣她的畸形，嘲笑她的痛苦吶喊。現在你用祈禱與碰觸治療她，她覺得好多了。」

他問阿密娜：「妳剛來時是什麼情況？變成這樣，妳又怎麼想？」

她平靜地說：「我年紀太小，不知道怎麼想。而且我是置身文明人中，不需要害怕。祖萊卡嬸嬸以善心虔誠聞名，這花園和屋子就像天堂，對我這種貧窮鄉間女孩來說尤其是。當人們來訪，看到花園的美麗都嫉妒得要割了自己。如果你不相信，可以去城裡打聽。每年齋戒月施捨，祖萊卡嬸嬸對窮人越來越大方，來到這屋子，沒人會空手而回。主人的生意受到福蔭，太太則受奇怪病痛折磨。這是真主的作為，祂的智慧非我們能論斷。」

優素福忍不住笑：「我只是問妳簡單問題，妳為什麼回答得這麼奇怪？」

女主人突然開口，聲音帶著壓抑的銳利感。過一會兒才變溫暖，優素福看見阿密娜停頓，不知該如何翻譯，之後才說：「她說她不要聽我講這麼多，她想多聽你說。你說話時多麼漂亮，儘管她不懂你的語言。但是就連你靜坐時，你的眼睛與皮膚都散發光芒。你的頭髮又是多麼好看。」

優素福詫異地望向女主人，看見她的眼睛水汪汪，臉龐因大膽而發光。當他再度看向阿密娜，她已經低下頭。她說：「她要你對她的臉呼氣，修復她。」

優素福在長長且驚恐的沉默後說：「或許我該走了。」

阿密娜說：「她說看到你帶來太大快樂，快樂到讓她都痛苦了。」她雖仍低垂臉，言語中的笑意卻是無庸置疑。

女主人憤怒開口，儘管優素福不懂那些字，卻明白她在喝令阿密娜走開。阿密娜離開房間後，他也連忙起身，不知道該如何告退。女主人盛怒端坐，臉蛋痛苦扭曲。沸騰的憤怒逐漸沉澱，她招手要他向前。優素福離開房間前碰了她閃亮的紫色傷口，感覺它在自己手下搏動。

阿密娜等在庭院門的陰影處，優素福在她面前停下腳步，想摸她，卻擔心她會就此跟他一刀兩斷。她低語：「我得回去了。你在花園等我。等我。」

他在花園等，因各種可能性而心頭狂跳。微風吹過樹木與灌木叢，夜蟲的滿足低沉嗡鳴充斥芳香的空氣。她會因為女主人的事斥責他，響應哈利爾的警告與禁令。或者她會說她知道他每晚回到主屋只是為了與她——阿密娜坐在一起，因為他不斷滋養自己的天真夢。時間過去，等候變成無限漫長，他的焦慮上升。人們會發現他夜裡還潛伏花園，策劃可恥的搶劫。突然的祕密聲響讓他以為哈利爾來找他，這下鐵要鬧出場面了。好幾次他得壓抑離開的念頭。最後終於聽到門邊有聲音，如釋重負大步向前。

當他靠近，阿密娜噓聲叫他安靜。她低語：「我沒法待太久。你現在明白她想幹什麼。我不該轉述給你聽的，但是至少你現在明白她的企圖。她執迷於這個……你必須小心……遠離她。」

他說：「如果我保持距離，我就見不到妳。」沉默許久，他繼續說：「我只想一直見到妳，雖然妳從來不回答我的問題。」

她問：「什麼問題？」他感覺她似乎在暗處笑了。「沒時間回答問題。她會聽見。」

他的身體在唱歌，說：「晚點，等她睡了，我們可以一起在花園散步。」

「她會生氣，我們睡同一個房間，她會聽見……。」

優素福說：「我會在這兒等妳。」

阿密娜往後退，關上庭院門，說：「不。我不知道。」幾分鐘後她又回來，說：「她在打盹，或者假裝打盹，你的問題是什麼？」

他才不在乎什麼問題，卻怕伸手摸她，她會永遠不讓他接近。「為什麼你跟哈利爾這麼不像？講話也不同……以兄妹而言，你們講的好像是不同語言。」

「我們不是兄妹。他沒告訴你？他幹嘛不告訴你？他的父親看見幾個男人使力把兩個小女孩弄上船。他們正涉過淺灘，女孩大哭。他的父親大聲呼叫，跑進水裡。綁匪拋棄其中一個女孩，但是帶走另一個。他的父親帶我回家，後來就收養了我。我們像兄妹一樣長大，但是並無血脈關係。」

優素福安靜地說：「不，他沒說。另一個？另一個女孩呢？」

「我妹妹？我不知道她的結局。也不知道我媽，記不得我爸。什麼都不記得。我只記得是在睡夢中被帶走，走了好幾天。你還有其他問題嗎？」她的語氣挖苦嘲弄，暗處裡聽得清晰，優素福忍不住眨眼。

他問：「妳記得妳的家……我是說在哪裡？」

「我記得好像叫……溫巴還是方巴，靠近海邊。那時我才三、四歲，我連我媽什麼樣子都不記得。聽啊，我得走了。」

他說：「等一等。」伸手拖延她，握住她的臂膀，她並未掙扎。「妳跟他結婚了？他是妳的丈夫？」

她平靜地說：「是的。」

他的聲音痛苦：「不。」

她說：「是的。難道你也不知道這個？大家都明白的……剛到這兒時，太太跟我講得一清二楚。她！你找到的那個護身符是哈利爾的爸爸收養我時給我的。那時來了一個男人弄收養文件，也幫我做了一個護身符。他說會永遠保護我，但是沒有。我至少有了自己的人生，我之所以知道因為這人生是空的，知道我被否定的一切。他，主人喜歡說天堂住民都是窮人，地獄多數居民是女人。如果說有什麼人間地獄，就是這裡。」

他想不出能說什麼，過一會兒，他放開她的手，震驚於她提及自己的悲苦與挫敗異常冷靜。從她的靜謐笑容與自信沉默，他絕對無法揣測她壓下這樣的痛楚。

她說：「我以前看你在花園工作，哈利爾提過你，也提到你是怎麼來的。我想像是樹蔭、流水、泥土撫慰了你被竊取剝奪的痛苦。我羨慕你，幻想著有一天你會逮到我在門後的身影，逼我出來。我想像你說，出來，出來玩。後來太太開始對你瘋狂，他們就把你送走了。總之，夠了……你還想問我其他問題？沒有，我要走了。」

他說：「有的，妳會離開他嗎？」

她輕聲笑了，摸摸他的臉頰說：「看得出來你是個夢想家。當我看到你在花園工作，就想你是個愛做夢的。趁她還沒開始鬧以前，我最好回屋裡去。離她遠一點，聽到沒？」

「等等，我怎麼見妳。除非我來。」

她說：「不。你想看什麼？我不知道。」

她離開後，優素福感覺她的觸摸好像在他的臉上留下印記，摸著感覺它的光澤。

3

優素福坐到哈利爾身旁，後者已經擺大字躺在蓆子上，他問：「你幹嘛這樣搞神祕，還在那裡臭脾氣？你可以簡單告訴我啊。」

哈利爾不情願地說：「我是可以。」

優素福問：「為什麼不？」

哈利爾坐起身，把被單圍到肩膀擋著在身旁亂飛的蚊子。他說：「因為它並不簡單，沒有簡單的事，它不是那種我可以說，喂，你要不要聽聽的那種事。至於你說我發臭脾氣，那是我為你羞恥。」

「好吧，我很遺憾你是羞愧而不是在生氣，現在或許你可以多說一點那件不簡單的事。」

哈利爾說：「她跟你說了嗎？有關她自己……。」

「她說你的父親從綁匪那兒救了她，然後收養了她。」

哈利爾聳聳肩膀，沒好氣地說：「只說了這些？嗯，真的不多。我不知道那個老瘦的店家哪兒來的勇氣。那些人搞不好有槍呢。他就這樣衝進水裡叫他們放開小孩。他還根本不會游泳。

「我們住在南邊的小鎮，窮地方。我跟你說過的。我們的店和漁夫交易，還拿蔬菜雞蛋來換一小把釘子、一塊布、一磅糖的小農。小小的走私品也很歡迎。她就是違禁品（斯），賣到別的地方，和她妹妹一樣。我還記得她剛到我們家時的樣子，哭哭啼啼，渾身骯髒……嚇壞了。鎮上每個人都知道她的故事，但是沒人來找她，她就住下來了。我爸（斯）叫她活死人（斯），」哈利爾說著說著露出笑容：「每天上午我爸（斯）準備吃麵包時就會喚她，她把麵包端來，坐到他身旁，他再小塊小塊餵她。好像她是小鳥。每天早上小米麵包抹融化的酥油，她就坐在那兒嘰嘰喳喳，張大嘴等他撕麵包餵她。我媽做事，她就跟在屁股後頭，或者我出門就跟著我。有一天我爸說我們該讓她跟我們姓，她才會成為我們的一員。他總是說真主是用同個血塊製造我們。她比較能跟那兒的人說話，她是斯瓦希里人（斯），跟你一樣，只不過口音略有不同。

「然後主人來了。宴會結束。當她七歲大，我那個愚蠢的老爸（斯），願真主垂憐他，拿她抵部分的債，我則做抵押品（斯），直到她長到能結婚，除非我爸（斯）在那之前能贖回我。但是他死了，我媽跟我哥哥們回去阿拉伯半島，讓我羞恥地活在這兒。當惡魔阿布杜拉來接我們，他勒令我妹脫光，拿髒手摸她。」

哈利爾開始輕聲啜泣，眼淚悄悄滑下臉頰。

哈利爾繼續說：「主人說他們結婚後，如果我還想留下來可以留下。於是我留下來伺候這個被我爸（斯）當奴隸賣掉的女孩，願真主赦免他的靈魂。」

優素福大聲說：「但是你們都沒必要留下來，她想走就走，誰能攔她？」

哈利爾淚中帶笑說：「我的兄弟，你真勇敢。我們可以全部跑去山上住。她是可以走，但是她如果違背主人的意願走了，我就又變成抵押品（斯），不然就得還債。這就是當初的協定，必須遵守的榮譽。所以她不會走，她不走，我也不走。」

「你怎能提到榮譽……？」

哈利爾說：「不然你以為我該說什麼？我可憐的老爸（斯）——願真主垂憐他——和主人剝奪了我的一切。如果不是他們讓我成為你眼前這個懦弱鬼，又是誰？或許我本性如此，或許這就是我們的生存方式……我們的習俗。但是她呢？他們粉碎了她的心。除了榮譽，我們還有什麼可抓住的？如果你不願我稱它為榮譽，隨便你叫它什麼。」

優素福生氣地說：「我一點也不在乎你的榮譽。那只是個崇高字眼，好讓你躲在後面。我要帶她離開這裡。」

哈利爾躺到蓆子，伸展身體，說：「主人和她結婚那晚，我很高興，雖說遠比不上許多年前我們看到的印度婚禮。沒人歌唱也沒珠寶……甚至沒賓客。我以為她不再是籠中鳥唱著心碎的歌。你有時晚上不是會聽到她唱歌？我以為這樁婚姻會掃除她的羞恥。你說她要走隨時可以走！那麼這些年又是誰攔著你了？你和她又能去哪裡？主人根本不必伸一根手指頭。你們會被眾人的眼光譴責，理由充分。就是個罪犯。如果你待在鎮上，根本不安全。她跟你說了什麼？她許了你？」

優素福沒回話，但的確感覺自己的憤怒逐漸平息，他的冒進決心遭到挑戰，他甚至開始感到如釋重負。或許他什麼也不能做。雖然阿密娜站在庭院門口暗處的回憶依然觸手溫暖，但他感覺它已逐漸冷卻成比較沉靜的東西，一種無人時刻他可以打開的心頭寶藏。他怎能提要和她一起走？她鐵定會當面笑他並大聲呼救。然後他想到她提到阿齊茲叔叔時的苦澀口吻，以及她的生活就是地獄。他感覺阿密娜的手在他的臉頰上，就在他的臉頰上。當他詢問她能否離開阿齊茲叔叔她的笑聲⋯⋯。

長時間沉默後，優素福說：「沒有，她說我是個愛做夢的。」他以為哈利爾會繼續問，一會兒卻聽到他嘆息，準備入睡。

優素福醒來，疲憊又困惑。一整晚他睡睡醒醒，不斷辯論該撒手不管還是和阿密娜談談，逼她面對這個問題。從她提及自己的生活、他的生活、她看他在花園工作、她想像他們在一起的口吻，他覺得她不會冷笑轉身走開。他對她的渴望也有相同成分，雖說他沒有言語可以形容，但這一切絕非純因他想賭一把而掀起的無謂小事。可是想到她點頭答應後緊跟著的一切，它們就又成為呢喃細語。儘管如此，他還是下決心和她談談。他會說：如果這是**地獄**，離開吧。讓我和妳一起走。他們把我們變得怯懦服從，就算遭到虐待，還是得尊崇他們。走吧，讓我和妳一起。我們都置身荒蕪，還能有更糟的地方嗎？無論我們去哪裡，都不會有圍牆內的花園，不會有結實的柏樹、騷動的灌木，不會有果樹與難以想像的鮮豔花朵，白日裡不會有橘樹液的苦味，晚上不會被茉莉花香氣包圍，也不會有石榴籽的香與邊坡草的甜，沒有池水與渠道淌流的音樂，沒有日正當中時待在椰棗叢下的滿足，沒有讓人神魂迷醉的音樂。它會像放逐，但能比現在更糟嗎？她會笑著摸他的臉頰，讓它發光，然後說你是個愛做夢的，允諾他們會為自己蓋一個更完美的花園。

他告訴自己，他不會再為父母哀傷。他不會。他們在許多年前拋棄了他，換取自己的自由，現在輪到他拋棄他們。如果他的深陷牢籠曾讓父母得到些許喘息，現在也結束了，因為他將打造自己的人生。當他自由漂浪草原，或許有一天他會去拜訪他們，感謝他們的嚴苛教訓，讓他得以面對人生。

4

店裡那天很忙，哈利爾投身工作，態度放縱雀躍，就連最沮喪的顧客都微笑了。他們說他恢復精神了。讚美真主！他的耍寶達到全新大膽境界，有時近乎嘲弄，難以抗拒的友好態度又讓人不覺冒犯。顧客問：「他怎麼啦？」優素福微笑聳肩，輕碰自己的左太陽穴。幾個解釋出現了。這是年輕熱情，使錯地方，卻健康有趣。趁生活還沒綁死你之前，能笑就笑啊。有人則暗示幾根大麻就能有這效果。他可能不適應大麻，腦袋發熱了。一個女人來買兩盎司椰子油保養頭髮，哈利爾對著她發表了一篇按摩之樂的隱喻狂想曲，說不知年輕人的陽具是否抹了胡椒。前廊的老人咯咯笑看。儘管哈利爾躲避他的眼睛，優素福還是從他飛快掃描的眼神裡看到快樂狂熱，便沒攔著他。

下午，步調放慢了，哈利爾誇張地把一個箱子塞進店裡角落，坐在上面打盹。優素福從未見過他這麼做，認定他突來的消沉是惱怒與瘋狂的延續。他看見哈姆達尼老爹（斯）辛苦提水桶，猜想他是給水池添水。水潑溼水桶表面，才朝花園走沒幾步，又潑溼他的腳，地面變得泥濘。優素福羨慕又氣憤地看著，根本沒想快步上前幫忙，老人一如既往心無旁鶩，沒看到他的樣子。晚點，優素福看見老人頭也不回地離去，拖著腳踏著有如馬陸的穩定步伐穿過空地，頌唱聲偶爾響起，聽不清楚唱什麼，好像是歌詞倒著唱。

到了晚間，優素福照平日時間進入花園，他告訴自己這是最後一次。他會為女主人簡短祈禱，看看阿密娜，然後……如果他有膽子的話，就要她一起遠走高飛。庭院門半掩，他走進去，輕聲呼喚，宣告抵達。房內充滿熏香味，女主人獨坐等他。他止步門口，不敢進去。她微笑招手。優素福瞧見她穿得非常貴氣，奶白色長衫上面綴滿閃亮琥珀珠串。她拉開披巾，傾身向前，堅決迫切地招手要他趨前。他踏前兩步，停步，胸口狂跳，知道自己該離開。她開始平靜說話，聲音饒富感情，伴隨話語，微笑更加溫柔。優素福不確定她要他做什麼，但是她臉上的熱情與渴望卻無庸置疑。她手貼胸口站起身。當她按住優素福的肩膀，他止不住發抖。他開始後退，她逼近。他轉身跑，但是她從後面抓住他的襯衫，他感覺襯衫被扯破了。當他奔出房間，他聽見女主人痛苦尖叫，但是他不遲疑，也沒回頭。

優素福奔過黑暗花園與哈利爾擦肩而過，哈利爾大叫：「你幹了什麼？」優素福坐到前廊，感覺麻木又噁心，難以忍受的齷齪情境讓他六神無主。他坐在前廊，感覺好像過了數小時，擺盪於羞恥與憤怒間。或許他該馬上走，搶在所有麻煩後果發生前。但是他沒做羞恥之事，他們逼迫他及其他人過的生活才是羞恥。他們的狡計、仇恨與貪得無饜的報復迫使最簡單的美德都成為交易與互惠的象徵。他會離開，簡單至極。天下一定有他可以容身之處，逃離這些施諸於他的壓迫要求。但是他知道自己的心無處擱放，早就有了硬塊，無論他走到哪裡，都會如影隨形，小覷並打散他為自己孵育小小成就的任何計畫。他可以去山區小鎮，哈密德可以用自以為是的問題折磨他，卡拉辛加可以用他的狂想取樂他。或者加入胡珊的山區隱居生活。他在那裡可以找到足夠的小成就。或許去找查圖，成為他破爛封邑的宮廷小丑。或者去烏圖找大麻鬼穆罕默德的母親，以及因他的越軌而失去的甜蜜土地。無論到哪裡，人們都會問他的父母親兄弟姊妹，他帶來什麼，又想帶走什麼。這些問題除了迴避，他沒有答案。主人則會深入奇怪的國度，香水籠罩全身，隨身一袋袋不值錢的小東西，以及確定不移的優越感。森林裡的白人會坐在旗幟前，士兵持械圍繞，一無所懼。優素福沒有旗幟，也沒有名正言順的優越自覺。他有的只是眼前這個小世界，而他還自以為了解這個小世界。

哈利爾從暗處大步走來，舉手似乎想打人，憤怒說：「我告訴過你這只會帶來麻煩。」他抓起優素福想拖走，說：「我們快離開，進城去。你這個笨蛋，笨蛋……要我告訴你她說什麼嗎？她說她對你這麼好，你卻攻擊她，像頭野獸扯破她的衣裳。她要我從城裡找人來，為她的指控作證。他們會打你、吐你口水……天知道還有什麼。」

優素福說：「我沒碰她。」

哈利爾放開他的手，開始捶他，氣到整個人撲上去，大叫：「我知道，我知道！你幹嘛不聽話？沒碰她！你去跟她找來的人群說好了。」

優素福氣憤推開哈利爾，站起身說：「會發生什麼事？」

「你必須走。」

「像個罪犯？我能去哪裡？我想走時就會走。他們找到我時會怎樣？」

哈利爾說：「大家都會相信她的說法。我說我會去城裡找她要的人，不然她就要大叫大鬧喊救命。她說什麼，大家都會相信。我們如果不理會她，說不定她到了明日上午就氣消了，但是我不認為。你該跑。你不知道這些人嗎？他們會殺了你。」

優素福說：「她從後面扯破我的衣裳，這代表我要逃離她。」

哈利爾不敢置信地笑，大叫：「少荒謬了。誰會花時間問你這個？誰在乎？從後面？」他瞄瞄優素福的後背，掩不住抓狂的笑容。他陷入思考一會兒，好像想憶起什麼。

他們匆匆跑到海邊，選擇一個暗處，兩人可以長時間說話。優素福拒絕半夜裡離開，好像他真是個罪犯，儘管哈利爾不斷敦促，他還是堅持等待指控，好在離開前為自己辯護。哈利爾大叫，不行，不行，不行，聲音切過騷動的海水拍打他們足下海牆的噪音。

快半夜，他們才打道回府。疲憊的小城寂靜無聲，只有出入優素福夢魘的嶙峋野狗在街頭徘徊。他們一回到店裡，優素福馬上感覺到騷動。沒多久，他便確知發生何事。香水宣告了阿齊茲叔叔的來臨。他瞄一眼哈利爾，看到他也明白。法老王回來了。

哈利爾緊繃低語：「主人。他鐵定晚間來過。現在只有真主能救你。」

儘管如此，優素福還是竊喜阿齊茲叔叔回來了。他訝異自己毫不畏懼商人，只是興奮好奇他就指控事件會說什麼。他會把他變成猴子，送到光禿山頭，就像鎮尼對付柴夫一樣？當哈利爾談論等在前面的悲慘命運，優素福躺到蓆子上，平靜到氣人，哈利爾也只好閉嘴。

5

天剛破曉，阿齊茲叔叔就來了。他一出現，哈利爾稟承一貫熱情撲上商人的手，興奮問候，不斷親吻。阿齊茲叔叔穿長衫與涼鞋，沒戴帽子，些許的不拘常禮讓他看起來舒適又和氣。他轉向優素福的臉卻十分肅殺，也未如往常伸手讓他親吻。

他指示優素福重新坐回剛剛起身的蓆子，問：「我聽到的奇怪行為是怎麼回事？你似乎失去理智。對我，你有解釋嗎？」

優素福的聲音抖顫，出他意料，令他心煩，回答：「我沒對她非份。是她邀請我去見她。我的襯衫從後面被扯破，這證明我想逃。」

阿齊茲叔叔先是微笑，而後齜牙，控制不住自己，嘲弄地說：「噢，優素福啊，我不是告訴過你人性本劣？為何重蹈覆轍？誰能想到？從後面？這就證明了，你沒造成傷害，因為你的襯衫從後面被扯破。」

哈利爾連忙滔滔以阿拉伯語解釋，阿齊茲叔叔聽了幾分鐘，揮手制止，說：「讓他替自己說話。」

優素福說：「我什麼都沒做。」

阿齊茲叔叔再度板起臉孔說：「你經常進去。你哪兒學來的態度？我把房子留給你照應，你卻把它變成流言蜚語的不榮譽之地……。」

「我進去是她要求的，替她的傷祈禱……。」

阿齊茲叔叔沉默看他，好像難以決定該說什麼或者下一步該如何。那是去內陸旅行時，優素福經常看到的表情。通常經過這樣長思，商人幾乎都決定讓事態自行發展，而非介入。這是允許騷動先行一步的沉默時刻。最後他說：「我該帶你一起上路的，我早該料到……太太狀況不好。如果沒發生什麼不光彩的事，這事就這樣作罷。尤其你的襯衫從後面被扯破了。不過整件事不准對外張揚。你那麼常進去還是不對的。」

哈利爾馬上接口阿拉伯語。阿齊茲叔叔俐落點了幾次頭，回以阿拉伯語。對話了幾句，阿齊茲叔叔朝店鋪抬抬下巴。

哈利爾去開店門，阿齊茲叔叔問：「你為何如此常進去？」

優素福看看商人沒作答。阿齊茲叔叔現在坐在哈利爾剛剛躺的蓆子上，盤起腿，一支手撐著自己。優素福知道他在等答案，他的臉開始浮現平靜且饒富興味的表情。

優素福說：「我想看阿密娜。」這些話費時甚久才吐出，他看見阿齊茲叔叔笑容擴大，輕鬆停駐嘴角。商人瞄一眼店鋪，優素福順著他的眼神看過去。哈利爾站在櫃檯看他們，臉上是憤怒是恨意，轉身繼續去開百葉窗。

阿齊茲叔叔繼續問優素福：「還有其他嗎？你真的很勇敢，是吧？過去幾個星期，你讓自己鶴立雞群了！」

優素福衡量該說出多少，又會造成什麼差異。拖得太久，商人再度開口：「旅行時我走訪了你的老家，去見你的父親，想跟他做個安排，讓你留在我這兒領薪水工作，回報是我免除他的債務。卻發現你的父親已經過世，願真主憐憫他的靈魂。你的母親不再住在那兒，沒人知道她搬去哪裡。或許她回去自己的家鄉。那是哪裡？」

優素福說：「我不知道。」他並無失落感，而是哀傷母親現在和自己一樣被棄置人間某處。想到這裡，眼眶泛淚，瞧見阿齊茲叔叔對他的哀傷輕微點頭嘉許。商人等著，似乎想讓優素福自行決定事情該如何發展，並無異議。在長長的沉默中，優素福無法吐出沸騰的肺腑之言。我想帶她走。你娶她是不對的。如此錯待她，好像她渾身上下都不屬於她自己。你不該擁有任何人，像你擁有我們這樣。最後阿齊茲叔叔站起身，伸出手讓優素福親吻。優素福彎腰，香水味撲鼻，感覺阿齊茲叔叔的另一手放在他的腦後一會兒，接著用力一拍。

阿齊茲叔叔愉悅地說：「晚些我們再商討計畫，看看你最適合替我做哪些工作。我厭倦了這些旅行。你可以幫忙分擔一些。你可能還有機會見到老朋友查圖。此外你們小心保重。哈利爾！你也是。聽說北方邊境德國和英國人在打仗。我是昨日下午進城時聽見商人們說的。現在德國人隨時會來綁架人們去做腳夫。所以張大眼睛。看見德國人來了，馬上關店門，躲起來。你們聽過德國人的手段，是吧？好了，現在幹活去。」

6

哈利爾開心說：「他喜歡你。我一直這麼說的。主人真是個冠軍，誰能質疑？他回到家看一眼太太，心想這個瘋婆子折磨我的漂亮男孩。女人向來就是麻煩，我的女人更是一等一的猴子，去死吧。光是聽她的哀哀抱怨還有那些關於傷口的胡話，任何人都知道她瘋了。還有你被扯破的襯衫！噢，你被扯破的襯衫！太棒的故事！你可是有些善心天使圍繞照顧你呢。現在主人會幫你找個老婆，讓你不再攪和到麻煩事裡。鄉間小店裡的漂亮小女孩。我想他出發前心中便有了對象。或許他也會幫我買個老婆，我們可以聯合舉行婚禮。或許她們還會是姊妹。同時間買兩個可能比較便宜。主持儀式的卡迪（qadi）[76]費用省一半，婚禮夜也只要洗一次成堆東西。我們可以租馬路對面的房子，住在一起。我們的老婆會生雙胞胎，彼此幫忙煩人的雜務，我們可以坐在屋子前廊的蓆子上聊天……或許聊聊世界局勢。這話題不錯。或者聊聊如何實現真主的允諾。到了早上，我們便跨過馬路來一起照顧主人的生意。你認為如何？」

哈利爾對顧客宣布即將來臨的聯合婚禮，邀請他們參加主人應允的饗宴。他說你們知道主人的，統統是清真食品（halal），純淨。他還詳述餘興節目：舞者、歌者，踩高蹺的男人，男孩女孩手持香盤由列隊的男人護衛，後者沿途朝空氣灑玫瑰水。宴會上有各種食物，豐富的音樂徹夜不停。優素福跟著其他人一起笑。無法不笑，因為哈利爾狂熱放肆胡謅，加油添醋。當顧客要求優素福證實，他說哈利爾腦袋有洞：「發燒了，胡言亂語，別管他說什麼。否則你們會讓他焦慮，狀況更糟。」

當哈姆達尼老爹（斯）來幹每日的花園活兒，哈利爾朝他大喊：「聖人（walii，斯），我們要結婚了，我們兩個。你沒嚇一跳嗎？我們的主人會照顧我們一輩子。有空時幫我們唱首誇薩達。誰能料到我們的好運？順便一說，我們這個不會再去你的花園了。他有其他花壇要種植，其他樹叢要修剪[77]。」

一開始，優素福認為哈利爾是如釋重負後的耍寶，因為事態沒變嚴重。阿齊茲叔叔輕描淡寫化解女主人的事，而優素福也不敢就阿密娜的事挑戰。將來他如果準備好這麼幹，阿齊茲叔叔就會恰當地處理他。後來他發現哈利爾是在嘲弄，先前他說得激昂慷慨，面對商人的冰冷邀請，卻只能保持挫敗的沉默。哈利爾認為他們現在平等了，都是以自由身任商人差遣。都是親吻手背的人。哈利爾至少替自己的卑屈落魄找到理由：父親在阿密娜身上犯下的錯誤，他來贖罪。優素福繼續留下來服務主人卻無理由。

哈利爾笑說：「現在你最好學會說這個詞，主人。」

7

他們知道士兵來了，因為人們奔過他們的店門口。當時已近黃昏，平日這個時候，人們在涼快的街頭漫步透氣聊天，有人則從城裡返家。突然間小群人朝四面奔竄，

76 卡迪是伊斯蘭國家的教法執行官。

77 這是一語雙關。樹叢（bush）也指女人的陰毛。

奔離馬路，衝向鄉野，大叫士兵（斯）。哈利爾奔進主屋，大聲示警，優素福火速給店釘上木板。他們坐在昏暗的洞穴裡心跳如雷，相互苦笑。一開始濃郁飄散的貨物味道窒息他們，習慣悶人的空氣後就好多了。透過木板縫隙能看見部分空地與馬路。沒多久，他們看見一隊士兵（斯）在穿白色軍裝的歐洲軍官帶隊下，不疾不徐整齊踏步過來。走近後，他們瞧見那是個高瘦的年輕德國男子，臉上帶笑。他們彼此一笑，哈利爾離開木板的偷窺洞，坐回原位，嘆氣。

士兵（斯）打赤腳，整齊有序行進。軍官彎進店前的空地，其他人也迅速俐落轉身。一旦進入空地，大隊人馬像項鍊斷了線四處分散。默默尋找能遮蔭的地方，整個人連同背包一起趴向地面，露出大大笑容，嘆息。軍官站了一會兒，打量主屋與緊閉的店鋪，開始慢步走過來，臉上仍帶著笑，絲毫不急促。當軍官走開，男人們開始聊天說話，其中一人還高聲飆粗口。

優素福眼睛並未離開窺視孔，看著微笑軍官，自己臉上也是恐懼驚駭。軍官踏上前廊，離開優素福的視線。大聲下令，眾人從休息的地方搬來一張野營椅與摺疊桌到前廊。軍官坐下，臉蛋離另一塊店門木板僅數吋。優素福這才發現軍官沒有遠處看來那麼年輕，臉上的皮膚緊繃平滑，好像遭到火吻或得了什麼病。他的笑容是凝固的畸形。牙齒裸露在外，似乎緊繃的皮膚已經開始腐爛，從他的嘴巴剝落。那是屍體的臉。優素福震懾於它的醜陋與殘酷。

沒多久，一位中士就逼士兵（斯）起身，中士樣子強硬，讓優素福想起獅子姆威內。士兵（斯）不滿地站成一群群等候，全看向德國軍官，後者則直瞪前方，偶爾舉杯。他不是啜飲，而是把杯子放到生病的嘴邊，一口倒下。最後他環顧士兵，優素福看到他點點頭。

中士尚未發號施令，士兵（斯）立即動作，以神奇的速度與精準立正成一排，然後三人一組奔往不同方向。還有三名士兵（斯）留守保護領袖。店門左右各站一人，第三名走向屋側面，最後撞開花園的門。軍官舉杯到唇邊，把液體倒進嘴巴。他貪婪豪飲，臉蛋因使力而發紅，部分黑色液體滴落下巴，他用手背抹去。

進入花園的士兵（斯）回來報告。優素福好一會兒才發現他講的是斯瓦希里語（斯），他說花園裡有些果子，只有這樣，通往屋內的門鎖著。軍官沒瞧這個士兵，後者報告結束後回到樹蔭下。軍官轉身瞪著釘上木板的店門。優素福感覺他好像直直望進他的眼睛。

似乎過了許久，士兵（斯）才陸續回來，一路唱歌吶喊一路驅趕走在前面的俘虜。空地擠了一群男人，德國軍人起身到前廊邊，背著雙手。哈利爾附耳優素福，輕輕說歌革和瑪各。被擄的男人被趕到空地中間，多數人面帶惶恐沉默四望，好像並不熟悉這塊地方。有的則看起來相當歡樂，聊天說話，朝士兵（斯）飆友善髒話，後者不覺得有趣。他們等了數分鐘才走進這群耍寶的男人，重拳打掉他們臉上的笑容，讓他們閉嘴。

當所有士兵（斯）回來，俘虜全集中空地中間，面無笑容，士兵（斯）踏正步到前廊接受指示。德國軍官點頭，中士滿意大喊，返回士兵（斯）群中。俘虜排成沉默兩行，在漸暗的暮色中朝城裡行進。德國軍官帶頭，後面跟著拖拉的隊伍，軍官身體筆直，舉動節制，逐漸消退的日光下，他的白色制服閃亮。

隊伍尚未離開視線，哈利爾就溜出店，繞過側邊，奔進主屋看一切是否平安。花園靜謐從容，屬於花園的夜曲輕微顫抖，幾乎難以察覺。優素福去看士兵（斯）紮營處的遺留物。他小心靠近，聳鼻嗅聞，好像預期他們會留下到此一遊的辛辣味道。他們的腳印攪亂泥地，空氣殘留騷動氣息。就在木棉（斯）樹蔭背後，他看到幾堆屎，狗兒已經在迫切舔食。牠們抬眼猜疑看他，眼角隨時警戒盯著，輕微移動身子遮住覬覦食物的眼光。優素福吃驚看了一會兒，詫異於牠們的齷齪相知，狗兒認得出另一個吃屎的。

他再度看到月光下，自己的怯懦在胎盤裡閃亮，想起他曾見過這胎盤呼吸。那是他被遺棄後誕生的第一個恐懼。現在他看見狗兒墮落的飢渴，知道自己的恐懼將變成什麼。行進的隊伍仍依稀可見，花園傳來聲響，像是落下門栓，他速速四下張望，淚水刺痛眼睛，拔腿朝隊伍奔去。

特別收錄

二〇二一年諾貝爾文學獎獲獎致辭

寫作

——阿卜杜勒拉扎克・古納

寫作一向是種樂趣。學童時期，我所期待的就是故事寫作的專門課程，或是老師判定能激發學生興趣的其他事物，總之都勝過課表上的其他安排。這時，每個人都會沉靜下來，伏案寫出值得一記的東西，有些源於記憶，有些出自想像。在這些年輕的作品中，無人企望說明特定事情，或是回憶哪個難忘經歷，又或是表達什麼堅定觀點、傾訴何種苦衷。老師藉此引導我們改善論述能力，除他之外，這分成果別無其他讀者。我之所以寫作，單純因為受命提筆，而且這樣的過程令我感到愉快。

多年之後，我自己也成為教師，因此也有了相反的經歷。我坐在安靜的教室裡，學生則俯首寫著作業。這讓我想起D・H・勞倫斯的一首詩〈最美好的校園時光〉，下面容我引用其中幾行：

我獨自坐在教室一隅，
看著那些穿夏衫的男學童
伏案寫作，低著圓圓的頭忙碌著：
他們一個又一個
抬臉望向我，
靜靜思考，
實則視而不見。

然後他們在筆下感受到小小的開心振奮，
再次將目光從我這裡偏移開去，
因為他們已找到想要的，也得到了該得到的。

我所描述的寫作課，以及這首詩所刻劃的寫作課，都並非後來我認知的寫作。那些作業未受動機驅使，也未遵從指導，更未一再琢磨或是不斷重新組織。我年少筆耕時，只懷著一份天真，直率地寫，未見太多猶豫，不做什麼改動。我閱讀時同樣不喜拘束，沒有預設方向，當年渾然不知這些行為之間有何密切關聯。碰上無需早起上學的日子，我一讀書就會讀到深夜，以致有時父親失眠，也不得不走進我的房間，囑咐我把電燈關掉。就算我敢，但也不好回嘴說：你自己都沒睡，為什麼偏要我睡呢？畢竟你不能這樣對父親說話。不管怎樣，他雖失眠，但畢竟也會關燈，保持四下暗黑，以免干擾了我的母親，所以關燈指示也算說得過去。

年輕時，我寫作和閱讀的習慣是隨意的，到後來才較有安排，不過終歸是件樂事，幾乎不需特意拚搏。然而，這樂事的性質漸漸發生變化。直到搬去英國之後，我才完全覺察到這一點。當年我為思鄉所苦，同時深陷異地生活的苦悶，這時才開始反思許多自己以前不曾考慮過的事。在長期的貧困和孤獨裡，我開始嘗試不同類型的筆耕。我越來越清楚，什麼東西該說出來，什麼任務有待完成，還有什麼遺憾、悲苦必須加以探究。

首先，我反省自己在輕率逃離家鄉時拋在身後的種種。二十世紀，六〇年代中期，我們的生活面臨巨大混亂，其中的是非對錯都被伴隨一九六四年革命而來的暴力所遮掩，而這些罪行包括拘留、處決、驅逐以及大大小小數不盡的侮辱和壓迫。當年，我還年輕，關於這些事件，我一時還無法清晰思考其中過去和未來的意義。

直到遷居英國後的最初幾年，我才得以關照這些問題，深入反思我們對於彼此所施加的冷血行為，重新審視我們如何以謊言和幻想安慰自己。我們的歷史是不公正的，對諸多的凶暴行為保持緘默。我們的政治是種族分化的，直接導致了革命後的迫害，父親在孩子面前被屠戮，女兒在母親面前遭受侵害。我來到英國生活，遠遠避開了那些事件，但仍對其深感不安，也許因為和那些仍遭受災後創傷折磨的人相比，我不太抵抗得住這些記憶的威力。然而，我也為其他與這些事件無關的回憶所困擾：父母殘酷對待子女；囿於社會或性別的愚昧教條，人們無法暢所欲言；因貧困和依賴，對不平等的現象逆來順受。這些問題並非我們特有，而是普遍存在於所有人的生活中，但是除非情況逼你關注，否則你並不會經常放在心上。那些逃開傷害、將昔日的人事物拋在身後並且得以安全度日的人，我猜這也是他們要承受的重擔之一。最終，我開始將這些反思的部分內容記下來，不是按部就班、有組織的，還沒有到那地步，只是為了澄清我內心中一些混亂和不踏實的感受。

然而，隨著時光的流逝，明顯出現了一份深沉的不安。一段新的、較簡化的歷史正在成形，改變甚至抹除了昔日發生的事，將歷史重新建構起來，以符合當前的信念。建構新的、簡化的歷史不僅是勝利者免不掉的任務，他們更隨時可以創立自己所選擇的論述，而且這也適合評論家和學者，適合那些並非真心關注我們、習慣透過自身世界觀的框架來看待我們，或是仰賴他們熟悉的種族解放和進步敘事的作家。

因此，我們必須排拒這樣一套歷史，因為它忽視了那些見證早年歲月風貌的事物，如建築物、成就，及讓生活擁有意義的溫情。多年之後，我走過伴隨自己成長的小鎮街道，目睹破敗的事物和場所，看到牙齒掉光、活得灰頭土臉、擔憂失去過往記憶的人。為了保留那段記憶，我必須記錄存在當年的人事物，尋回居民生息於茲並賴以自我理解的片刻與故事，同時應該寫下那些迫害和令人髮指的行徑，也就是我們的統治者自鳴得意、企圖泯除我們記憶的舉措。

我們還需要面對另一種對於歷史的理解，這一點在我搬到英國後，較接近其根源時才變得更為清晰，比我在尚吉巴接受殖民地教育時更加清晰。我們是成長於殖民主義下的孩子，而我們的父母和之後的人則並非如此，或者至少方式是不同的。倒不是說我們與父母所看重的事物不可同日而語，或者我們的後代已擺脫了殖民影響。我指的是，我們這一代人是在帝國高度自信的年代中成長並接受教育，至少在我們身處的地區確實如此。當時的統治者以美言掩飾自己的真實面貌，而我們也同意這樣的欺騙。我指的是該地區在去殖民化運動如火如荼開展前的階段，亦是我們尚未開始關注殖民統治掠奪本質的年代。那些在我們之後出生的人，他們也對後殖民時代感到失望，也拿自欺欺人的東西寬慰自己，也許他們並未清楚地、足夠深入地看到殖民歷史如何改變了我們的生活，而我們的貪腐和不當治理多多少少也歸因於殖民的遺緒。

移居英國之後，我開始更加明白其中一些事情，倒不是與我交談的人或是在課堂上遇到的人讓我茅塞頓開，而是我自己進一步理解到，他們是如何看待像我這樣的人：在文字書寫或是隨意交談中，在電視和其他地方種族歧視笑話所引發的歡鬧，日常在商店、辦公室或公共汽車遇到的那些自然流露的敵意中。面對那類對待，我也無可奈何，不過就在我學會以更深入的理解方式來閱讀的同時，一股寫作的欲望也油然而生，我要以寫作來拒斥那些鄙視和看輕我們的人，那些下筆輕率簡化卻又自信滿盈的人。

但寫作不僅只是爭鬥和論戰，即便那也能振奮、撫慰人心。寫作不能只談一件事，不能只著墨此議題或彼議題，關切某一點或另一點。寫作可關切的不離人生，所以人的殘酷、愛和弱點終將成為主題。我也相信，寫作還須揭示什麼可以改變，揭示專橫目光看不見的東西，揭示讓人們無須在乎自己身材矮小及輕蔑目光而能培養自信心的事物。因此，我覺得有必要寫下這些，並且真誠地去寫，同時展現醜陋及美德，並使人的輪廓從過度簡化和刻板的印象中顯露出來。一旦做到這點，有一種美即會隨之而生。

這樣的觀察角度，為脆弱和軟弱、殘暴中的溫柔騰出空間，也為從料想不到的源頭中湧現的行善能力保留餘地。正是因為這些原因，寫作於我而言，是生活中引人入勝、值得投注時間精力的一環。當然，我的生活還有其他部分，但不是我們在這裡要關注的。說來有點神奇，幾十年過去了，先前我提到的那種年輕時的寫作樂趣依然存在。

最後，讓我對瑞典學院表達最深刻的謝意，感謝院方將這樣的殊榮授予我及我的作品。本人非常感激。（譯者／郁保林）

——本篇致辭獲諾貝爾基金會授權同意潮浪文化翻譯出版

編按：獲獎致辭影片亦可參見諾貝爾基金會官方網站

當代經典 Classic 002

天堂 Paradise

作者	阿卜杜勒拉扎克・古納（Abdulrazak Gurnah）
譯者	何穎怡
責任編輯	楊雅惠
封面設計	莊謹銘
總編輯	楊雅惠
出版	遠足文化事業股份有限公司 潮浪文化
發行	遠足文化事業股份有限公司（讀書共和國出版集團）
電子信箱	wavesbooks2020@gmail.com
社群平臺	linktr.ee/wavespress
粉絲團	www.facebook.com/wavesbooks
地址	23141 新北市新店區民權路 108-3 號 6 樓
電話	02-22181417
傳真	02-86672166

法律顧問	華洋法律事務所　蘇文生律師
印刷	中原造像股份有限公司
初版一刷	2023 年 12 月
初版二刷	2023 年 12 月
定價	580 元
ISBN	978-626-97521-6-4、9786269752157（PDF）、9786269752171（EPUB）

潮浪文化　|讓閱讀成為連結孤島的潮浪，讓潮浪成為連結心靈的魔法|

線上讀者回函

潮浪文化社群平臺

國家圖書館出版品預行編目（CIP）資料

天堂 / 阿卜杜勒拉扎克 . 古納 (Abdulrazak Gurnah) 著 ;
何穎怡譯 . -- 新北市 : 遠足文化事業股份有限公司潮浪
文化出版 : 遠足文化事業股份有限公司發行 , 2023.12
面 ;　公分 . -- (當代經典 Classic ; 2)
譯自 : Paradise
ISBN 978-626-97521-6-4 (平裝)

873.57　　112018386